Terapia de *groupie*

Laetitia Loreni

Terapia de *groupie*

Traducción de
Sofía Tros de Ilarduya

Papel certificado por el Forest Stewardship Council®

MIXTO
Papel procedente de
fuentes responsables
FSC
www.fsc.org   FSC® C117695

Título original: *Thérapie de group(i)e*

Primera edición: marzo de 2019

© Belfond, un departamento de Place des Editeurs, 2018
© 2019, Penguin Random House Grupo Editorial, S. A. U.
Travessera de Gràcia, 47-49. 08021 Barcelona
© 2019, Sofía Tros de Ilarduya, por la traducción

Printed in Spain – Impreso en España

ISBN: 978-84-9129-289-0
Depósito legal: B-2215-2019

Compuesto en Arca Edinet S. L.
Impreso en Rodesa, Villatuerta (Navarra)

S L 9 2 8 9 0

Penguin
Random House
Grupo Editorial

A Gisèle

1

El cartel del restaurante que colgaba encima de la puerta de entrada no tenía muy buena pinta. Los años y la herrumbre habían acabado con el Don Quijote de metal que supuestamente llevaba el nombre del establecimiento. Sin embargo, El Moulin d'Aix estaba calificado con cinco tenedores en la *Guía Michelin* y las marcas de la mayoría de los coches aparcados en el parking privado daban testimonio, si no de la calidad de la cocina, sí al menos del precio de la carta. ¡Era perfecto!

Émilie condujo el Clio, que ya había cumplido diez años, por el camino flanqueado de cedros y madroños y lo aparcó entre un Jaguar y un Mercedes descapotable.

Aun así, antes de cerrar la puerta de un portazo, Émilie se preguntó, por un instante, si aquello era una buena idea. ¿Quizá un lugar más discreto? Claro que no. La casona que cobijaba el restaurante tenía ese aspecto anticuado que se adecuaba a su estado de ánimo. Además, Émilie, como buena profesora de música clásica, tenía una ligera inclinación por los *crescendos* seguidos de las apoteosis. Tras su golpe de efecto, ya no la recordarían como a una tía insípida, por no decir desgraciada, sino todo lo contrario, como a una joven contestataria capaz de mostrar cierto estilo.

Seguro que el champán la ayudaría. Y al parecer dar un gran paso se lleva mejor con el estómago lleno, principalmente cuando uno no tiene ni idea de cómo actuar.

Así que se plantó delante de la recepcionista, una chica bastante guapa con un acento provenzal tan cantarín como cálido, y le dijo que tenía una mesa reservada, a poder ser cerca del piano.

—Ah, con la mesa no hay problema, señorita Duchalant. Pero si ha venido a nuestra casa por el ambiente musical, me temo que saldrá decepcionada. Desde hace unos meses, no tenemos pianista. Demasiado caro, ¡qué quiere que le diga! El piano solo está ahí de decoración.

«Todavía mejor», pensó Émilie. Y luego preguntó:

—Pero ¿el piano es un Érard de cola de 1876, que restauró Balleron, tal y como indica la *Michelin*?

La recepcionista, que acababa de darse cuenta de que aquella extraña comensal solitaria y desconocida no vestía como los que frecuentaban el restaurante, a los que les gustaba la elegancia completamente provinciana de la casa, no pudo más que encogerse de hombros mientras meneaba la cabeza sin saber muy bien qué responder.

—Pues qué quiere que le diga, señorita, está más informada que yo. —Y, casi en un susurro, antes de invitarla a seguirla, la recepcionista añadió—: Perdone, pero ¿no tendría usted algún otro conjunto que no fuera un pantalón vaquero agujereado y unas deportivas?

—¿Se exige vestir de manera formal para cenar aquí?

—Exigir, no…, pero…

—Si se empeña, puedo ponerme unos zapatos de tacón —respondió Émilie, compadeciéndose ante la expresión incómoda de la recepcionista. Entonces, abrió el enorme bolso que llevaba en bandolera y sacó un par de zapatos con los bordes tan gastados que ninguna asociación benéfica los habría querido.

—Ehhhhhh, pues vale…

—¡Y por el vaquero no se preocupe! —siguió Émilie, mientras también sacaba del bolso una túnica arrugada que le llegaba a las rodillas.

Sin esperar ninguna reacción, Émilie se cambió rápidamente de zapatos y luego se puso la túnica que, efectivamente, tenía la ventaja de tapar el agujero más grande del vaquero. Vestida de aquella ridícula manera, siguió a la recepcionista que estaba pensando si llamar al *maître* para que acudiera en su ayuda o guiar a la joven hasta su mesa. Entonces se acordó de un incidente que casi le costó el puesto, porque no reconoció a una famosa actriz que también vestía de un modo curioso, y optó por la segunda solución.

A la dirección del restaurante Moulin d'Aix no le gustaban los escándalos. Sobre todo cuando el negocio estaba tirando a mustio, en aquella época de recesión.

El pasillo revestido de madera y con retratos del siglo XIX conducía hasta un comedor enorme y elegante, iluminado por unas inmensas arañas, en el que había un patio que se abría al jardín. En un ambiente muy de finales de siglo, solo estaban ocupadas la mitad de las mesas, cubiertas con manteles blancos y con unos candelabros de plata de tres brazos encima. La mayoría eran parejas que charlaban en voz baja. Había además una familia completa, incluidos dos niños de corta edad, para nada revoltosos, cerca de la pared de agua que ocultaba el acceso a las cocinas y un grupo de hombres envarados, algo altivos, luciendo todos ellos una corbata con un nudo apretado, cerca del piano de cola.

El instrumento de color ébano se exhibía con el teclado al descubierto y la tapa apoyada en su soporte como si, en cualquier momento, un virtuoso fuera a sentarse en la banqueta, vestido con un chaqué que le cayera hasta el suelo. Pero la música, discreta, que salía de los altavoces repartidos por las cuatro esquinas del comedor se correspondía más con un hilo musical para supermercado que con Mozart.

Todas las miradas se volvieron hacia Émilie.

—Esta es —dijo la recepcionista, mientras señalaba la mesa que había reservado—. El *maître* estará con usted en un momento.

Las conversaciones, que se habían interrumpido con su llegada, se reanudaron con la justa animación necesaria para que Émilie se diera cuenta de que era el centro de ellas. Miradas de reojo. Murmullos. Risitas ahogadas.

«Pero ¿qué les pasa a todos estos para que me miren así? ¿Les molesta el color de la túnica?».

Hay que reconocer que el color rosa fluorescente era cuando menos más apropiado para asistir a un concierto de Julio Ross que para cenar en semejante lugar. Émilie, indiferente, se centró en la carta, casi tan grande como un póster, que tenía la ventaja de ocultarla del resto del comedor. Desde las primeras líneas de aquel poema culinario, sus glándulas salivares entraron en acción, hasta el punto de que tuvo que secarse la comisura de los labios.

Llevaba dos días sin comer.

Unos minutos más tarde, mientras Émilie acariciaba con los ojos el piano, el *maître,* un hombre con un bigote grisáceo, calvo y de mirada mustia, se presentó ante ella para sugerirle las especialidades del día. Émilie lo escuchó atentamente y luego eligió.

De entrada:

Foie de pato en terrina, realzado con pimienta del paraíso, alcachofas blancas y violetas y zumo de granada acidulado, setenta y cinco euros.

Como plato principal:

Bogavante azul a la plancha, con guisantes y espárragos blancos, polenta al estragón y el jugo de los caparazones, ochenta y cinco euros.

De postre:

Mango y pitaya sobre un crujiente de turrón, bola de limón y jengibre y sorbete de coco con lima, treinta y ocho euros.

—¿Y para beber, señorita? Tenemos un excelente Mercurey, primer cru Clos des Myglands, monopole del Domaine de la Framboisière, cosecha de 2006, que acompañará perfectamente a su cena.

Mmmm…, a treinta y cinco euros la copa, igual daba una botella por tan solo ciento setenta y ocho euros.

—Y, además, tráigame también una copa de champán.

—¿Dom Pérignon de 2014 o Moët et Chandon Brut Imperial de 2012? Acabo de abrir una botella.

—Bueno, permítame probar los dos.

«No hay duda —pensó la recepcionista, que acababa de instalar a una nueva pareja en la mesa más próxima a la de Émilie y no se había perdido ni media palabra de lo que había pedido—. ¡Tiene que ser una famosa! A menudo hacen la reserva con su verdadero nombre para que no los reconozcan. Qué raro que cene sola. Seguro que se ha enfadado con su chico, se ha largado del hotel sin decírselo a su mánager y ha apagado el móvil para cenar tranquila mientras su novio ha puesto en marcha un dispositivo de búsqueda. Qué pena no saber quién es. Cuando acabe de cenar le pediré un autógrafo y me haré un *selfie* con ella».

También el hombre de la pareja que acababa de sentarse tenía ojos solo para ella. Émilie, algo incómoda, se moría de ganas de encender un pitillo. Por cierto, ¡qué idiota por haber vuelto a fumar! Pero, bueno, igual que todo lo demás…

Hablando de eso, ¿qué estaría haciendo en ese momento si no se hubiera dejado llevar por aquella pendiente resbaladiza que la había conducido al borde de la depresión por no decir a estar completamente quemada? Seguramente estaría cenando en su pisito de Ivry-sur-Seine, con Guillaume y el sonido de la tele muy alto para tapar el escándalo de los hijos de los vecinos. Bueno, nada era completamente blanco o completamente negro en este planeta; después de todo, ¡el bogavante azul era más apetitoso que una ensaladita de lentejas congelada!

No todos los días uno se regala una cena de más de cuatrocientos euros. ¡Sobre todo si uno tiene un descubierto de más de cinco veces esa cantidad!

«¡Qué alivio pensar que mañana no existe!», dijo para sí Émilie.

Un camarero vestido estilo bistrot le llevó las dos copas de champán. Luego empezó la ronda de platos y Émilie, que no tardó mucho en achisparse, se felicitó por la excelente elección.

«¡La última cena del condenado!».

Sin embargo y definitivamente, sentirse observada de esa manera empezaba a incomodarla. El hombre sentado a la mesa más próxima a la suya seguía mirándola fijamente mientras charlaba con su acompañante, que, en varias ocasiones, se giró para mirarla brevemente. Era una pareja relativamente mayor y de una extraña elegancia. Émilie sabía diferenciar entre el relumbrón provinciano y la elegancia del vestuario de lujo exhibido con discreción. Turistas probablemente. Seguro que no eran de la zona. Quizá hasta extranjeros. Hablaban entre ellos en una voz demasiado baja como para que Émilie pudiera reconocer el idioma, pero, cuando el hombre pidió, se expresó sin acento.

Así que Émilie devoró uno por uno el foie, el bogavante azul y el sorbete de mango y vació una tras otra las dos copas de champán y la mitad del Mercurey, mientras seguía acariciando el piano de cola Érard de color ébano con la mirada. Una delicia. Algo hasta por lo que tener ganas de vivir unos días más.

Hablando de eso…

Hablando de eso, ¿qué era esa ridícula idea?

Mientras el plan solo estaba en su cabeza, tenía un cierto atractivo. Pero únicamente en las comedias americanas aparecía un guapo caballero de Wall Street para salvar a la protagonista, en el último momento, cuando ya no podía más e iba a tirarse de un puente.

Desde luego, la primera parte de su última batalla era algo divertido y excitante. Hacía siglos que soñaba con regalarse, sin debérselo a nadie, un festín de lujo, en un mágico ambiente, tan cerca de un piano legendario como para poder tocarlo...

Pero otra vez estaba actuando como una idiota. Bien es verdad que los seis meses que acababa de vivir no habían sido nada felices y el cúmulo de sus pérdidas habría llevado a cualquiera, incluso a personas mucho más fuertes que ella, a albergar esa clase de ideas oscuras. Sin embargo...

«¿Y si dejara de mirarme así? Si no hay nada que ver. ¿Te gusta mi túnica, especie de viejo asqueroso? ¿Te has fijado en que no llevo sujetador?».

Cuando el *maître* le presentó la cuenta, a Émilie le recorrió un escalofrío de arriba abajo.

«Cuatrocientos veintiséis euros. ¡No está mal!».

Émilie sacó de la cartera, vacía por cierto, la tarjeta Visa Oro que, desde hacía un mes, ahondaba su vía de no retorno en lo más profundo del abismo.

—Un instante —dijo el *maître*—. Ahora mismo vuelvo con el datáfono.

—Claro. Pero, antes, ¿podría indicarme dónde están los aseos?

Cuando se vio delante del espejo colgado encima de un magnífico lavabo Belle Époque encastrado en mármol,

Émilie se dio cuenta de que le temblaba todo el cuerpo. ¿Así que había llegado el momento? ¿Cómo iba a hacerlo? Y, por cierto, ¿hacer qué?

El día anterior había tomado la decisión de acabar con su vida de un modo apoteósico y su plan le había parecido una iluminación. Su ego herido necesitaba esa compensación. Dado que ya no era nada, ¡esa nada sería para siempre! Pero, aun así, alguien en algún sitio tenía que acordarse de ella. En vista de que los bancos ya no le daban crédito, de que había perdido el sueldo, de que Guillaume había salido de escena y de que de su familia solo le quedaba un padre casado en segundas nupcias e indiferente, necesitaba un lugar espectacular.

¿Y qué mejor que un restaurante esnob y un bogavante azul para su último recital?

Aunque el bogavante…

Émilie se precipitó hacia la taza del baño donde, en un instante, vomitó cuatrocientos veintiséis euros de alimentos exquisitos, incluida la mezcla de alcohol responsable de su estado. Aquello tuvo el efecto de despejarle un poco la borrachera, aunque no de devolverla a la realidad.

—Bueno, pues bien, colega, ha llegado la hora.

Se echó agua en la cara, se recompuso la túnica de color rosa fluorescente, se retocó un poco el maquillaje y regresó a su mesa donde el *maître* la esperaba con el datáfono en la mano.

—Me permito recordarle que el servicio no está incluido —susurró, al tiempo que introducía la tarjeta de Émilie en el aparato.

—No tengo suelto, puede añadir un diez por ciento.

—Muchas gracias, señorita.

Era el momento de mendigar el favorcillo por el que Émilie había elegido el Moulin d'Aix en lugar de cualquier otro restaurante de la región.

—Perdóneme, señor, el piano, ya que no lo toca nadie…

—¿Sí, señorita?

—Soy profesora de música en un conservatorio, pero no tengo la posibilidad de tocar un piano de cola muy a menudo. Si fuera posible…

—Por supuesto, creo que será posible. Permítame que lo consulte con la dirección. —Émilie se dio cuenta de que no era mala idea volver otra vez al servicio. Debía de estar completamente pálida porque el *maître,* que seguía esperando la autorización del pago, dijo preocupado—: ¿Quiere un vaso de agua con gas para digerir mejor la comida, algo abundante?

—No, gracias, estoy bien…

Émilie alargó la mano para recuperar la tarjeta.

—Ehhh, hay un problema.

—¿Sí? ¿Cuál?

—Se deniega el pago. ¿Tendría usted otra tarjeta?

2

El *maître* había mudado su máscara servil por otra expresión más severa. Unas gotas de sudor perlaron la frente de Émilie.

—Pues sí, claro —dijo, rebuscando rápidamente en el bolso—. Un momento.

Desgraciadamente, esa tarjeta era el único medio de pago que le quedaba. Desde hacía semanas tiraba de descubierto. ¡Por supuesto, en algún momento el banco tenía que reaccionar! Pero ¿por qué justo en ese momento? No, no y no. ¿Qué podía hacer? Émilie podía ser de todo menos una auténtica delincuente y, otra vez, decenas de miradas se habían vuelto hacia su mesa. Casi podía oír los pensamientos de toda aquella gente: «Ya sabía yo que era una vagabunda. Viene a pavonearse a un restaurante de lujo y no tiene ni un céntimo para pagar. ¡Y a quién se le ocurre dejar que se siente y que pida!».

—¿Señorita?

—Sí, espere, no encuentro la otra tarjeta, pero quizá tenga un talonario de cheques.

—Este establecimiento no admite cheques.

Más nerviosa cada vez, Émilie apartó la botella de Mercurey y el plato de surtido de dulces invitación de la casa para terminar la comida y vació el bolso encima de la mesa. Un poco más lejos, un hombre dijo «Oh» y su acompañante se rio disimuladamente. El montón que acababa de formarse encima del mantel se componía básicamente de lencería, píldoras, una agenda con las puntas dobladas, de la que sobresalía una docena de entradas de conciertos, un paquete de Marlboro arrugado y el par de deportivas que había cambiado por los zapatos de tacón. En definitiva, toda su vida. Pero ciertamente no el porte y la elegancia esperables en el Moulin d'Aix.

—Señorita, se lo ruego, tal vez podríamos solucionar esto fuera del comedor. Le agradecería que viniera conmigo, por favor.

—Espere, intente otra vez. A lo mejor ha habido un fallo en la transmisión.

El *maître* procedió a ello suspirando. La tarjeta fue rechazada de nuevo.

—Bueno, ahora sí que va a tener que acompañarme.

En ese momento, Émilie estaba a punto de echarse a llorar. No era así ni mucho menos como había visualizado su última noche. Aún la víspera la Visa Oro le había permitido llenar el depósito de gasolina y pagar la habitación del hotel.

¿Cuál había sido su último sueño?

Una cena de lujo, como nunca se había podido permitir, e interpretar unas cuantas partituras en un piano legendario. Esa iba a ser su última vuelta al ruedo antes de dar el gran paso. Pero, de nuevo, esa maldita ley de Murphy, que llevaba ensañándose con ella tanto tiempo, había decidido otra cosa y, en lugar de vivir su momento de gloria, estaba a punto de simplemente acabar la noche en comisaría, como la vagabunda en la que se había convertido.

¡Realmente demasiado estúpido!

Se levantó tambaleándose y no por culpa del alcohol. Los padres que dirigían a la pequeña tribu instalada junto a la pared de agua se miraron meneando la cabeza con aspecto afligido.

—A falta de nada mejor, quizá podría tocar algunas piezas para pagar —murmuró Émilie.

—Hablaremos de eso en el despacho de dirección.

Émilie miró de reojo hacia la puerta de entrada, valorando la posibilidad de salir huyendo y de arrancar el coche antes de que la atraparan. Pero aquella última temporada el Clio andaba caprichoso. Con el corazón destrozado, Émilie siguió los pasos del *maître*, que, desconfiado, no la soltaba.

—¡Espere! —Émilie se giró bruscamente. La voz salía del hombre de la mesa contigua que, sentado frente a su acompañante, no había dejado de observarla durante toda la cena—. Perdone que intervenga —siguió con una voz que se adivinaba acostumbrada a la diplomacia y a cierta autoridad—. Hasta ahora, mi mujer y yo hemos pasado una excelente velada y no me gustaría que un incidente en el que se viera involucrada una joven tan encantadora acabara estropeándola. —Los ojos de color azul acero del caballero miraron fijamente a Émilie, mientras su rostro de tez ligeramente bronceada se iluminaba con una sonrisa benevolente—. ¿Podría ayudar de algún modo?

—¿Estaría dispuesto a pagar la cuenta de esta joven? —preguntó bruscamente el *maître*.

—¿Por qué no? Ella le ha dicho que es música. A mi mujer y a mí nos encantaría oírla tocar.

—Es decir…

—Sencillamente, incluya su cena en nuestra cuenta y no se hable más —zanjó el hombre y luego se levantó para apartar una silla vacía de su mesa y, con un gesto, invitar a Émilie a sentarse.

Ella seguía paralizada. No se recomponía. La escena se desarrollaba exactamente igual que en una película. El príncipe encantador salvaba a Cenicienta. Bueno, no exactamente así. Porque ¿quiénes eran esa pareja de perversos? Por otro lado, mirándolos más de cerca, sobre todo a ella, de una belleza altiva, realzada por unos pendientes de diamantes, no eran tan viejos. Todo lo más rozando los sesenta. ¿A esa edad aún se organizaban orgías? Émilie negó con la cabeza.

—Gracias, es muy amable de su parte, pero no puedo aceptar…

—Sé lo que está pensando —intervino la mujer con un ligero acento indescifrable—. Pero mi marido y yo solo queremos una cosa: acabar la velada sin presenciar un escándalo y, quizá, oírla tocar. Pero solo si realmente sabe…

—¡Pues claro que sé tocar! —se rebeló Émilie.

—Vale, pues venga a sentarse y cuéntenos sus desgracias.

Con un gesto inapelable, el hombre despidió al *maître*. Émilie aún dudó un instante antes de incorporarse a la mesa.

—Ya está, ya está —dijo el hombre con el tono que se emplea con los niños—. Ahora tendría que sentirse mejor.

—Pero, sinceramente, ¿cómo se le ha ocurrido? —añadió la mujer, con una sonrisa divertida.

—¿Qué quiere decir?

—Pues venir a sentarse a la mesa de un restaurante como este sabiendo que no podría pagar.

—Pero no lo sabía…

—Venga, ahora ya estamos en confianza —murmuró el hombre, inclinándose hacia Émilie—. Es el momento de presentarnos. Tenga mi tarjeta.

Y deslizó hasta Émilie una tarjetita en la que unas letras en relieve formaban su nombre y apellido y describían su función:

ADRIAN BRENNAN

||||||||||||||||||||||||||||||||||||||||||||||||||||||

Coach de vida
ORGANIZACIÓN INTERNACIONAL DESTINY

—Y ella es mi mujer, Monika, que, como ha podido oír, es de origen alemán. Yo soy de Islandia.

—Encantada. Yo soy Émilie. Émilie Duchalant.

—¿Y da clases de música…?

—En el conservatorio de Ivry-sur-Seine. En la región de París.

—Sé dónde está Ivry.

—De todos modos, gracias. No sé cómo habría salido del apuro sin ustedes. Pero ¿por qué…?

—¿Por qué vamos a pagar su cuenta? Simplemente por el placer de tenerla a nuestra mesa.

—¿Sin más?

—No, realmente no. Hay algo más, por supuesto…

Émilie se derrumbó otra vez por dentro. Se lo temía. ¿Qué le pedirían? ¿Que los siguiera hasta su limusina y los acompañara a su mansión, donde un servil y estricto mayordomo, como el *maître* del Moulin, la invitaría a cambiar la túnica y el vaquero por un conjunto de cuero con remaches y luego la escoltaría hasta un torreón equipado con numerosos objetos dedicados al placer de sus anfitriones?

Llegados a ese punto, ¿cómo escapar? Émilie suspiró profundamente. A fin de cuentas, lo único que tenía que hacer era darles las gracias educadamente y levantarse. De todos modos, pagarían su cuenta. ¡Uf!

—En primer lugar —continuó Adrian Brennan—, como ya le he dicho, nos gustaría oírla tocar. La última vez que cenamos aquí, un concertista de talento extraordinario nos mantuvo cautivos toda la noche tocando a Chopin, Mozart y Rachmaninov uno tras otro. Nos hemos llevado una gran decepción al enterarnos de que el pianista no tocaría esta noche.

—Además —añadió Monika—, mi marido y yo somos excelentes fisonomistas. La tristeza que tiene en la cara no nos ha dejado indiferentes.

—Así que va a tener que contarnos todo. Pero no inmediatamente. Primero...

—¿Primero? —dijo preocupada Émilie.

—Bien, ¿no quería tocar para pagar la cuenta? Pues venga. Toque. Pero ahora solo por gusto.

—¿Ustedes creen que el *maître* estará conforme?

—¡No me cabe la menor duda!

Émilie no había llevado ninguna partitura, pero eso no tenía ninguna importancia, porque la pareja había nombrado a Mozart, Chopin y Rachmaninov. Se sabía de memoria el *Preludio en sol menor* de este último, igual que la *Sonata 13 K. 333* del gran Wolfgang Amadeus. En cambio, si querían escuchar a Chopin, tendrían que conformarse con una o dos introducciones. Émilie empezó secándose las palmas de las manos con una servilleta y luego fue a sentarse delante del teclado del venerable Érard, con el corazón latiéndole a punto de estallar.

Llevaba seis meses sin tocar. Prácticamente desde el día en que conoció a Julio Ross. Ese recuerdo hizo que se le pasara por la cabeza la idea de interpretar uno de sus grandes éxitos que, seguro, todo el mundo en el comedor conocería. Sin embargo, probablemente el estilo de la estrella francoespañola no sería del gusto de sus mecenas de una noche. Además, ¿qué sería de la música de Julio sin su voz inimitable?

Adrian Brennan y su mujer la animaron con un aplauso tan ligero que nadie habría podido oírlo más allá de una o dos mesas. Clase hasta la médula.

«Todo lo contrario que yo», pensó Émilie, mientras posaba sus dedos de uñas descuidadas sobre las teclas.

Inspiró profundamente. El alboroto del restaurante había caído un grado. «¿Tendría talento la vagabunda?». De pronto, una preocupación sacudió a Émilie. ¿Y si el piano, expuesto a los cambios de temperatura de un comedor recalentado algunas noches y abierto a los cuatro vientos durante el buen tiempo, no estaba afinado? Rachmaninov no soportaba ni una nota desafinada, aunque fuera imperceptible para un oído profano.

Con un dedo titubeante, probó una escala con las teclas blancas. Eso provocó algunas risas, pero parecía que el piano no había sufrido o que por allí había pasado recientemente un afinador. Una breve prueba de las teclas negras.

El sonido que produjeron los martillos sobre las cuerdas tenía la franca pero sorda rotundidad y el potente tono que solo pueden producir los mejores instrumentos. A Émilie le sorprendió; hasta entonces solo había tocado pianos verticales o, aún peor, teclados electrónicos. Era tan bello y conmovedor como las palabras susurradas al oído de un hombre sinceramente enamorado.

Y, en el corazón de Émilie, un océano de lágrimas que solo necesitaba desbordarse empezó a agitarse. Cada nota era como un soplido de viento que producía unas olas que al romper borraban por un instante cualquier pensamiento melancólico. La magia de la música.

Su mano derecha se convirtió en una mariposa. Desde la caja abombada del antiguo Érard, celosamente conservado y tantas veces restaurado, se elevaba una melodía ligera con unas deliciosas vibraciones que empezaron a revolotear de mesa en mesa, dejando petrificados a los comensales en prosaicas posturas, ya que un tenedor levantado y una sonrisa burlona casan mal con el arte.

Rachmaninov.

Era su compositor preferido. Tan difícil de tocar por el común de los mortales.

Sin embargo, Émilie había heredado unos dedos tan largos y tan ligeros que, de niña, su madre la llamaba «mi pequeña concertista».

Aquello había sido hacía mucho tiempo, antes de que la resonancia y la biopsia ofrecieran su diagnóstico.

Desde entonces, mamá tocaba el arpa con los ángeles del cielo y sus lágrimas se mezclaban con la lluvia cuando sentía, desde allá arriba, que su pequeña concertista estaba triste.

En cuanto a Émilie, forzosamente tenía que reconocer que su vida solo era un cúmulo de fracasos, alejada de las ambiciones de una madre a la que adoraba. A no ser que su soltería ya rondando los treinta, la serie de estupideces que acababa de cometer y su puesto de profesora de música en un conservatorio de barrio —en el que solo le habían confiado los *niños con necesidades especiales* y casos sociales educados en el rap— se considerasen como una especie de triunfo. Pero, el trabajo, lo había perdido.

Las mariposas revoloteaban sobre el teclado que sus dedos de araña abrazaban con un solo ímpetu. Piano…, pianísimo…, y a continuación el primer *crescendo,* que inducía a su mano izquierda a permanecer en las graves mientras la derecha se ajustaba a la ardua gestualidad que el terrible compositor exigente y magníficamente inspirado había creado para ella, intuyendo que solo unas manos tan ligeras y tan finas podrían asumir ese reto. Y mala suerte para el resto.

Émilie solo era música. El comedor, los comensales, el *maître* que se había acercado, con la cara y el bigote cómicamente petrificados por la sorpresa, e incluso la pareja de mecenas, los más atentos, todo había desaparecido para dejar sitio a la tarima encaramada sobre una nube de una orquesta filarmónica cuyos violines y contrabajos la acompañaban.

Aquello duró el tiempo del preludio. Émilie tocó a continuación la *Sonata 13 K. 333 en si mayor* de Mozart, pasando así de la incandescencia del alma rusa a la limpidez cristalina del puro genio, en una perspicaz mezcla de calor y frío a la que solo una gran música se habría atrevido, salvo que en este caso se trataba únicamente de los riesgos de un repertorio demasiado restringido.

Allegro. Allegro cantabile. Allegretto grazioso.

Sin duda alguna, Mozart le habría perdonado las pocas notas desafinadas mientras que ella se maldecía por haber dejado que se le oxidaran los dedos.

Sin jadear ni un solo instante, Émilie llegó al final de la sonata, cuyos tres movimientos deberían haber durado veintitrés minutos pero que ella había terminado en menos de quince, por omisión de algunas repeticiones sin por ello traicionar la obra.

Al fin, Émilie alejó los dedos del teclado. La ligera náusea resultado de la mezcla del alcohol asociada a una comida demasiado abundante se había convertido en una migraña sorda. Necesitaba un vaso de agua. El *maître* debió de leer sus pensamientos, porque corrió a servirle lo mejor que tenía en materia de burbujas. Ella se lo bebió de un trago. Se giró hacia el comedor.

Estaban todos como paralizados.

Luego una pareja empezó a aplaudir y otra le siguió. Unos instantes más tarde, todo el restaurante, con una ovación, le agradecía la inmensa felicidad que acababa de ofrecerles. ¿Cómo habrían reaccionado si Émilie hubiera tenido dos o tres partituras?

Adrian Brennan fue a su encuentro para ayudarla a levantarse, con un gesto que parecía la invitación a un vals.

—Gracias por este exquisito momento —susurró, conduciéndola hacia la mesa, acompañados aún por los aplausos que se extinguían.

—Efectivamente, sabe tocar —comentó Monika con una sonrisa.

Émilie, aturdida, aún no estaba orgullosa. Como mucho, se sentía enormemente estúpida por haber pensado en terminar con su vida por una pequeña locura que tenía como objetivo declarado llamar más la atención de su banquero, una vez que hubiera recibido el pago a cuenta de la tarjeta Visa al mismo tiempo que su certificado de defunción.

«¿A quién se le ocurre destruir cada día la vida de las personas por menos de tres mil euros de descubierto?».

Anda, ahora que lo pensaba, en lugar de dormir en el Formule 1, tendría que haberse instalado en un hotel de cinco estrellas y cambiar su Clio exánime por un descapotable alquilado. Y ya que estaba, ¿por qué no desvalijar las tiendas de lujo de los alrededores del paseo Mirabeau? Pues no. Lo único que se le había pasado por la cabeza había sido darse la cena de su vida, tocar el piano y buscar un puente lo más alto posible.

«¡Un poco penoso tu suicidio, amiga! ¡Y vuelves a estar en la casilla de salida! Sin siquiera un rumbo fijo. Mañana tendrás que plantearte las mismas preguntas que ayer. ¿Cómo voy a salir de esta, sin un duro, sin mi novio, sin mis padres y, sobre todo, sin esa obsesión por Julio Ross, cuya desaparición, lejos de parecer una curación, solo ha dejado un gran vacío?».

—Muy sinceramente y sin querer trivializar, permítame decirle que el placer con el que nos ha gratificado compensa ampliamente la modesta invitación a nuestra mesa. —Dicho esto, Adrian no pudo dejar de darle unos golpecitos en la mano—. Lo menos que puede decirse es que tiene dedos de pianista. Lo cierto es que mi mujer se dio cuenta mientras peleaba con las pinzas del bogavante. Una excelente elección, dicho sea de paso. He oído decir que el chef los importa de Maine.

—¿Y usted qué ha pedido? —preguntó Émilie, educadamente.

—Oh, yo soy vegetariano e intento evitar comer todo lo que tenga cara. De vez en cuando me dejo tentar por un pescado, porque mi mujer insiste. Según ella, nosotros estamos en lo más alto de la escala alimentaria y tenemos derecho a asesinar a los que están en lo más bajo. Nunca a especies intermedias. En cuanto que mamíferos, deberíamos considerar el consumo de otros mamíferos como canibalismo. Sin embargo, afortunadamente no sigo sus consejos al pie de la letra. De lo contrario, me vería comiendo saltamontes, como en África, o tarántulas y escorpiones fritos, una delicia según se dice en China o Camboya. Así que esta noche me he dejado tentar por la lubina a la sal. En Provenza, se le llama lobo.

—Una especie en vías de extinción —le pareció oportuno señalar a Monika, que miraba severamente a su marido—. *Darling*, ¿y si pides otra botella de champán?

—Ay, para mí —dijo Émilie— sería mejor Perrier o, como mucho, una Coca-Cola.

Pidieron las bebidas y, después de dar los primeros sorbos, Adrian reanudó la conversación con una pregunta de lo más banal.

—Dígame, Émilie. ¿Cómo ve su vaso de Coca-Cola? ¿Medio lleno o medio vacío?

—Perdone, señor Brennan, pero conozco esa expresión.

—Sí, se emplea a menudo en el lenguaje corriente. Lo sé. Pero ¿sabe usted que procede de un método de reparación del alma bastante eficaz, que tengo el honor de practicar, entre otras nuevas terapias, con cierto éxito?

—Me parece que he oído hablar de ello. La MDL o algo parecido.

—No es ni la MDL ni el IRPF —dijo Monika, con una risa encantadora—. No, mi marido se refiere a la PNL: la programación neurolingüística. Un método terapéutico que tanto él como yo hemos estudiado en Estados Unidos, después de que él acabara la carrera de psiquiatría y yo mi formación como psicoanalista.

—¿Y el vaso? —insistió Brennan, con la mirada chispeante.

—Pues bien —dijo Émilie, levantando el suyo delante de la luz—. Dado mi estado de ánimo actual, está más bien vacío.

—¿Alguna vez lo ha visto medio lleno?

—No lo sé. Quizá. Antes de todo esto, seguro que sí.

—Antes… ¿de qué? —preguntó Monika.

—Antes de que conociera a alguien. Una estrella de la música.

—¿Y usted no es una estrella? Pero si toca admirablemente.

—Sí —dijo Émilie rechinando los dientes—. Una estrella para mis alumnos de Ivry. Bueno, para los que no faltan a clase y para los que no utilizan el vestíbulo del conservatorio como mercado cubierto para sus trapicheos. Para mi novio también lo fui durante un tiempo. Pero, bueno, él estaba en paro. No tenía nada más que hacer que admirarme, hasta que salí corriendo, presa de un ataque de locura…

—¿O de desesperación?

—¿Por qué de desesperación?

—Porque la locura nunca está muy lejos de ella. Nadie huye de una relación si queda alguna esperanza. En definitiva, usted acabó saliendo de su pecera, pero aún no ha conseguido recrear su… estanque personal. Lo que nosotros, en nuestra jerga, llamamos la zona de confort. Los peces giran a su alrededor, pero no sabe cómo atraparlos.

—Desde luego, tú y los peces —se burló Monika, lanzando una tierna miradita a su marido.

—¿No habíamos decidido que esta joven nos interesa?

—Ah, ¿sí? ¿Les intereso? ¿Y cómo es eso? —dijo preocupada Émilie.

Monika Brennan se inclinó ligeramente sobre la mesa, y Émilie pudo sentir su aliento, cargado de champán y de agua de azahar.

—Mire, mi marido y yo dirigimos un centro de recuperación psicológica, no muy lejos de aquí. Utilizamos todo tipo de técnicas nuevas, alguna de ellas experimentales. Nuestros pacientes son de un nivel muy alto, porque una semana de estancia resulta extremadamente cara. Entre nuestros miembros hay personas de todos los rincones del mundo, grandes políticos van periódicamente a reponer fuerzas a nuestro centro después de campañas agotadoras. Así que, partiendo del principio de que el universo nos ha colmado con sus favores, y convencidos de que existe la ley de la atracción, hemos creado una fundación para que personas menos afortunadas se beneficien de nuestros métodos. En pocos días, hemos vuelto a poner en pie a magnates de la industria al borde del suicidio, a escritores con el síndrome de la página en blanco, a cantantes que habían perdido la voz como consecuencia de una ruptura sentimental y a políticos a los que habían rechazado sus electores. Cuando la vimos esta noche, sola y con una tristeza como para hacer llorar a las piedras, decidimos ponerla a prueba para saber si mercería entrar en la lista de nuestros beneficiarios.

Émilie estalló en carcajadas.

—¿Me han elegido de cobaya?

—Ni mucho menos —respondió Adrian, con un tono grave y serio—. Hace mucho tiempo que nuestros métodos demostraron su eficacia. Nosotros hemos elaborado unos juegos terapéuticos muy eficaces. Pensar en usted como en una cobaya iría en contra de nuestros más esenciales principios. Nosotros no tomamos, nosotros damos.

—Pues, por lo visto, les ha ido bien —dijo Émilie, abarcando con un gesto amplio la mesa, la botella de champán y el ambiente lujoso del restaurante.

—Exactamente, ¿qué sería la auténtica riqueza si no se compartiera? ¿Se imagina una economía próspera sin ninguna forma de redistribución? Una persona a la que ayudamos gratuitamente hace tres años, porque psicológicamente estaba en una fase crítica y no tenía medios para pagar ni siquiera medio asesoramiento, descubrió que tenía un gran talento para las herramientas de comunicación en internet. No le diré quién es, me lo impide la confidencialidad, pero la *startup* que puso en marcha inmediatamente después de su estancia con nosotros acaba de cotizar en bolsa. Y su primer gesto, en cuanto se convirtió en millonario, fue encomendarnos a su equipo de marketing. Cuarenta empleados a los que la empresa les pagó el curso de motivación. Por supuesto, nosotros no pedimos tanto. Pero así actúa el universo. La ley de la atracción.

Émilie se secó la comisura de los labios con la servilleta. Según aquella descripción, esa pareja encantadora dirigía una secta. Aquella era la última trampa en la que le habría apetecido caer incluso el día anterior. Por otra parte, su futuro era la nada. Secta o manicomio, realmente no tenía otro sitio adonde ir. Pronto le devolverían el recibo del móvil, así que se quedaría sin contacto con el mundo exterior, además de no tener casa. Y cuando se le acabase el depósito de gasolina del coche…

—¿Y qué prueba tengo que pasar para beneficiarme de su generosidad? —se oyó preguntar.

—Nada del otro mundo —dijo Adrian Brennan—. Sencillamente contarnos cómo ha llegado a entrar en este restaurante con una túnica de color rosa fluorescente y su cuenta corriente bloqueada.

—Y, sobre todo, con semejantes pensamientos oscuros —añadió Monika, mirando a los ojos a Émilie.

3

Fue hace más o menos seis meses —empezó Émilie—. Concretamente el 14 de noviembre. Mi novio y yo vivíamos juntos desde hacía dos años, la empresa en la que él trabajaba se declaró en quiebra durante la primavera y envió al paro a media docena de diseñadores gráficos, entre ellos a Guillaume, por supuesto. El caso es que aquello no pareció molestarle mucho. La noche en que lo despidieron, me dio la noticia con una enorme sonrisa. Bueno, hasta que encontrara otro trabajo iba a poder hacer todo lo que quisiese. Dicho de otro modo, nada. Al margen, claro está, de intentar desarrollar un videojuego al que dedicaba una hora de vez en cuando y que jamás saldría a la luz. No puede decirse que Guillaume fuera el mejor. Sin embargo, tenía un cierto talento para el ordenador. Pero, antes, tendría que contarles cómo nos conocimos.

Su encuentro, tal y como lo describió Émilie, fue tan banal como los últimos meses de su relación. Mientras que a Émilie acababan de contratarla como profesora de solfeo y piano en el centro cultural del que dependía el conservatorio de Ivry, Guillaume asistía allí a un curso de artes gráficas, tras haber dejado la carrera de filología en Jussieu y de renunciar a los estudios de periodismo.

Después de cruzarse muchas veces por los pasillos, acabaron saludándose y luego iniciaron una conversación. Hacía muy poco tiempo que Émilie había roto una relación pasional y a duras penas se estaba reponiendo de la ruptura. Aún no se sentía preparada para otra aventura sentimental.

Además, su verdadero amor era la música. Más que una pasión, los sonidos que arrancaba a las teclas del piano eran un goce del alma. Vivía la música. Soñaba con la música. Llegó incluso a olvidarse de comer solo por haber descargado una interpretación inédita de alguna de sus piezas favoritas. Entonces se veía con los pies sobre unas notas, unas partituras en forma de alas a cada lado de su cuerpo, revoloteando entre nubes de ondas sonoras, acompañada por el canto de una miríada de pájaros.

Para Guillaume, por su parte, Émilie lo supo más tarde, aquello fue un flechazo. La pareja se formó progresivamente «de manera homeopática», por citar una de las expresiones favoritas de él.

Émilie era tan morena de tez y de pelo —que llevaba largo y ondulado— como Guillaume rubio. La cintura fina, el aspecto orgulloso, fascinaba sin saberlo por su mirada almendrada y sus ojos azules de reflejos dorados que viraban hacia el metal precioso, a poco que, el sol ayudara. Guillaume era de constitución robusta, con un ligero aspecto vikingo que hacía que, con frecuencia, las mujeres se volvieran a su paso. Sobre todo desde que se dejó crecer algo parecido a una barba.

—La alianza de lo visual y lo auditivo —murmuró Adrian Brennan.

—¿Perdón?

—No, soy yo quien se excusa. No debería interrumpirla. Esta reflexión espontánea es deformación profesional. Sencillamente subrayo el hecho de que Guillaume, por su arte, se centra en la dimensión visual mientras que usted es una pura auditiva. Son categorías psicológicas básicas, para comprender mejor el comportamiento humano.

—¿Y eso tendría importancia en nuestra relación?

—Cuando vieran la misma película, a uno lo seduciría la imagen y a la otra el sonido —dijo Brennan, con chispas en la mirada.

—¿Y si dejaras que nuestra nueva amiga continúe con su relato? —intervino Monika.

Durante los primeros meses de su relación, Émilie y Guillaume habían seguido viviendo cada uno en su casa. Pero pronto les pareció que saldrían ganando si cambiaban sus minúsculos estudios por un piso de dos habitaciones compartido.

Después de la historia pasional que acababa de vivir, Émilie supo valorar la calma y la tranquilidad de aquella nueva vida en pareja. Aunque no estaba realmente enamorada, sentía por Guillaume un profundo cariño y una atracción física y le compensaba la complicidad sin roces.

Él era emocionalmente estable y con una tendencia a la inactividad que rayaba en la pasividad total. Aunque la amaba de verdad, de un modo infantil, nunca manifestaba el menor síntoma de celos. Guillaume solo salió de su letargo un día que Émilie pilló una salmonelosis y manifestó todos los síntomas de una apendicitis aguda en mitad de la noche. Aun así, tuvo que estallar en sollozos entre dos visitas espectaculares al cuarto de baño para que él se decidiera a llamar a una ambulancia.

Ese era Guillaume. Nada parecía afectarle nunca.

Al margen de los videojuegos, los cómics, algunas series americanas y un canutito de vez en cuando, su interés por las cosas de la vida se limitaba a lo que a ella le apeteciera aportarle, sin que él tuviera necesidad de anticiparse. Guillaume daba gracias al cielo por haber puesto a Émilie en su camino. Ella era fuego y él agua estancada. Émilie celebró sus veintinueve años, él tenía veintiocho. Pronto sería el momento de tener un niño.

—Ya está. El problema fue que Guillaume se quedó sin trabajo en ese momento. Yo esperaba que se pusiera a buscar otro inmediatamente. Pero él tenía ese maldito proyecto de juego, que iba a hacernos ricos. Lo malo fue que Guillaume no había trabajado el tiempo necesario para que le correspondiera un subsidio de desempleo decente. Así que me vi pagando casi todo el alquiler. Tuve que dar clases particulares y hacer horas extras. A veces llegaba tarde a casa y me encontraba a Guillaume tirado en el sofá con unas latas de cerveza abiertas en medio de unas revistas y, a veces, rodeado de amigos…

Su rutina apaciguadora, los cimientos de una relación de la que Émilie valoraba la calma, empezó a verse alterada por broncas cada vez más frecuentes.

Hacia el mes de septiembre, Émilie se rebeló, hasta el punto de que llegó a pasarse un día entero examinando ofertas de empleo de varias páginas web y de revistas especializadas para organizarle alguna entrevista. Por primera vez, vio a Guillaume ponerse tan furioso que, por un instante, llegó a temer que se pusiera violento. Estuvieron sin hablarse casi una semana.

Más o menos en aquella misma época apareció en los medios de comunicación una nueva estrella ascendente de la música pop.

Julio Ross, de padre catalán y madre bretona, cuyo verdadero nombre era Julio Vázquez de Sola, había empezado su carrera consiguiendo el premio a la mejor voz en un *reality show*. Rápidamente se había convertido en el ídolo de varias generaciones, a diferencia de otros cantantes que solo son capaces de alcanzar a un público cautivo de adolescentes, entregados al producto de forma pasajera.

Su voz de barítono le permitía alimentar otras ambiciones, pero la originalidad de sus canciones, a medio camino entre las de Claudio Capéo y Kendji Girac, con un ligero toque de Soprano, lo había llevado inmediatamente a la cima de la música pop *made in France*.

Y para que no faltara de nada, era más guapo que nadie.

Igual que sus amigas y que muchas otras chicas, Émilie se enamoró de él en cuanto lo oyó por primera vez.

—Bueno, eso no es nada nuevo… —añadió, con una risita—. Ya saben ustedes, enamorarse de un cantante famoso no significa nada. Solo es una manera de hablar. Mi madre estuvo enamorada de Paul Newman y de Pavarotti durante toda su vida, pero nunca los conoció. Solo que yo...

Solo que Thierry Ardisson dedicó uno de sus *Salut les Terriens* a los nuevos cantantes franceses y Julio Ross fue el invitado de honor del programa.

La mejor amiga de Émilie, Juliette Courtet, precisamente trabajaba de telefonista y recepcionista en el grupo Canal +. Tres días antes de la grabación del programa, Juliette la había llamado tan nerviosa como si le hubiera tocado la lotería.

—¿A que no lo adivinas? Ponte tus mejores galas, preciosa. Voy a llevarte al paraíso.

—¿De qué estás hablando?

—De Julio Ross. ¿Sabes que participa en el programa de Thierry el viernes?

—¿Qué Thierry?

—¡Vale ya! Sabes perfectamente de quién te hablo. Pues espera porque me las he apañado para que podamos asistir al programa. ¡Sí, cariñito! Iremos de público. Y, como la ayudante de producción es amiga mía, me ha prometido que nos sentará en primera fila. ¡Vamos a verlo de cerca! ¡Tú y yo! ¡Julioooooo!

Y entonó el estribillo de su último éxito *La paloma dans mon coeur. La paloma en mi corazón.*

«Tu l'entends, la paloma, toute blanche dans mon coeur bleu, ses ailes qui ne battent que pour toi». [Escuchas, la paloma, muy blanca en mi corazón azul, sus alas solo baten para ti].

Precisamente, Émilie atravesaba una de esas etapas de crisis que alteraban su vida de pareja. La noche anterior,

Guillaume había salido con la pandilla de parásitos que ella se encontraba demasiado a menudo tirados en *su* sofá.

Había vuelto a casa a altas horas de la madrugada, medio borracho, completamente eufórico y dispuesto a pelearse por el menor comentario. A Émilie no le hizo mucha gracia que la sacara de su sueño más profundo. Así que se pasaron las dos horas de reposo que le quedaban discutiendo, hasta que ella se marchó a trabajar, agotada, dejando atrás a un Guillaume en estado de coma que roncaba tirado en la cama completamente vestido, con zapatos incluidos.

La invitación de Juliette llegó en un buen momento. Suponía un rato de distracción, lejos de su pequeño piso, que cada vez le costaba más mantener presentable.

—¿Nunca se le ocurrió la idea de amenazarlo con una ruptura? —preguntó Adrian.

Émilie negó con la cabeza, con aspecto avergonzado.

—No soy buena en eso. La única vez que llegué a romper por mi propia iniciativa, lo lamenté y me arrepentí durante meses.

—Según creo entender, usted se engancha fácilmente —señaló Monika.

—Sí, eso es cierto, sí.

—Y no le supone ningún problema que la exploten.

—¿Qué quiere decir…?

—No ponga esos ojos tan tristes. Nosotros no estamos aquí para juzgarla, al contrario. Nosotros intentamos determinar un perfil psicológico para poder ayudarla mejor.

—Siempre que tomemos esa decisión —puntualizó Monika, lanzando una rápida y severa mirada a su marido.

—¿Y eso de qué depende?

—No se preocupe —contestó Adrian, manteniendo la mirada a su mujer—. Va por buen camino. ¿Quiere beber alguna otra cosa?

Émilie dijo que no con la cabeza y, mientras lo hacía, se dio cuenta de que el restaurante se había quedado vacío. Aparte de ellos, solo permanecían aún dos parejas sentadas a sus mesas.

—Me da la impresión de que no tardarán mucho en echarnos —señaló.

—Si se diera el caso, nos gustaría mucho invitarla a la residencia para tomar una última copa y conocerla mejor.

—¡Adrian!

Lejos de parecer pillado en falta, Brennan continuó:

—Monika, no sé qué piensas tú de esto, pero sería la primera vez que no estuviéramos de acuerdo. Por mi parte, este es mi diagnóstico y mi veredicto. Nuestra amiga Émilie…, me permites considerarte ya como una amiga y tutearte, ¿no es así? Nuestra amiga es una solitaria independiente y generosa, con una imagen de sí misma negativa y deformada. Se siente a gusto en las relaciones agitadas mientras cree que está buscando la calma y la serenidad. Es hipersensible. Una artista innata. Su relación con la música la remite a unas dimensiones fuera del tiempo. Su tasa de reacción frente a la agresión es muy baja y sufre esencialmente por su incapacidad para defenderse como consecuencia de un síndrome de pérdida. Émilie, dime, ¿a qué persona cercana has perdido?

—Un poco a todo el mundo —contestó ella evasivamente, encogiéndose de hombros.

—¿Más en concreto?

—Mi padre nos abandonó a mi madre y a mí cuando yo tenía siete años. Volvió a casarse y desapareció completamente de mi vida. Mi madre conoció a alguien pero no lo disfrutó mucho tiempo. Voy a menudo a su tumba, es mi único modo de estar un poco en contacto con mi familia. Soy hija única.

—¿Te das cuenta, Monika? Tenemos entre manos a una chica joven con talento pero terriblemente sola y que se siente mal consigo misma, porque es un poco ingenua y demasiado sentimental para la época en la que vivimos. En lo que a mí respecta, yo ya he tomado una decisión.

Monika cedió encogiéndose de hombros.

—Bien, en ese caso...

—Eh, esperen, yo aún no he dicho que aceptaba —protestó Émilie, en un último sobresalto.

—¿No habías empezado a relatarnos tu historia?

—Nuestro encuentro no ha sido casual, es tu recompensa —dijo orgulloso Adrian—. De nuevo, la ley de la atracción.

—Pero ¿qué he hecho yo para merecer lo que quiera que sea esto?

—¿Te das cuenta? Ya hemos llegado al núcleo del problema. Al contrario de lo que muchos creen, todos merecemos alcanzar la felicidad, cualesquiera que sean nuestros actos. Tu pareja realmente no te ha otorgado el reconocimiento que te merecías. Así que la ingratitud se instaló en tu rutina. ¿Tienes coche?

—Sí. Bueno, lo que queda de él...

—Muy bien. Así, basta con que nos sigas. Y, una vez en la residencia, te sentirás con mayor libertad de movimientos. Entonces, estamos de acuerdo, ¿intentas vivir la aventura?

«Por supuesto, voy a intentarlo —pensó Émilie—. Y si se creen que solo soy una víctima, es porque aún no han oído nada».

4

Lo que los Brennan llamaban «la residencia» era una espléndida masía provenzal, construida en medio de un jardín privado incrustado en el bosque nacional de la Gardiole, cerca de Cabassols y de Vauvenargues, en la carretera del puerto del Grand Sambuc.

La quinta del siglo xix, restaurada y modernizada, había pertenecido a los aparceros de un terreno vinícola. Más tarde, durante la Segunda Guerra Mundial, el ejército alemán la había confiscado, luego había sido vendida en subasta pública y se había convertido en un hotel, desafortunadamente sin demasiado éxito, y había acabado transformada en una residencia para personas mayores acomodadas.

Los Brennan por su parte la habían comprado hacía una década y, después de años de obras de rehabilitación y decoración a base de cuantiosísimos gastos, la habían convertido en el centro de sus actividades.

La masía se componía de un inmenso salón, veinte habitaciones con baño, repartidas en dos plantas, un apartamento independiente, un despacho, una salita de proyección, una cocina digna de un gran restaurante y un sótano al que los residentes tenían prohibido el acceso. El jardín, arbolado, tenía un aparcamiento lo bastante grande como para albergar unos quince vehículos y una piscina en forma de riñón, que alimentaba una cascada artificial situada en el centro de unas buganvillas de muchos colores y flanqueada por dos *jacuzzis*. Unos caminos tortuosos se abrían paso entre la exuberante vegetación y el más largo de ellos conducía hasta la entrada del edificio principal, separado de otra dependencia por una galería abovedada.

A Émilie la cautivó al instante la elegancia y calidez del lugar. Uno se sentía inmediatamente como en casa.

Los Brennan le indicaron una plaza para aparcar el coche, cerca de su Porsche descapotable, resplandeciente aunque seguramente la doblara la edad, y la invitaron a seguirlos hasta la dependencia.

—¿No tienes maleta? —se extrañó Monika, cuando la joven le seguía los pasos.

—Por desgracia, esto es todo lo que me queda —dijo Émilie, con una mueca y dando golpecitos al bolso que llevaba en bandolera—. También tendré que contarles eso.

—Empieza a hacerse tarde —intervino Adrian—. Voy a pedir que nos sirvan café y té, si no probablemente nos quedaremos dormidos.

Con autoridad, apretó el botón del interfono, lo que le permitió pedir que le abrieran la puerta y bebidas calientes al mismo tiempo. El saloncito de la dependencia era de estilo inglés. Sencillo y cómodo. Pesados sillones de cuero marrón con unos cojines amplios con botones engarzados. La chimenea con un escudo de armas. Cortinas de terciopelo. Una mesa baja recubierta de mármol y rodeada de unos pufs a juego… Apenas se habían instalado cuando un mayordomo silencioso dejó una bandeja con varias tazas, un tarro de miel, una tetera y una cafetera de plata que exhalaba un delicioso aroma.

—Lo ha hecho rápido —señaló Émilie.

—Claude Hugues nos conoce bien —dijo Adrian sorteando la observación—. Lleva con nosotros mucho tiempo. Si no tienes inconveniente, vamos a escucharte mientras seamos capaces de mantener los ojos abiertos y luego Monika te llevará a tu habitación. La temporada de los seminarios no está en pleno auge y, de momento, tenemos solo media docena de residentes. Esto debería permitirte sentirte mucho más a gusto. Como en familia…

—¡No sé cómo agradecerles tanta amabilidad!

—No es nada, créeme.

—Así que ¿el programa de Thierry Ardisson? ¿Qué pasó? —retomó Monika el relato, al tiempo que se llevaba la taza a los labios.

El día de la grabación, sin que Émilie supiera de dónde venía ese cambio, Guillaume anunció que tenía una entrevista para un puesto de trabajo de programador gráfico en una agencia de publicidad. Así que ella llegó a la conclusión de que ¡los hombres están dotados de un maldito instinto de conservación! Pero aún ignoraba, lo mismo que él, que ya era demasiado tarde. La rueda de su destino había vuelto a girar.

Salut les Terriens se grababa como un falso directo, en un enorme estudio en la Plaine Saint-Denis. Para asistir, Émilie se había tomado un día entero libre. Juliette y ella se pusieron sus mejores galas y canturreaban como adolescentes de camino a su primer concierto cuando el taxi las dejó delante del hangar. ¡Iban a ver a Julio Ross tan cerca que podrían tocarlo!

—Bueno, ¡deja ya de cantar! —acabó por decir enfadada Émilie, cansada de oír el mismo estribillo con la voz de cotorra de su amiga.

—¡Eh, eh! ¡Tranquila, pedazo de petarda! No todo el mundo tiene la suerte de poseer un don como tú. Aunque para lo que te sirve…

—Sí, ya, pero no puedo soportar más esos maullidos. En serio, Juliette, si no te callas yo no te conozco.

Esos rifirrafes eran algo normal entre las dos amigas. Cuanto más se querían, más se peleaban.

Como les había prometido, la ayudante de producción, amiga de Juliette, las instaló en la primera fila del decorado azul con columnatas blancas, a apenas unos metros de la fila de sillones que pronto recibirían uno tras otro a los invitados del «hombre de negro», el extraordinario Thierry Ardisson.

Este último no tardó en aparecer y en instalarse detrás de una mesa estilizada, con el pinganillo ajustado, tenso como todos los presentadores antes de cada grabación. Dio las gracias al público con una enorme sonrisa y con un «¿Qué tal están ustedes? ¿Bien?» y luego se concentró en sus apuntes, al tiempo que daba las últimas instrucciones a la regidora.

Unos ayudantes repartieron botellitas de agua. Un cartel luminoso se iluminó frente al público, fuera del alcance de las cámaras. Un asistente les explicó que el cartel les indicaría cuándo aplaudir, cuándo estallar en carcajadas y cuándo parar.

—Solo es para crear buen ambiente. ¡Espero que a todos les apetezca jugar a este juego! —Juliette y Émilie respondieron con un «sí» atronador, para sorpresa del asistente a quien tanto entusiasmo le llenó de alegría—. Si necesitan ir al cuarto de baño, ahora es el momento —añadió—. Cuando las cámaras empiecen a grabar ya será demasiado tarde. Y como la grabación dura tres horas...

Esa frasecita iba a cambiar definitivamente el destino de Émilie. Ella fue la única que se levantó, lo que le permitió a Juliette volver a meterse con ella.

—¡Eres una meona!

—Sí, pero a ti te conozco. No tardarás más de media hora en empezar a menearte y a lloriquear en la silla. Mientras tanto, guárdame el bolso. ¡Así servirás para algo por una vez!

Un cartel puesto cerca de la salida indicaba la dirección de los servicios. Pero el estudio era inmenso, un laberinto de pasillos, y Émilie no tardó en perderse. En realidad, era bastante fácil. Le habría bastado con girar a la derecha, como estaba indicado, y subir por la escalera que conducía a la entreplanta. Simplemente, los nervios tenían el efecto de atontarla. Sin saber cómo, se encontró en la planta de los camerinos. El lugar estaba desierto. Ni siquiera un asistente para indicarle el camino. Émilie se disponía a dar media vuelta cuando se abrió una puerta.

Y se encontró de frente con *él...*

5

Julio Ross tenía, como ella, unos treinta años. Con el pelo medio largo, la tez naturalmente morena bajo una barba incipiente y unos rasgos regulares que resaltaban una mirada ardiente, Julio Ross alardeaba de esa expresión mitad ángel y mitad demonio que había contribuido a su éxito desde la primera vez que había aparecido en los medios.

Alto y de complexión atlética, tenía un magnetismo al que pocas mujeres podían resistirse y la sonrisa que exhibió inmediatamente habría derretido a las más duras.

El corazón de Émilie dejó de latir cuando Julio, acariciándola con la mirada, le preguntó:

—¿La envía la regidora? Ya era hora. Se les ha olvidado encender el aire acondicionado en mi camerino. Es un auténtico horno y como sigamos así igual llego al plató nadando. ¿Podría hacer algo?

—Es decir, que… —A Émilie se le hizo tal nudo en la garganta que por un instante temió desmayarse, asfixiada—. Yo…, yo no trabajo aquí —acabó por articular.

—¡Anda, mira! —exclamó divertido el cantante—. ¡Una ladronzuela vestida de color caqui como un soldado! Y encima no está nada mal. ¿Ha salida a la caza de autógrafos?

—No. En realidad no. Estaba buscando… Quiero decir… Bueno, que me he perdido.

Buaf. ¡No iba a confesar a Julio Ross que tenía ganas de hacer pis! «Sí, sí, tenía al cantante delante…, ¡y acababa de reconocer que le parecía más bien guapa!».

—Si busca el cuarto de baño, no puedo ayudarla. Ni siquiera consigo encontrar el botón de encendido del aire acondicionado. —Julio marcó una pausa, con la mirada posada en Émilie como un rayo láser—. Pero, espere, tengo todo lo necesario en mi camerino. ¿Quiere aprovechar la ocasión?

Émilie sintió cómo se ruborizaba.

—No quiero molestarlo.

—Las chicas guapas no me molestan nunca.

No se le había ocurrido nada mejor para seducirla, pero es que Julio Ross era conocido y valorado como cantante pop, no necesariamente como un gran intelectual. Aquella frasecita, que en boca de cualquier otra persona le habría parecido una estúpida frivolidad, a Émilie le llegó de lleno al corazón. Ya solo era un pedazo de mantequilla bajo un sol ardiente, un malvavisco metido en un horno, una hoja temblorosa librada a los cuatro vientos. Sobre todo tenía que mantener la boca cerrada, no abrirla ni para darle las gracias, porque podía echarlo todo a perder.

«¡Iba a hacer pis en el camerino de Julio Ross!».

Inmediatamente se montó una historia fantástica en su cabeza. Julio, enloquecido por sus encantos, perdía completamente el control de sí mismo, tiraba la puerta detrás de la que ella había encontrado refugio, le arrancaba la ropa y... No, siendo sinceros, realmente ese lugar no era el más apropiado para un episodio romántico, ni aunque se debiera a una atracción bestial entre dos seres. Julio Ross, incluso en la imaginación, se merecía algo mejor que un rincón de dos metros cuadrados en aquellos sórdidos bastidores.

Cuando Émilie salió de sus fantasías unos instantes más tarde, recuperó el control de sí misma. Aunque el cantante la había halagado, no debía hacerse ilusiones. Seguramente era una persona con buen fondo y ese favor se lo habría hecho a cualquiera. Pero, afortunadamente, ella podía devolverle el favor.

—He encontrado el mando del aire acondicionado.

—¿De verdad?

—Sí, justo encima del lavabo.

—Ya me parecía a mí que me sentía mejor —susurró el cantante—. Pero pensaba que era por su presencia.

Lo fundamental, no embalarse. Dar las gracias educadamente y alejarse con dignidad. Eso era lo mejor que podía hacer. Pero Julio la retuvo.

—Si lo he entendido bien, ¿usted está entre el público?

—Sí. Por cierto, tendría que volver antes de que cierren las puertas.

—No se preocupe por eso. Estoy acostumbrado a los programas grabados y en directo. Siempre hay descansos. Quédese un poco más. Tengo que confesar que no me gusta estar solo. Me produce pánico escénico.

—¿Pánico escénico? ¡Está de broma!

—Parece ser que va con el talento. —Émilie, a la que el cantante había invitado a sentarse, lo miró para saber si hablaba en serio. Julio Ross estaba repantingado en el sofá, con los pies encima de la mesa, en una postura que no dejaba de recordarle la de Guillaume a diario. Por un breve instante, Émilie se sintió decepcionada. Le producía un enorme rechazo la arrogancia de la que el cantante acababa de dar muestra. Él se dio cuenta e intentó enmendarse—. Es una frase de Sacha Guitry. ¿Lo conoce?

—Ehh, sí, un poco.

—Se dice que, un día, una joven actriz se presentó ante él diciéndole: «Señor Guitry, yo no sufro pánico escénico, ¿cómo se explica eso?». «No se preocupe», le respondió el actor. «¡Eso va con el talento!». —Julio se rio de su anécdota y luego continuó—: No es que pretenda llegarle ni a la altura del tobillo. Lo siento si le he parecido un pretencioso. Seguro que es porque usted me pone nervioso.

—Ahora se está riendo de mí.

—¡En absoluto! ¿Y si me tratas de tú? Podemos tutearnos y conocernos un poco, ¿no te parece?

—Por supuesto. Sin problema.

—Y además, eres natural. Eso me gusta mucho.

—¿Qué quieres decir?

—Esperaba que me respondieras tratándome de usted. Algo así como: «Por supuesto, puede tratarme de tú». Entonces, dime, ¿qué haces en la vida, además de buscar un cuarto de baño?

—Soy música.

—Anda, ¿tú también?

—Pero no al mismo nivel —balbuceó ella, reprochándose inmediatamente rebajarse de esa manera.

—No hay niveles en la música. Al margen del nivel sonoro.

Definitivamente, a Julio Ross le gustaban sus propias ocurrencias, porque un sonido cristalino, dos octavas por encima de lo normal, salió de su boca. Reía como una chica. Curioso en un barítono.

—Doy clases de piano en un conservatorio —continuó Émilie.

—¿Eres pianista? Eso es genial. Pero ¿qué hace una chica tan guapa como tú en un conservatorio? Aunque aclárame antes, ¿de quién has heredado esos ojos? ¿De tu padre o de tu madre? —Otra vez, Émilie se sonrojó—. Ahora que lo pienso —continuó Julio sin dejarla responder—, me parece que nos falta un pianista para mi próxima gira. Mi mánager ha empezado a hacer una primera selección. Pero solemos elegir juntos. Si te doy su número de teléfono, ¿querrías probar suerte?

—¿Lo dice…, lo dices en serio?

—Por supuesto. Pero ¡ojo! No hay nada hecho. Ni siquiera sé cómo tocas. Simplemente tienes cara de ángel, una mirada que me vuelve loco y unas manos que tengo ganas de besar. ¿Puedo?

Antes de que Émilie pudiera hacer ningún gesto, Julio se acercó a ella y cogió sus dedos entre los suyos. No llevaba ni tres minutos sentada a su lado cuando sus labios se aplastaron contra los de ella; estaban tan tibios como un brioche recién salido del horno. Y sabían igual.

Émilie estaba a punto del paro cardiaco cuando alguien llamó a la puerta del camerino.

Ella se apartó de un salto.

—Vengo por el aire acondicionado —dijo la ayudante de producción, cuyo rostro se asomó por la apertura de la puerta—. ¿Parece ser que tiene mucho calor?

—Es evidente que aquí hace cada vez más calor —contestó el cantante, riendo con sarcasmo—. Podrías haber venido un poco antes… O nunca.

—Lo siento mucho, de verdad. Pero también me han dicho que lo lleve a maquillaje.

—¿Ahora mismo?

—Pues sí. Sale a escena dentro de veinte minutos y a Thierry le gustaría que se quedara durante todo el programa.

—Vale. Espera fuera, ahora voy.

La ayudante recorrió el camerino con la mirada y luego asintió con un movimiento de cabeza cómplice. En cuanto volvió a cerrar la puerta, Julio cogió la mano de Émilie para ayudarla a levantarse al mismo tiempo que lo hacía él. La apretó con todas sus fuerzas y le dio un beso en la frente antes de separarse.

—¿No hay ni un boli en este p… camerino?

—En el cuarto de baño he visto que alguien había dejado por ahí un lápiz de ojos.

—No te muevas, voy a por él.

Un instante después, Julio tenía la mano de Émilie abierta sobre la suya para escribir dos números.

—El primero es mi móvil. El segundo, el de Paul Oberman, mi mánager. Llámalo y dile que nos hemos conocido y que quiero que te haga una prueba. Si dice que no, insiste. ¿Has entendido?

—No es muy difícil de entender —consiguió decir Émilie, sonriendo.

—Ahora ya puedes volver a tu sitio, soldadito. Ay, espera, ¿cómo te llamas?

—Émilie.

—Bonito nombre. Y tus labios tienen un sabor exquisito. ¿Te lo han dicho alguna vez?

—Mi novio… Hace mucho tiempo.

—Ay, ¿estás con alguien? Una pena.

Émilie se encogió de hombros y pidió perdón por dentro a Guillaume por lo que iba a decir.

—Vivimos juntos, pero ya no es lo que era… En realidad, me siento bastante disponible.

—Pues por eso lo digo —replicó burlonamente Julio Ross—. ¡Una pena para él!

Sin una palabra más, se puso la cazadora gris con rayas azules que solía usar en público y salió del camerino, dejando a Émilie completamente aturdida.

Cuando acabó por dar con el camino hacia el plató, una lucecita roja encima de la puerta indicaba que había empezado la grabación y que estaba prohibida la entrada. Émilie se sentía como en una nube. Igual le daba el embrollo de cables, raíles y luces auxiliares, estaba petrificada, con la espalda apoyada en un tabique y la mirada fija en la palma de la mano, aterrorizada ante la idea de que el sudor le borrara los números de lápiz de ojos, mientras la orquesta interpretaba la sintonía del principio del programa y continuaba con la melodía del estribillo de *La paloma*.

«Julio Ross la había besado y abrazado. Le había dado su número de móvil. ¡Le había organizado una audición!».

No se acordó ni una sola vez de Juliette, que debía de estar muy preocupada en su silla de primera fila. Así pasaron unos largos minutos, adornados con la voz de Ardisson que, inflada por el retorno, atravesaba las paredes.

Una vez hubo acabado la primera parte de la grabación, una maquilladora que se abalanzaba hacia el plató se quedó sorprendida al ver a Émilie allí.

—Me he quedado atrapada aquí —explicó, muy avergonzada.

—¡Pues no te quedes parada! Estamos en un descanso, vuelve a tu sitio sin que nadie te vea. Si no, son capaces de echarte a la calle. Y el público no estará completo.

—Gracias.

La expresión de Juliette lo decía todo sobre su extrañeza y angustia cuando Émilie ocupó su sitio junto a ella. Unos metros más lejos, Julio Ross, inclinado sobre la mesa de Thierry Ardisson, parloteaba alegremente con él. Una voz que procedía de la regidora dio orden de que cada uno regresara a su sitio. Cuando el cantante volvía a sentarse, su mirada se cruzó con la de Émilie. Un simulacro de sonrisa, que pronto borró, iluminó su rostro.

—Pero ¿qué coño has estado haciendo? —dijo enfadada Juliette, mientras dejaba bruscamente el bolso de su amiga sobre las rodillas de esta.

—Ya te contaré —contestó Émilie.

—¿Contar qué?

—He conocido a Julio. Me ha dado su número de teléfono.

—¿Estás de cachondeo? ¡Vas a contarme todo ahora mismo!

6

Émilie tardó un poco en recobrar la sangre fría, pero acabó por acostumbrarse a la idea de que un famoso, y no cualquiera, se había quedado prendado de ella y la había besado. Por una cuestión de formas y porque aún le quedaba una pizca de amor propio y de instinto femenino, se prometió a sí misma no llamar a Julio ni a su mánager al día siguiente.

Era evidente que a Adrian Brennan le gustaba la miel, porque sumergía cucharaditas desbordadas en el té cada vez que se servía una taza.

—No hay nada más difícil que volver a la realidad de una vida sin demasiado encanto después de haber vivido un episodio completamente increíble e imprevisto.

—Gran sabiduría la de mi marido —comentó irónicamente Monika, lanzándole una mirada llena de cariño—. Pero continúa, Émilie. No dejes que te interrumpa.

Guillaume no se dio cuenta inmediatamente del cambio que se había producido en su pareja. Cuando Émilie regresó a casa, él tenía una buena noticia. La entrevista de trabajo le había ido bien. Estaba contratado.

—¿Y eso es todo lo que te alegras? —rezongó, decepcionado por la falta de entusiasmo de su novia.

Dos días después, con el corazón latiéndole a todo meter, Émilie acabó con la tortura que se había impuesto y, por fin, intentó llamar al cantante. Inmediatamente saltó el buzón de voz.

«Hola, soy Julio. Si te apetece deja un mensaje».

Émilie colgó, un poco decepcionada, y, sobre la marcha, llamó al mánager. Una voz seca le respondió.

—Oberman. ¿En qué puedo ayudarle?

—Llamo por la audición. Soy pianista. Julio Ross me dio su número de teléfono.

—¿Una audición? Pero ¿qué le pasa a este ahora? Ya está, ya hemos contratado a un pianista. Además, ya le dije que necesitábamos a un hombre para mantener las distancias. No a una chica…

Un sollozo oprimió la garganta de Émilie.

—Julio me dijo que insistiera.

—¿Y lo creyó?

—¿Qué quiere decir?

—De verdad, ¿usted se cree que es la única a la que le ha dado mi teléfono?

—No lo entiendo. Le dije que era pianista. Él dijo que quería oírme tocar, pero que eso dependía de usted.

Para sorpresa de Émilie, Oberman dejó escapar un largo suspiro.

—Voy a tener que contratar a dos secretarias más para gestionar los caprichos del hijo pródigo. Vale, le haré un favor, ¿puede venir esta tarde?

Émilie no podía. Su clase empezaba a las dos de la tarde y, luego, empalmaba con las dos clases particulares. Pero, de pronto, pudo. Bastaba con anular todo. ¡Ni mucho menos iba a dejar escapar esa oportunidad por una panda de chavales que prefería el rap a Beethoven!

La audición se llevaría a cabo en el estudio de grabación de Silver Line Records, en Saint-Ouen. Tardó dos horas en arreglarse y luego otra más entre el cercanías y el metro, porque, otra vez, Guillaume se había llevado el Clio.

El estudio estaba en la segunda planta de un edificio moderno. Era exactamente como lo había imaginado. Una recepción con las paredes llenas de pósteres y, entre ellos, los carteles de la futura gira de Julio… «¡Dios, qué guapo es!». Una recepcionista desbordada, atendiendo tres llamadas telefónicas a la vez. Dos enormes sillones de cuero beis, en los que estaban repantingadas dos chicas maquilladas desmesuradamente, estilo Vampirella, junto a un bajo y una guitarra dentro de sus respectivas fundas.

—Sí, ¿qué quería? —dijo la recepcionista, tapando con la mano el teléfono.

—Tengo una cita con el señor Oberman.

—Pues me extraña. El señor Oberman no estará aquí esta tarde.

—Pero he hablado con él por teléfono, me dijo que viniera.

La recepcionista se encogió de hombros. De pronto se dio cuenta de que Émilie estaba a punto de echarse a llorar. Le pidió a su interlocutor que esperara.

—¿Cuándo habló con él?

—Esta mañana. He anulado todos mis compromisos para venir.

—Pues, la verdad, lo siento mucho. Le ha surgido algo urgente. ¿No la ha llamado?

—No estaría aquí si lo hubiera hecho.

—Por supuesto. ¿Para qué la ha citado?

—Soy pianista.

—Ah, usted es la que Julio ha recomendado a Paul. Me ha hablado de usted. Vale, si es así, espere ahí. Voy a llamar a otra persona.

De pronto, el señor Oberman se había convertido en Paul, como si se hubiera creado una cierta complicidad entre la recepcionista y Émilie. Esta última fue a sentarse junto a las dos vampiras, que ni siquiera se dignaron a dirigirle una mirada. Émilie estuvo esperando más de media hora, hasta que un chico muy alto, con abundante y desordenada melena, vestido con un pantalón vaquero con tantos agujeros como un Emmental y una camiseta de lentejuelas, se precipitó hacia ella.

—¿Eres la pianista?

Las dos vampiras habían desaparecido hacía mucho tiempo con sus instrumentos. Tras un breve apretón de manos, el chico, que se había presentado como Tom, la invitó a seguirlo hasta un estudio de grabación lleno de diferentes instrumentos de música, donde, en el centro, reinaba un Steinway vertical. Le indicó que se instalara.

—¿Tienes alguna partitura?

—Pues..., sí... ¿Qué quieres que toque? —preguntó Émilie, mientras rebuscaba en el bolso.

—No sé, ¿qué acompañamiento pop conoces?

—Es que..., soy más bien clásica. Pero puedo adaptarme...

—¿Clásica? ¿Quieres decir de la época disco?

—No, en absoluto. Pensaba más en Liszt o Mozart. Pero también tengo más recientes. Satie o Gainsbourg...

—Espera, ¿no te han explicado? Si es para Julio, estaban buscando un pianista de jazz. Ha decidido cambiar un poco su registro, con un ambiente más tipo Nueva Orleans. ¿Comprendes?

Émilie asintió con aspecto avergonzado. ¡Qué idiota! Tendría que haberlo sospechado.

—Gainsbourg es un poco jazz... a veces.

—Bueno, venga, haz lo que puedas. —Tom suspiró—. Tienes cinco minutos. ¿Te importa que te grabemos?

—No, claro que no. Para eso he venido.

Tom se unió a la regidora, al otro lado de la cristalera aislada de ruidos, y se colocó detrás de la mesa de mezclas. Con un gesto, le indicó que podía empezar.

Tenía veinticuatro años de piano a sus espaldas; su madre, también pianista, se había dado cuenta del don que tenía para la música cuando apenas había cumplido los seis años. También sabía tocar la guitarra, el contrabajo y la flauta travesera. Pero el piano era su instrumento predilecto. Conocía el Steinway vertical K-132, famoso por su equilibrio en todos los espectros, sin demasiada agresividad en los agudos ni flojera en los bajos y medios. Un buen piano, muy superior a los que tenía a su disposición en el conservatorio y sin comparación posible con su teclado electrónico Yamaha. Así que no entendía por qué le temblaban los dedos cuando acarició el teclado.

—Bueno, ¿vamos? —dijo la voz de Tom desde el altavoz de la jaula insonorizada.

—Ehh, sí… Pero es que no sé qué tocar.

—¿Conoces los éxitos de Julio? ¿Sabrías tocar el acompañamiento de *La paloma*?

—Sí, claro, es fácil. Pero es más una melodía para una guitarra acústica.

—Escucha, bonita, estás aquí para demostrarnos cómo te las apañas con un teclado. Ya tenemos demasiados guitarristas. Tú me dirás, pianistas también… Así que toca *La paloma* como lo sientas, que yo pueda grabar algo. O si no, vuelve en otra ocasión, cuando estés preparada.

¡Bonita! ¡La había llamado *bonita!* Pero ¿quién se creía que era ese gilipollas? Un nuevo sentimiento, que identificó como rabia, entró en el corazón de Émilie. «¡Ah, conque iba de eso! ¡Pues bien, se iba a enterar ese tipo!». Tocar la versión plana de *La paloma* al piano solo justificaba el uso de una mano, la derecha, y solo le permitiría demostrar una parte ínfima de su talento. Émilie se sintió inspirada.

¿Y si sencillamente le ofrecía a Mozart con la mano izquierda, el Allegro en re menor del *Concierto número 20*, por ejemplo? ¿Acaso no había sido el uso sistemático de los grandes temas clásicos como fondo de acompañamiento lo que había contribuido al éxito de Adele? Con una mano frenética revisó el taco de partituras que había sacado del bolso. «¡Ahí estaba!».

Entonces su mano derecha tenía que convertirse en la voz de Julio. Eso no era nada complicado, siempre que la izquierda no siguiera exactamente el ritmo que imponía la partitura. Bastaba con improvisar. Así que, en cuanto posó con firmeza los dedos en el teclado, las manos dejaron de temblarle. La magia actuó de inmediato. *Allegro, allegrissimo*. Émilie estaba en el *tempo*. *La paloma de mi corazón*, aun sin la inimitable voz de Julio Ross, adquirió otra dimensión.

Eso estaba bien, lo tenía.

Émilie se imaginó detrás del mismo piano, pero en el Zénith, delante de seis mil fans y, por qué no, de los dos millones de telespectadores de una retransmisión. La multitud cantaba el estribillo de Julio y este se ponía de rodillas, con el micro en la mano, la frente empapada de sudor, mientras los dedos de Émilie se lanzaban al vuelo, se lanzaban al vuelo, y los doce violines y tres contrabajos que la acompañaban llenaban el aire de vibraciones de una potencia casi palpable. La multitud se desataba, blandiendo los mecheros como miles de luciérnagas danzantes, y Julio, de golpe, se giraba para lanzarle un beso con la punta de los dedos y luego gritaba solo para ella...

—Eh, ¿no oyes que te estamos hablando?

Nada como la voz de Tom para bajar a Émilie de las nubes.

—Ay, sí. Perdón. ¿Qué has dicho?

—He dicho que ya está bien. Que con eso tenemos bastante. Puedes recoger las partituras y, si es necesario, Paul se pondrá en contacto contigo.

—Y… ¿ya está? ¿Te ha gustado mi improvisación?

—Mi trabajo es grabar, no dar mi opinión. Pero, si quieres que te la diga, no creo que llegues al público. ¿Qué has hecho? Te dije jazz. No un…, bueno…, no eso que has hecho.

—Pero me dijiste «como lo sientas». Me parece que la voz de Julio destacaría con…

—Sí, esa es tu opinión. Bueno, aun así, gracias por haber venido.

—Pero ¿se lo pondrás para que lo escuche? Quiero decir a Julio.

Del otro lado del cristal, Tom se encogió de hombros, tamborileando con los dedos en la mesa de mezclas.

—Tu pieza está ahí dentro. Él decidirá, si tiene tiempo. Pero, en tu lugar, yo no me haría demasiadas ilusiones…

Cuando ya en la calle encendió el móvil, Émilie tenía el ánimo por los suelos. Además, llovía a cántaros. No se sentía con fuerzas para volver al transporte público, sobre todo porque las caras de las personas, que una hora antes le habían parecido guapas, en ese momento la deprimían.

«¿Por qué todo el mundo parece tan triste? ¿Y esta luz apocalíptica? Solo se ven paredes grises, agrietadas y desconchadas y esos grafitis espantosos».

Afortunadamente, un taxi libre iba a su encuentro. Émilie saltó a la calzada para detenerlo, sin darse cuenta del charco, de manera que las salpicaduras le mojaron el vestido y el abrigo hasta las rodillas.

—¿Puede llevarme a Ivry?

—Puedo llevarla a donde quiera, señorita —respondió el taxista de rostro rubicundo, cuyo estado de ánimo no se correspondía para nada con el de ella—. Hasta al Polo Norte, si tiene bastante dinero para pagarme.

Émilie, con un tono lúgubre, se limitó a darle su dirección. De pronto, de su bolso salió una vibración. ¿Una llamada? Sí. Pues aquel no era un buen momento. Pese a todo, miró la pantalla del móvil. En ese instante un puño se le hundió en el estómago. Era Julio.

—Hola… Qué bien que me haya…, que me hayas devuelto la llamada.

—Pues claro, no me interesan las citas que no van a ninguna parte. ¿Te gustó mi entrevista del otro día?

—Ehh… Me parece que Ardisson fue un poco duro con las preguntas.

—Bueno, ese es su curro. Tiene que hacer honor a su fama. En fin, pero eso da igual, ¿dónde estás?

—Precisamente acabo de pasar la prueba. Hace solo un instante he salido del estudio. Aún estoy en Saint-Ouen.

—¡Ah, bien, genial! ¿Tienes algún plan para esta tarde? ¿Te apetecería que nos viéramos en algún sitio?

¿Y ganar un millón de euros antes de hacerme con el título de Miss Universo?, estuvo a punto de responder Émilie, pero se contuvo a tiempo.

—Depende. Ya son las tres y media. No debería volver demasiado tarde a casa.

—Ah, ¿sí? ¿Para hacer qué? Creía que las cosas no iban demasiado bien con tu chico.

—No es por eso…

—Venga, vamos a vernos. Estoy cerca de Pontoise. Si coges un taxi, puedes estar aquí en menos de una hora. Te envío un SMS con la dirección, ¿te parece bien?

—Voy —respondió Émilie, y luego anunció al taxista, con un tono repentinamente alegre, que, hablando del Polo Norte, quizá prefería ir a otro sitio…

7

Hasta ahí, tu comportamiento fue lógico —intervino Monika Brennan—. No viste venir la trampa, y tu inseguridad innata, junto con la angustia por la pérdida...

—¡Monika! —la cortó Adrian, con una enorme sonrisa—. Déjala que siga, ya nos ofrecerás tu análisis más tarde. Émilie, ¿quieres otro café? ¿Alguna otra cosa?

—No, gracias. Pero la señora Brennan tiene razón en cuanto a mi inseguridad.

—Pues por eso justamente estamos aquí. Y, créeme, en menos de una semana, la Émilie a la que estás acostumbrada, frágil y vulnerable frente a los depredadores, se quedará para siempre en el baúl de los recuerdos. ¡Haz sitio para la auténtica Émilie!

—Si usted lo dice..., pero, francamente, ¿no les aburre mi historia?

—En absoluto. Al contrario. La naturaleza humana nos fascina. Los pequeños dramas de la vida cotidiana son la base de nuestro trabajo. Sin ellos y sin sus múltiples implicaciones en la psique sería muy difícil ejercer nuestro arte. Así que fuiste a encontrarte con Julio, a Pontoise… E imagino que tuviste que pagar el trayecto de ida y vuelta del taxi…

Émilie tuvo que pedir al taxista que parara en un cajero para sacar dinero para la carrera. Este aceptó cobrarle solo ochenta euros en metálico y parar el taxímetro. Por suerte, le acababan de ingresar la nómina. Pero aun así…

Julio Ross la recibió en el restaurante del Château de L'Hermitage, un hotel de lujo con una docena de habitaciones y campo de golf privado. Lo único, que había omitido decirle que no estaba solo. Lo rodeaban seis personas, entre las que Émilie reconoció a su bajo y al batería habitual. Todos muy jóvenes, en torno a los veinte, excepto un hombre con las sienes entrecanas y con cara ceñuda.

—¡Eh, pues sí que has llegado pronto! —exclamó el cantante—. ¿En qué has venido?

—Ya estaba en un taxi cuando me llamaste.

—¡Bien, genial! ¿Le has pedido el recibo para que al menos Paul te lo pague?

—¿Paul? ¿Usted es el señor Oberman? —dijo extrañada Émilie, cuando el hombre de las sienes entrecanas se dignó al fin a levantar los ojos hacia ella—. ¡Espero que la urgencia que le ha surgido no haya sido muy grave!

—Conmigo todo es urgente —comentó socarrón Julio Ross, mientras acercaba una silla para que Émilie pudiera sentarse.

—Si no tiene el recibo, no le pago el taxi —refunfuñó Oberman, a modo de respuesta.

—Ya ves —suspiró Julio Ross—. Con una frase, Paul acaba de resumir todo a lo que me enfrento a diario. Pero no te preocupes, si ese tacaño no se mete la mano en el bolsillo, yo mismo te pagaré el taxi.

—Eh…, no, no importa mucho —balbuceó Émilie.

—Bueno, voy a hacer las presentaciones. Ese gordo de ahí, el que está acabando de comerse la napolitana de chocolate, es Lulu, el batería. Su verdadero nombre es Ludovic. Si le llamas Lulu antes de ser su amigo, te matará aplastándote con todo su peso. ¿Verdad, Lulu? A su lado, el rubio medio calvo con los pies encima de la otra silla, al que el camarero va a echarle la bronca, es Jérémy. Un viejo amigo, famoso efectivamente por sus jeremiadas. El tercero, seguro que lo reconoces, aparece en todos mis vídeos. Aldo, el bajo. Aldo, ¡saluda a la *dama* en lugar de hurgarte en los dientes! Las dos chicas son Armelle y Noémie y yo me pregunto a quién mataron en su anterior vida para que les endilgaran semejantes nombres.

—A mí me parecen bonitos —susurró Émilie, preocupada por la mirada asesina que le estaban echando las dos chicas, en lugar del breve gesto a modo de saludo de los demás.

—Eh, gente —dijo Julio, levantando la voz para sacarlos del letargo—, os presento a Émilie, la pianista que mezcla mis canciones con Mozart.

En las miradas lúgubres apareció un destello de interés. Émilie habría dado todo su sueldo y más por una varita mágica que le hubiera permitido convertirse en ratón.

—¿Usted…, tú…, ya lo sabes? —balbuceó.

—Pues claro. Paul y yo no tenemos ni un secreto. Me llamó en cuanto colgaste con él. Yo quería saberlo todo, así que me puse en contacto con Tom. Parece ser que tienes unos dedos mágicos.

—Pues, en cambio, no me ha dado la sensación de que a él le haya gustado mucho.

—Bueno, ya, así es Tom. Nació con el palo de una escoba metido por…, lo que no debe de resultarle desagradable, teniendo en cuenta su inclinación…

—¡Julio! —intervino Paul Oberman, con el mismo tono seco que ya había dedicado a Émilie—. ¡Evita proclamar tu homofobia a los cuatro vientos!

—Solo soy *tomófobo,* como todo el mundo en esta mesa —respondió el cantante, muy orgulloso de su juego de palabras—. Ese tipo es insoportable. Me pregunto cuándo vas a tomar la decisión de despedirlo.

—Es un ingeniero de sonido excelente —respondió Oberman—. Y lo sabes tan bien como yo.

La conversación no adquiría precisamente el giro que hubiera deseado Émilie, aunque se sentía aliviada al saber que no era ella la única víctima del execrable carácter de Tom. Y en voz muy bajita preguntó:

—¿Y cuándo podrás escuchar mi prueba?

A modo de respuesta, Julio Ross cogió su iPhone, que estaba encima del mantel, y puso en marcha una aplicación.

La paloma de mi corazón mezclada con Mozart, en versión de Émilie, salió del altavoz del móvil. Esta se quedó lívida. ¿Realmente había hecho ella *eso?*

—¡Esto es lo que yo llamo genial! —comentó Julio entusiasmado—. Hace meses que queremos dar un toque de jazz a mi repertorio y, de pronto, se abre una puerta musical en la que ni siquiera habíamos pensado. Paul, ¿tú qué dices?

—Yo ya te he dado mi opinión. Pero ahora que Émilie está delante, te la repito. La improvisación es interesante, pero lo clásico no está hecho para ti.

—Lo siento —intervino Émilie—. Pero quien puede más puede menos.

—¡Tiene razón! —rugió Julio, cogiendo la mano de Émilie y blandiéndola como un trofeo—. Con semejantes dedos se puede hacer de todo. Clásico, jazz, reggae, pop... Paul, tienes demasiados prejuicios. Por cierto, ¿sabéis qué? Llevamos casi tres horas en este restaurante y estoy harto.

—Tú has querido pasar aquí el día —replicó Oberman suspirando—. Ya te dije que haría mal tiempo para jugar al golf.

—Siempre se puede probar suerte, ¿no? Venga, ¿vienes, Émilie?

Exhibiendo una sonrisa vencedora y conquistadora, Julio la tomó del brazo y la atrajo hacia él suavemente. Émilie se dejó llevar hasta el vestíbulo, donde una recepcionista absolutamente encantadora les preguntó si podía ayudarlos.

—He dejado todas mis cosas en mi habitación —respondió Julio—, y me gustaría prolongar mi estancia una noche más.

Menos de cinco minutos más tarde, una Émilie hipnotizada, que había perdido cualquier forma de resistencia, se encontró sentada sobre la cama de Julio Ross, en medio de un desorden indescriptible de ropa de escenario, instrumentos de música y restos de desayuno.

—Siento el desorden —dijo Julio—, pero nunca permito que las doncellas me hagan la habitación. Y como duermo mucho más en hoteles que en casa…

—¿Y qué haces en Pontoise? —preguntó Émilie, intrigada.

—¿No te lo he dicho? Ayer por la tarde canté en un hospital para niños. A mí eso, el sufrimiento de los más pequeños, me parte el corazón. Así que, una vez al mes, actúo gratuitamente para asociaciones de caridad. Tendrías que ver esas caritas sonrientes y los inmensos ojos pasando del dolor a la alegría cuando empiezo a cantar. Ayudo como puedo.

Émilie sintió que se deshacía. Era la primera vez que el cantante desvelaba un lado tan adorable. Julio abrió las puertas de un mueble que ocultaba una pantalla plana y cogió la programación que estaba delante.

—¿Te apetece ver una película?

—¿Una película? ¿Y los de abajo?

—No te preocupes, lo han entendido. ¡Anda!, ponen *Whiplash,* ya sabes, la película sobre el batería de jazz al que su profesor martirizaba. Ya la he visto, pero me encanta. ¿Y a ti?

—No. Últimamente no tengo mucho tiempo para mí. Y, como ya te he dicho, no puedo volver muy tarde a casa. ¿Qué han entendido los otros?

Como si no la hubiera oído, Julio se sentó junto a ella, con el mando en la mano. Sin darse cuenta, apretó el botón de la cadena musical. Inmediatamente, la voz de Dalida invadió la habitación.

—Mierda —rezongó el cantante—. Esto no es exactamente lo que buscaba.

El corazón de Émilie latía tan fuerte que se estaba quedando sin aliento.

—Espera…, a mí… me encanta *La bambola.* ¡Y qué voz!

—¿Dalida? Es verdad que vuelve a estar de moda. Se merecía algo más que ese final tan trágico. Pero, si te das cuenta, es como Marilyn. Actualmente, se ha convertido en una leyenda. Si no se hubiera muerto, solo sería una anciana con un gran pasado…

—¡Chsss! —se atrevió a decir Émilie.

La voz ronca y suave, medio latina, medio oriental, reconocible entre todas, desgranaba la letra:

A los que te abrazarán
y te mentirán más de lo que imaginas
no los escuches.
No, muchacha, no,
el amor es más que eso.
Es más grande, más fuerte,
y lo reconocerás
cuando llegue.

—Pensándolo bien —dijo Julio, cogiéndola de la mano—, no me apetece mucho ver una película.

Cuando Émilie le ofreció sus labios, él sencillamente la tumbó encima de las sábanas, entre un montón de partituras manchadas de café y la bandeja del desayuno. La voz de Dalida seguía cantando en su cabeza mucho después de que, con una mano enfadada, Julio hubiera encontrado el mando y apagado la música.

«Para ti yo soy solamente una *bambola...*».

8

Pese a su malestar, a Émilie le resultó difícil ocultar a los Brennan que aquella primera noche que pasó con Julio había sido una experiencia fuera de lo común. El cantante gozaba de una energía increíble. Sabía alternar ternura y pasión carnal, mientras susurraba palabras que harían enrojecer a cualquiera, en todos los idiomas que conocía. Émilie, en sus brazos, se había convertido en un objeto. Una muñeca a la que manejar, mimar, coger y dejar a su antojo. Y mientras pensaba en esa metáfora, recordó la letra de la versión francesa de *La bambola*.

> Una *bambola* es una muñeca,
> es frágil la *bambola*.
> Todos los chicos que te llaman así,
> muchacha, se burlan de ti.
> Para ellos solo eres una muñeca.

Tu corazón, para ellos, no es más que un juguete
que un día romperán…

Émilie esquivó inmediatamente el recuerdo que entonces le parecía bochornoso.

Como mucho, fue capaz, hacia las ocho de la tarde, de pedir a Julio que llamara a un taxi. La estación estaba demasiado lejos para poder llegar andando bajo la lluvia.

—No, aún no —le suplicó el cantante.

—Pero, si me quedo, voy…

¿Iba a qué? A vivir otro momento inolvidable. En la intimidad, Julio no tenía nada de la estrella un poco arrogante que mostraba en público cuando estaba rodeado de gente. Émilie intentó pensar en Guillaume y, en el preciso instante en el que el cantante la besó otra vez, se dio cuenta de que su novio ya no significaba nada para ella desde hacía mucho tiempo.

—¡Espera! —dijo Émilie, separándose de Julio para enviar un mensaje a su novio. El mensaje era breve: «Voy a retrasarme. No me esperes para cenar. Ya te contaré».

En la segunda tentativa de irse, Julio se puso directamente de rodillas ante ella.

—Un gran pensador escribió: «Tú, que no has sabido conservar lo que la Tierra tiene de grandioso, ¿mereces vivir un instante más?» —declamó Julio.

—¿De quién es?

—Del hombre que tienes a tus pies, en éxtasis ante tu belleza.

Los dos, abrazados, estallaron en carcajadas y Émilie terminó por pasar la noche en el Relais & Château.

—¡Muy romántico! —comentó Monika.

—¡Eso lo dices por solidaridad femenina! —observó Adrian, con la mirada un poco oscura para el gusto de Émilie—. ¿Y cómo se lo tomó Guillaume al día siguiente?

—Preferiría no hablar mucho de él o, si no, en otro momento. No soy una chica capaz de tener dos aventuras a la vez. Rompimos prácticamente en el acto y me fui a vivir a casa de Juliette. De hecho, todo empezó de verdad al día siguiente, cuando nos despertamos. ¿Pueden imaginar cómo me sentía?

Al amanecer, por fin, Julio pidió un taxi. Lo peor fue que Émilie ni siquiera se sentía culpable por haber pasado la noche con él. Después de todo, ¿no habría sido solo un sueño?

—Y ahora ¿qué va a pasar? —preguntó Émilie, mientras se vestía, con Julio llenándole los hombros y la espalda de besos.

—¿Entre tú y yo? Ya iremos viendo. Tú tienes mi número de teléfono y yo el tuyo.

—¿Lo dices en serio?

—Pues claro. Nos llamamos y quedamos para comer… —El cantante meneó la cabeza, risueño—. Por supuesto que no, idiota. A no ser que tú no tengas ganas de volver a verme. El único problema es que empiezo la gira la próxima semana.

—¿Y mi prueba? Tu mánager lo ha dejado bien claro. Ya ha contratado a un pianista de jazz.

Julio se levantó. Delante del marco de la ventana, con el contraluz haciéndola resaltar, ofrecía una imagen espectacular.

—Aquí interviene Julio Ross —dijo sonriendo, inclinándose para rozarla con los labios—. Ya he pensado en eso. ¿Por qué no te vienes con nosotros de gira? Primero iremos al norte, pasaremos por Lille y Bruselas, y luego recorreremos toda Francia en el sentido de las agujas del reloj. Tú puedes unirte en cualquier momento.

—¿Y qué haré mientras tú ensayas o actúas?

Émilie también intentó levantarse, pero Julio cayó de rodillas ante ella y le cogió las manos con las suyas.

—Mi idea es hacerle la vida imposible al pianista. Paul piensa que es indispensable que añada un toquecito de jazz a mi repertorio. Pero, igual que con Tom, no estamos de acuerdo en todo. Cuando me empeño en algo, créeme, pocas cosas se me resisten. Y me ayudará verte, abajo, en el patio de butacas cuando cante, mientras esperamos a que puedas subir al escenario. ¿Te parece bien el plan?

—No sé. Realmente no es un plan.

—Pues claro que sí. ¿Qué? ¿Tienes muchas otras cosas que hacer? ¿No quieres probar suerte? A la menor desafinación, a la mínima discrepancia, largo a ese tío, al que no debo nada, y le digo a Paul que tú ocupas su puesto. Eso merece un esfuercillo por tu parte. Pero si tú no estás ahí, no podré hacer nada.

—Siempre podrías llamarme. Llegaría en pocas horas.

En ese momento sonó el teléfono. Era de recepción. El taxi esperaba abajo. Émilie se puso el abrigo y el bolso en bandolera. Julio la atrapó en la puerta.

—Piénsalo bien. Esto no funciona como tú crees. Si actúo en Marsella y te necesito de inmediato, habrás dejado escapar tu oportunidad. Sería una pena…

Émilie había repasado la escena en su cabeza tantas veces que era capaz de repetir la conversación punto por punto. Julio le proponía una apuesta que comportaba su parte de riesgo. Pero ¿qué sería la vida si nunca te arriesgas, si no pones patas arriba tu día a día? Además, ¿qué tenía que perder? Con el tiempo que llevaba trabajando en el conservatorio, bien podía tomarse algunos días libres para intentar aquella experiencia. En el peor de los casos, no pasaría nada, siempre podría reanudar el curso de su existencia.

A menudo, el futuro se construye sobre ilusiones.

9

Ya era casi media noche, pero ni Adrian Brennan ni su mujer parecían cansados de escuchar el relato de Émilie. Al contrario, si alguno la interrumpía de vez en cuando era para preguntarle más detalles. El saloncito privado de ambiente anticuado ofrecía tanta tranquilidad y tanta comodidad que el tiempo se había ralentizado. A Adrian le interesaba especialmente lo que Émilie había sentido, cada vez que ella recordaba un suceso que habría podido alterarla.

—De manera que pusiste fin a tu relación con Guillaume así, de buenas a primeras, y te lanzaste a aquella nueva aventura.

—Más o menos y, créanme, no soy así —precisó Émilie, y luego añadió—: Después de todo, sí que tomaría un poco de café. —Adrian apretó un minúsculo mando que sacó del bolsillo. Tres minutos más tarde, el mayordomo dejó otra cafetera humeante encima de la mesa—. Solo recuerdo aquella espantosa noche y una discusión que duró hasta el amanecer. Pero yo ya había tomado una decisión. Y esta no solo tenía que ver con el flechazo que había sentido por Julio. Desgraciadamente, ese día empezaron todos mis problemas.

Al día siguiente, Émilie intentó negociar algún día libre, quizá una o dos semanas. Pero la responsable del centro cultural se mostró inflexible. Por lo pronto, no tenía ninguna forma de sustituirla. Émilie solo podía, igual que todo el mundo, esperar a las vacaciones de verano. Resignada, llamó a Julio para contarle que lo tenía muy complicado para quedar libre y unirse a la gira.

Su respuesta la dejó helada.

—Si no eres capaz de hacer ni un pequeño esfuerzo para participar en la gira, olvídate. Pensaba que estaba tratando con una triunfadora, una persona que le echaba ganas. Estoy decepcionado, pero es igual.

Ya por desesperación, Émilie llamó de nuevo a la puerta de su jefa y, con todo el dolor de su corazón, le dijo que se marchaba. Su interlocutora montó en cólera y le respondió que le iba a pisotear su reputación en todos los conservatorios de la región parisina. «¡Así no se deja un puesto de trabajo, de un día para otro, sin avisar!». Pero Émilie, cuando quería, podía ser muy cabezona.

En menos de veinticuatro horas había perdido a su novio y el trabajo que le permitía vivir.

Sin el menor lamento.

—Vivir en casa de Juliette fue divertido al principio, aunque solo fuera un estudio y tuviéramos que compartir cama. Pero, por desgracia, mi amiga es puritana hasta la médula. Para disuadirme de que me fuera con Julio, empezó a atacarlo de todas las maneras posibles.

Aquello fue demasiado para Émilie. A fuerza de oír que cometía el error de su vida, que, en realidad, el cantante no le había prometido nada, que probablemente solo la utilizaría y que se arriesgaba a que la dejara tirada como a un clínex usado cuando el tipo se hubiera cansado de ella, desarrolló un rechazo sistemático a todo lo que pudiera ensombrecer su sueño.

Émilie dejó de escuchar a todo el mundo, incluida su vocecilla interior, que le suplicaba que no se lanzara al ruedo. Pero luego, aun suponiendo que hubiera tenido capacidad para bajar de su nubecita rosa y de volver a poner los pies sobre la tierra, un imprevisto la reforzó en su idea de que ella tenía razón frente a todos y contra todos.

A Émilie no le gustaban especialmente las revistas del corazón. Sin embargo, se abalanzó a comprar el último número de *Voici.* La revista mostraba el retrato de Julio Ross en primera plana y anunciaba su ruptura definitiva con Laure Kieffer, una famosa modelo, cuyo rostro lloroso aparecía en un recuadro.

Émilie no tenía ninguna duda. ¡Julio había roto *por ella!*

—Así que me enfadé con Juliette porque, definitivamente, no quería entender nada y me cogí una habitación en un hotel antes de unirme a la gira de Julio en Lille. En pleno mes de noviembre, ¡el norte de Francia es de una tristeza…! Sin embargo, yo veía por todas partes flores de colores y pajarillos. Era la primera vez que vivía una aventura así. Mirando mucho el dinero, en la cuenta corriente tenía para pasar uno o dos meses. Por supuesto, había cobrado el último sueldo. Y tenía un coche, una maleta llena de ropa, una tarjeta de crédito y una autorización de descubierto. Todo lo necesario para sentirme libre mientras esperaba a sustituir al pianista de Julio. —Solo que ir en busca de Julio a Lille resultó mucho más difícil de lo que se había imaginado—. Le había prometido que me encontraría con él a primera hora de la tarde, pero llegué sobre las seis. Nunca había visto semejantes embotellamientos. En fila india hasta Charles-de-Gaulle. Después, retenciones cada veinte kilómetros. ¡Una pesadilla! Y encima, con las prisas de la salida, me había olvidado de cargar el móvil y este pasó a mejor vida a mitad de camino. Imposible avisar a Julio de que me retrasaba. Parecía que todo el universo quería impedir que me encontrara con él.

—Tienes toda la razón —comentó Adrian.

—Ah, ¿sí? ¿Y cómo es eso?

—No es muy complicado. Por un lado, a ti te movía un ego que muy a menudo se crece ante las órdenes; por otro, tu inconsciente, que sabe mucho más que el ego, intentaba retenerte. ¿Conoces la famosa ley de Murphy? Uno se pregunta por qué el autobús que lleva esperando tanto tiempo siempre asoma el morro cuando se acaba de encender un pitillo, o por qué el hecho de pedir en un restaurante hace finalmente que los invitados lleguen tarde. La razón es muy sencilla: nuestras intenciones crean nuestro futuro inmediato cuando nuestro yo está en armonía con nuestro inconsciente. Su desacuerdo comporta un sentimiento de angustia que bloquea la realización de los deseos. En cambio, dejarse llevar es una manera de ponerse en manos del universo, que es mucho más generoso y conciliador de lo que nos creemos. Yendo a reunirte con Julio, estabas en un estado opuesto al de dejarte llevar. Tu inconsciente hizo de todo para retenerte.

—¿Y mi inconsciente tiene la capacidad para crear un embotellamiento?

Adrian y su mujer intercambiaron una sonrisa de connivencia.

—De crearlo no. Pero de que elijas la peor hora para salir, la que te llevará de lleno al tráfico más denso, ¡no lo dudes! Y también de que elijas sistemáticamente la fila que no se mueve, cuando vas con retraso.

—No intentes entenderlo —intervino Monika—. Es así. Basta con saber que nuestra capacidad cognitiva solo dura una fracción de segundo y que la realidad la constituyen informaciones que nuestro consciente interpreta. Apenas experimentado, lo real se acumula en nuestra memoria. Lo creas o no, nuestras intenciones tienen una influencia muy importante sobre ese futuro que, del mismo modo que el pasado, solo es una ilusión. De ahí la importancia y la fuerza del instante vivido, tal y como lo expone Eckhart Tollé en su ensayo *El poder del ahora...*

Émilie recuperó el aliento, con sus ojos soñadores perdidos en el vacío, y el silencio invadió el espacio, tan denso como la oscuridad que se adivinaba al otro lado de las altas ventanas del salón.

Adrian Brennan quiso servirse una última taza, pero la tetera estaba vacía. Renunció encogiéndose de hombros y luego miró a Émilie a los ojos con una mirada inquisidora en la que flotaba un destello extraño.

—Bueno, creo que ya tengo bastante. ¿Y tú, Monika?

—Estoy de acuerdo. Quizá ya sea hora de que vayamos a acostarnos. Émilie, ven conmigo, te enseñaré tu habitación.

La joven paseó una mirada sorprendida por sus anfitriones.

—¿No…, no tienen ganas de saber cómo sigue la historia? Pero yo pensaba…

—Creo que ya lo sé —dijo Monika sonriendo.

Adrian continuó:

—Tengo la sensación de que la serie de experiencias que viviste te han conducido hasta nosotros. A veces, necesitamos que nos echen una mano para evolucionar y el destino es bastante burlón a la hora de reservarnos algunos giros.

Émilie se levantó apretando el bolso contra sí, con aspecto decepcionado. Había sentido un extraño placer hablando con aquella pareja a la que apenas conocía. Era la primera vez desde hacía meses que no se había sentido sola y, sobre todo, que había tenido la sensación de existir. Tenía tanto que contar. Pero, si aquello era suficiente para comprenderla, pues de acuerdo…

—Creo que no nos has entendido del todo —añadió Monika con indulgencia—. Por supuesto, queremos conocer al detalle los acontecimientos que siguieron. Pero, desde un punto de vista psicológico, no es bueno recordar dramas a estas horas de la noche. Así que pasa la noche con esos últimos recuerdos, más bien felices, y mañana, cuando te despiertes, pediremos que te den papel y lápices. Lo que sigue, te lo contarás a ti misma, por escrito, y, cuando hayas acabado, nos entregarás el cuaderno.

—La escritura tiene unas virtudes terapéuticas mucho mayores de lo que imaginas —insistió Adrian—. Vamos, buenas noches, Émilie.

La decoración del segundo edificio era más bien espartana. Ni un cuadro, ni una cortina, ni una escultura animaban las paredes de piedras gruesas que enmarcaban la entrada principal y la escalera recta que conducía a las habitaciones. Cuando llegaron al primer rellano, Monika se giró hacia Émilie para preguntarle:

—¿Qué prefieres, vistas a la piscina o al jardín?

—Sinceramente, me da igual. Usted y su marido están siendo tan amables… Donde menos moleste.

—Pues entonces al jardín. Hemos instalado una fuente muy bonita, te encantará verla por la mañana cuando te despiertes y por la noche su canto te acunará. Y ya basta, quítate de la cabeza la idea de que molestas. Al contrario. Es un auténtico placer que te encuentres entre nosotros.

—¡Son ustedes tan atentos! —agradeció Émilie.

Los únicos muebles de la habitación eran una cama, un armario y un escritorio sobrio de madera maciza. Ni televisión ni ordenador. Un interfono servía de enlace con el exterior. Monika le explicó a Émilie que podría utilizarlo a cualquier hora del día o de la noche para pedir algo de beber o de picar. La anfitriona añadió que las cenas se servían en el comedor común. Un momento de convivencia en el que todos podían comentar su evolución personal.

—Ahora, si no te importa, dame tu móvil —exigió Monika, estirando la mano.

—¿Mi… móvil? ¿Está segura? ¿Y por qué…?

—Forma parte del tratamiento, un término algo trivial para definir lo que nosotros llamamos «acompañamiento de evolución personal». Te lo devolveremos, no te preocupes. Hasta entonces, permanecerá junto a los demás, en la caja fuerte del despacho de mi marido. Apagado, por supuesto. ¿Esperas algún mensaje urgente? —Émilie titubeó—. Al margen, claro está, de una palabra de Julio Ross, al que has decidido borrar de tu vida aunque aún sueñes con él en secreto. —Monika sonrió, frunciendo la nariz—. No te preocupes, todos sois iguales. Es una cuestión de ego. Por un lado, nadie quiere volver a oír hablar en su vida de la persona que le ha hecho sufrir; y, por otro lado, el único auténtico deseo es verlo/a volver humillado/a. Precisamente nosotros vamos a aliviarte de ese estado de ánimo. Aprenderás a ser feliz contigo misma, de manera que tu resplandor atraiga toda la felicidad del mundo. Confía en mí. Te sentirás mucho mejor ya solo con no tener la tentación de mirar el móvil cada cinco minutos.

Con el corazón roto, Émilie le entregó el iPhone. Y el alivio que siguió a ese sencillo gesto la pilló por sorpresa. Monika tenía razón. Acababa de deshacerse de una fuente de angustia. Ya no tenía que vigilar los mensajes ni las llamadas. Era libre.

Cuando estuvo sola, exploró todos los rincones de su habitación, mucho mayor que la que compartía con Guillaume en Ivry. El cuarto de baño, también amplio, tenía una ducha con chorros de masaje. Émilie se desnudó inmediatamente a toda prisa y se rindió con los ojos cerrados bajo el agua casi ardiendo.

Hacía meses que no se sentía tan bien.

Hacia la una de la madrugada, se durmió sin soñar, acunada por el gluglú de la fuente.

Émilie se despertó cuando el sol, a través de los árboles, bañaba su habitación con un halo dorado y dibujaba en el enlosado atractivos dibujos de hojas, que danzaban al antojo del viento. Alguien llamó a la puerta.

—¡Buenos días, buenos días! —saludó una chica joven, con acento meridional, más alegre que unas castañuelas. La chica empujaba un carro lleno de viandas que tenía a los lados unas perchas con ropa—. Veamos, veamos —dijo, consultando una ficha que parecía una ficha de atención médica—. ¿Usted es Émilie, la recién llegada? —En su boca, aquello sonaba: «la recieuuuuuun llegadauuuu». La chica tenía los ojos de un color gris azulado, el rostro lleno de pecas y exhibía una sonrisa que parecía cosida a la cara. Émilie le dio los buenos días bostezando—. Para usted, esta mañana, zumo de naranja, cruasán, mermelada, café recién hecho y tostadas con mantequilla... Ah, y aquí tiene la ropa que llevará durante su estancia. Y también un cuaderno, unos lápices y un sacapuntas. —«Un sacauuuu puntauuuuus». Con autoridad, la chica entró en la habitación y extendió un pantalón y una túnica de lino blanco sobre la cama. Volvió al carro y fue a dejar en el escritorio el cuaderno, los lápices y la bandeja del desayuno—. ¡Aquí tiene! —volvió a decir—. Si necesita alguna otra cosa, solo tiene que llamarme por el interfono. Me llamo Mireille y estaré a su servicio durante su estancia aquí.

—Gracias, Mireille. Pero ¿está segura de que tengo que ponerme esta ropa? Esto tiene un poco pinta de secta, ¿no?

La tal Mireille echó la cabeza hacia atrás y estalló en carcajadas.

—¿Secta? Respecto a eso, quédese bien tranquila. No hay nadie más generoso y tolerante que Adrian y Monika. Su único objetivo en la vida es ayudar a los demás a salir adelante. Les produciría mucha tristeza que su organización se considerase una secta. Pero, si le apetece marcharse en algún momento, nadie se lo impedirá.

—¿Y la gente tiene que volver después del primer tratamiento?

—Muy pocas veces. Al menos, nadie lo ha hecho desde que yo trabajo aquí. En el peor de los casos, llaman por teléfono de vez en cuando para pedir consejo. ¿Ha conocido a Didier?

—No, ¿quién es?

—El ayudante de los señores Brennan. Se ocupa del seguimiento de los pacientes después de la estancia en el centro. Estará a su lado durante todas las sesiones, junto a Nathalie, su compañera. Si le da un bajón o si le ocurre algo que no consigue digerir tiene que acudir a ellos...

—¿Digerir?

Mireille estalló de nuevo en carcajadas.

—No hablo del estómago, por supuesto. Aquí la alimentación es de primera calidad. La propia señora Brennan se ocupa de la compra y decide los menús. Pero seguramente pasará por momentos duros. Entonces es cuando tendrá que ir a verlos. Pero, bueno, esta noche ya se lo explicarán todo, durante la cena. Venga, tómese su tiempo para hablar de usted en estas páginas. Todo el mundo pasa por esto. Y, fundamentalmente, no dude en llamarme si tiene hambre durante el día.

Cuando Émilie se quedó sola, abrió el cuaderno por la primera página antes de lanzarse a por los cruasanes, que parecían deliciosos. Adrian o Monika, con una letra fina y estrecha, habían escrito en la parte superior:

Bienvenida a ti misma, contigo misma, Émilie. Tienes varios días por delante para volver a analizar, a tu ritmo, los acontecimientos que te han llevado a descender por la pendiente resbaladiza al final de la cual nos hemos encontrado. Esta etapa es útil porque, a medida que pongas negro sobre blanco las palabras que describen las pequeñas angustias que has acumulado, te darás cuenta de que pierden su energía y su importancia. No te olvides de comentar tus sensaciones, pero, sobre todo, no te juzgues. La recompensa está al final de la prueba. Y después de la copiosa cena de ayer, te recomiendo que ayunes hasta esta noche. Ánimo.

Émilie cerró el cuaderno. ¡Vale! Pero ayunaría más tarde. Devoró hasta el último cruasán, acabó el café y el zumo de naranja y luego abrió las ventanas para deleitarse con una bocanada de aire. El jardín que se extendía por delante de su ventana estaba lleno de flores de colores, pinos y madroños. El aire estaba cargado de olor a lavanda y azahar. La fuente con el alegre gorjeo que había llenado el silencio de la noche tenía un amplio vaso por el que se movía una multitud de peces rojos y las finas partículas del chorro dibujaban un bonito arcoíris sobre un fondo vegetal. Más allá de la imagen de postal, la vida, animada por el canto ininterrumpido de los grillos, era una llamada al bienestar y la serenidad.

«Ya tengo la sensación de estar un poco curada —pensó Émilie, al tiempo que cerraba la ventana—. Después de todo, este método no es nada complicado. Un poco de comodidad. No demasiado contacto con el exterior. Unos indulgentes oídos y listo. Lo demás es pura fachada y palabras complicadas para impresionar. Pero, bueno, no es el momento de morder la mano…».

Émilie abrió otra vez el cuaderno, se hizo con un lápiz y empezó a escribir.

10

El cuaderno de Émilie

Los de seguridad habían recibido órdenes de que me dejasen entrar por la puerta reservada para los artistas y un ayudante me acompañó hasta el camerino de Julio. El Zénith de Lille estaba lleno a reventar. Las voces de siete mil fans formaban un inmenso clamor que atravesaba y hacía vibrar los tabiques. A Julio lo rodeaban su maquilladora, su peluquero, un logopeda y un *coach*. Me recibió con un apresurado «Buenas tardes» y un beso en la mejilla, luego les pidió a los otros que salieran, a todos salvo a la maquilladora, que no había acabado con los retoques.

—Entro en escena en diez minutos. ¿Qué te ha pasado para llegar tan tarde? Estaba muerto de preocupación.

—He pillado un montón de atascos —me defendí, casi temblando.

—¡Realmente te necesitaba!

—Necesitarme a mí, ¿para qué?

Por toda respuesta, Julio se encogió de hombros y se giró hacia la maquilladora, una chica de pelo corto salpicado de mechas violetas y vestida de negro.

—Me pregunta para qué la necesitaba.

—¿Tú eres Émilie? —preguntó la chica.

—Sí, hola.

—Yo soy Laurence. Y no se te ocurra llamarme Lolo la rancia, como un cantante que yo me sé, aquí presente.

—¡Venga, díselo! —insistió Julio.

—Vale, llevas dos horas dando vueltas y mirando el móvil lloriqueando: «Pero ¿qué coño está haciendo Émilie?». No te conviene el estrés, eso…

Yo no sabía cómo decirle cuánto lo sentía. Que yo no tenía la culpa del atasco. Pero sí de no haber cargado el móvil.

—Bueno, lo importante es que ya estás aquí. Y sobre todo que no te ha pasado nada. Pero ahora voy a necesitar que me echen una mano —dijo el cantante intercambiando una mirada de connivencia con Laurence.

—¿Estás seguro? —preguntó la maquilladora.

—¡Espero que hoy tengas de la buena!

—Tranquilo, he cambiado de proveedor.

La maquilladora sacó del bolso un minúsculo bote de píldoras y vertió un poco de polvo blanco encima de la mesita.

Di un respingo hacia atrás que no se le escapó a Julio.

—¿Quieres probar?

—Ehh…, no, yo no soy muy de eso.

—Te entiendo. Pero yo no tengo elección. Sencillamente, si no me hubiera angustiado tanto… —Julio se inclinó sobre la mesa tapándose un lado de la cara. Se había preocupado por mí. Eso le había provocado ansiedad antes de su actuación. Así que era culpa mía. Me odié a muerte. Luego se incorporó y estiró y, a continuación, se sacudió como si le dieran escalofríos—. Esta noche voy a dejar las cosas claras —anunció en un tono casi de rabia.

—Como siempre —asintió la maquilladora con una enorme sonrisa.

De pronto, Julio se giró hacia mí. El pelo me chorreaba penosamente, porque no había encontrado sitio en el inmenso aparcamiento del Zénith y había tenido que caminar casi medio kilómetro bajo la lluvia.

—Bueno, ahora que ya estás aquí, ¿qué vamos a hacer contigo?

—Yo…, no sé… —murmuré, horrorizada ante la imagen que me devolvía el espejo.

—¿Quieres presenciar el concierto o prefieres quedarte aquí?

¡Vaya pregunta! Por supuesto, quería oírlo cantar. En medio de una multitud desenfrenada, quizá desde la primera fila, podría vivir la intensa emoción de saber que su ídolo me pertenecía un poco. Que él había valorado mi talento. Que me había tenido entre sus brazos y acariciado. Y que, seguramente, pronto estaría en el escenario, junto a él.

—Bueno, entonces Laurence estará contigo entre bastidores. Pero si ves a Paul no le hables de ninguno de nuestros planes.

—¿Y qué le digo si me pregunta qué hago aquí?

Julio, bruscamente, me sujetó de la cintura y me estrechó contra él.

—Por eso no te preocupes. Arréglate el pelo y ponte algo un poco más sexi antes de bajar. No hace falta más para que se dé por enterado. Paul conoce mis gustos.

Una voz lejana y amplificada, deformada por la distancia, anunció la inminente entrada en escena de Julio y se desencadenó un clamor aún más fuerte, que cubrió inmediatamente los gemidos de una guitarra y el *staccato* de una batería.

Se abrió la puerta del camerino y apareció la cara de Paul:

—Te toca, ¿estás preparado?

El mánager casi ni me dirigió la mirada.

—¿Preparado? ¡De qué manera! —rugió Julio—. ¡Voy a macha-carlos!

Émilie levantó la cabeza de su cuaderno e imaginó a los Brennan a su lado. Como si realmente estuvieran allí y aquello formara parte del tipo de terapia que habían mencionado, Émilie intentó justificarse y luego se dio cuenta de que estaba expresándose en voz alta.

—Es verdad que, aún, en ese momento, habría podido dar marcha atrás. Pero dentro de mi corazón ya era demasiado tarde. Con perspectiva, ni siquiera estoy segura de haber estado enamorada. Más bien estaba fascinada. Y por nada del mundo habría renunciado a su presencia, aunque él solo pudiera concederme escasos minutos. Sin embargo, lo que pasó justo después del espectáculo marcó la pauta de los meses que seguirían. Sencillamente, me negaba a reconocerlo.

Paul Oberman, que observaba a Julio entre bastidores, no me dirigió la palabra en toda la noche. Al principio de la última canción, el tipo desapareció, fue a buscar a su pupilo. Desgraciadamente, yo no tenía pase para volver al camerino. Por más que pedí a todos los técnicos y asistentes con los que me crucé que me ayudaran, al final me encontré sola en el telar y acabé saliendo al exterior, ya casi desierto; me dirigí a mi coche y saqué mi maleta, cuyas ruedas chirriaban por el excesivo peso.

Lo que me volvía loca de desesperación era la certeza de que Julio también me estaría buscando y de que iba a estar muy molesto conmigo por haber desaparecido, ya que era habitual entre los cantantes reunirse con su equipo en el restaurante más cercano para celebrar el éxito.

Aterricé en una cafetería que estaba a punto de cerrar y conseguí recargar un poco el móvil. Pero el de Julio estaba desesperantemente apagado. Entonces me puse a buscar un restaurante al que pudiera haber ido el equipo. Tres establecimientos más tarde renuncié y me fui en busca de un hotel acorde a mis posibilidades. Aterricé en el Floréal, un dos estrellas situado cerca de la estación, en el que tuve la suerte de conseguir la única habitación con baño.

Con el estómago vacío y deprimida a más no poder, acabé mi primera noche en una bañera llena de agua caliente y espuma. Sola. Con la piel volviéndose de un color rojo gamba.

Luego, me cubrí con una toalla, me eché atravesada en la cama e inmediatamente me sumergí en un letargo salpicado de sueños en los que Julio desempeñaba el papel de un joven galán loco de amor por mí mientras yo tocaba el piano flotando en medio de un lago.

Mordiendo el lápiz, Émilie se confesó de nuevo ante los Brennan imaginarios:

—Julio acabó llamándome, con voz somnolienta, al día siguiente, a las once de la mañana. Y, por supuesto, no se le ocurrió nada mejor que echarme la bronca. Oberman se las había ingeniado para mantener abierto el restaurante del Relais & Château y toda la banda había pasado allí la noche. ¡Solo con que alguien hubiera tenido a bien darme esa información! Pero Julio no lo entendía así. Cuando le pregunté por qué no había dejado el teléfono encendido o intentado localizarme, le dio una especie de ataque de ira. Yo debía entender que, después de pasar dos horas en un escenario, estaba agotado y tan seguro de que me encontraría con él en el hotel que ni se le ocurrió la idea de que yo fuera tan tonta como para no haber conseguido la dirección. Oberman le había dicho que me había visto irme, lo que no era cierto. Así que se pasó la noche muerto de angustia, convencido de que su actuación me había decepcionado y de que ya no quería saber nada de él.

A medida que seguía, Émilie se sentía cada vez más avergonzada. El hotel, vale, quizá podría habérselas arreglado para enterarse, preguntándole directamente la dirección cuando estuvieron en el camerino. Pero, el restaurante, ¿cómo iba a adivinar que no cenarían en el centro?

Adrian y su mujer eran adorables, pero ¿qué pensarían de ella cuando descubrieran todos esos aspectos que ella misma empezaba a odiar? Su ingenuidad. Su inseguridad. Su cabezonería. Su ambición mecida por tantas ilusiones…

Émilie reflexionó un instante.

¿No sería exactamente por esa vía por la que la pareja quería conducirla? Adrian había utilizado la expresión «escritura terapéutica». Émilie contaba con la suficiente sutileza e intuición para entender que su cuaderno, al final, solo era un vector de emociones. El propio hecho de que imaginase a los Brennan junto a ella mientras escribía tenía sus virtudes. Bastaría con que superase su vergüenza para, como suele decirse, «escupir lo que la ahogaba»…

Julio y su grupo tenían que estar en Estrasburgo ese mismo día, para disfrutar de una noche de descanso antes de continuar con la gira. En el contrato que habían firmado con la organización del circuito que duraba cinco meses, hasta finales de mayo, estaba previsto que Julio actuara solo uno de cada dos días, o incluso de cada tres si había demasiada distancia entre ciudades. Porque aunque el autobús tuviera todas las comodidades posibles, la voz de Julio era demasiado valiosa como para maltratarla. Y lo menos que podía decirse del cantante es que se entregaba a fondo a su público, hasta el punto de que, a veces, había que retrasar la actuación o hacer trampa con el *playback*, porque tenía muy ronca la voz.

Aquel día, Julio no invitó a Émilie a pasar la noche en su habitación del hotel. Con el pretexto de la inminente salida, la necesidad de organizarse y de hacer las maletas, el cantante anunció a Émilie que se verían por la noche en Estrasburgo. Y no, en el autobús no había sitio para ella. ¿No tenía su propio coche?

Émilie se negó a colgar sin conseguir el nombre del hotel en el que pasaría la noche. La aplicación Waze de su iPhone le indicaba que el mejor recorrido era pasando por Bélgica y que tardaría más o menos cuatro horas en llegar a Estrasburgo.

Iba a pasarse toda la tarde en el coche, bajo una llovizna con granizadas esporádicas a las que sustituyó un manto de niebla que la obligó a disminuir la velocidad a cuarenta kilómetros por hora. Realmente no era así como se había imaginado pasar el día y la depresión que la víspera se había apoderado de ella no se la quitaría de encima hasta llegar a Alsacia.

Cuando por fin llegó al Zénith de Estrasburgo, un edificio de color naranja y forma redonda que parecía una calabaza aplastada, Émilie encontró en lo más profundo de su interior un resto suficiente de amor propio como para jurarse que dejaría la gira y daría media vuelta si Julio esta vez no la recibía como a una princesa.

En el fondo, lo único que necesitaba era que Julio la abrazara y le diera seguridad…

Oberman había elegido un edificio histórico para alojar a la banda. El hotel Cour du Corbeau, de arquitectura típicamente alsaciana, con vigas entrecruzadas y voladizos, databa del siglo XVI y había visto desfilar por él a los más prestigiosos personajes. Había sido uno de los lugares favoritos del duque de Baviera, así como, dos siglos más tarde, del emperador de Austria, que se había alojado allí durante una semana.

Su actual ilustre visitante era Julio Ross.

El hotel lo formaba una serie de pequeños patios que desembocaban en una multitud de edificios que albergaban o bien varias habitaciones en un mismo nivel o bien las suites reales y los apartamentos privados. Paul Oberman había conseguido las mejores suites para Julio y para él mismo.

La actitud del cantante cuando por fin Émilie se reunió con él en su habitación se había vuelto completamente normal, sin una pizca de agresividad.

El cuaderno de Émilie

Julio me recibió con la más cariñosa de las sonrisas, se interesó por mi viaje, me besó con ternura, abrió una botella de champán y luego sacó del minibar una enorme lata azul llena de caracteres cirílicos.

—¿Te gusta el caviar?

—No lo sé, nunca lo he probado.

—Entonces vas a sorprenderte. Fíjate, no a todo el mundo le gusta. Pero yo he inventado una cosa, ya verás. Lo llamo el aperitivo del proletario. —Peleó con la lata de un kilo de beluga hasta que consiguió abrirla y exhibió el contenido: unos huevecitos de color gris oscuro, brillantes, de aspecto sabroso—. Directamente llegado del mar Caspio; es caviar salvaje, cada vez más escaso. ¿Quieres una cucharadita o prefieres que te prepare mi recetilla? —Sin esperar respuesta, metió directamente dos dedos en la masa oscura y me los plantó delante de los labios. Yo me dejé hacer, en un principio totalmente sorprendida por el sabor salado y suave. En el tiempo en que tardé en acostumbrarme, Julio sacó del mismo minibar unos blinis, un huevo duro cortado en láminas, unas finas lonchas de salmón de Escocia en su envase y huevas del mismo pescado. Dispuso todo en un plato y luego amontonó los distintos ingredientes entre dos blinis—. Aquí tienes —dijo, al tiempo que me tendía lo que tenía forma de un sándwich pequeño—. Blinis con nata amarga, salmón, caviar y huevas de salmón… Mi aperitivo del proletario. ¡Con su correspondiente copa de champán, por supuesto!

—Cuesta lo mismo que alimentar a una familia durante dos días.

—Exactamente. Por eso se llama así. Proletarios de todos los países, uníos. Arriba, parias de la tierra… Es curioso, ¿no?, que los manjares más caros y más exquisitos sean la especialidad de un país que ha sido comunista durante más de ochenta años. La política no es lo mío, pero hay cosas como esta que me hacen gracia.

Intenté descifrar el alcance filosófico detrás del cinismo. No había ninguno. Pero, en ese momento, me importaba un rábano. Y, como Julio parecía de buen humor, no tardé ni un minuto en exponerle mis angustias y tormentos.

—Francamente, si hubiera sabido que pasaría tu primer concierto entre bastidores, mi primera noche sola en un hotel y mi segundo día conduciendo bajo la lluvia, creo que habría dejado el plan de unirme a ti para más adelante. Durante las vacaciones de verano, por ejemplo, lo que habría evitado que me despidieran.

Una vez más, me sorprendió su ternura y la dulzura de su voz:

—Siento muchísimo que hayas vivido todo eso, soldadito…

—Y, para empezar, ¿por qué me llamas soldadito?

Julio se rio y se sentó junto a mí, sobre la cama.

—Es la primera impresión que me diste, cuando te vi merodeando por los camerinos, con tu conjunto de color caqui, derecha como una vela, decidida… Pero, si no te gusta el nombre, lo dejo.

—No me molesta…, aunque soy pacifista.

—Entonces ¿puedo llamarte Madre Teresa?

—¿Y qué más? Pero, Julio, dime, realmente necesito saber…

—Antes de que hubiera terminado la frase, apretó sus labios contra los míos. Eso me volvió loca. Pero, aun así, me separé, decidida a no ofrecerle esa vez una victoria demasiado fácil—. Y ahora ¿qué va a pasar? ¿Tendré que coger una habitación en un hotel, a poder ser un cuchitril dadas mis posibilidades, seguir a tu autobús a distancia cuando cambies de ciudad y esperar todas las noches entre bastidores a que termine el concierto? ¿O…?

—¡Pero bueno! De eso nada. Al margen, a lo mejor, de lo del bus, porque realmente hasta que consiga echar a Lucia en el bus no hay sitio…

—¿Lucia?

—La pianista.

—Pero yo creía que habíais contratado a un pianista de jazz.

—Sí, también tiene jazz en su repertorio.

—Y Oberman hablaba en masculino.

—Ah, aquel, el primero, a ese lo largamos inmediatamente. No me gustaba nada su jeta. Como Tom, un tipo que está todo el tiempo refunfuñando y no sonríe nunca.

—Entonces…, si lo despedisteis…, ¿por qué…?

Evidentemente, Julio esperaba mi pregunta. ¿Por qué lo habían sustituido por alguien que no era yo?

—Escucha, nuestro plan se mantiene en pie, pero estoy obligado a seguir ciertas directrices de Paul. Él es a la vez mi mánager y mi agente. Se ocupa de todos los detalles, algo de lo que yo sería completamente incapaz. No vamos a pelearnos al principio de la gira. Pero una promesa es una promesa. Permanece por aquí cerca y tendrás tu momento de gloria.

—¡Pero yo no quiero un momento de gloria! Lo que me interesa es participar en la aventura detrás de un piano. Esperaba aportar algo auténtico, original. Por otro lado, mira, tengo un montón de planes. He traído unas treinta partituras de música clásica, sobre todo de conciertos para piano, y he examinado con detalle a Keith Jarrett, Bill Evans y Petrucciani para intentar mezclar los géneros. Si hubiera un piano en este hotel podría mostrártelo.

Julio me estrechó con más fuerza por los hombros y me besó otra vez.

—No te preocupes —me tranquilizó, mordisqueándome la oreja—. Pronto… Pronto…

—Pero ¿pronto qué?

No obtuve ninguna respuesta porque sus caricias se habían vuelto más precisas. Me dejé deslizar y luego llevar por un torbellino de sensaciones mientras él susurraba palabras cariñosas.

Que era guapa. Muy guapa. Que nunca había conocido a una mujer tan guapa como yo.

¿De verdad?

11

Hacia la una de la tarde, Monika llamó a la puerta de la habitación de Émilie para asegurarse de que estaba cómodamente instalada y, como le indicó con una pizca de humor, de que hacía bien sus deberes.

—¡Estupendo! —exclamó cuando Émilie levantó el cuaderno y pasó las primeras páginas, completamente escritas—. Pero hace un tiempo magnífico y aún no te he enseñado la finca. Estoy segura de que necesitas un descanso. ¿Quieres dar una vueltecita conmigo?

Émilie aceptó encantada. La presencia de Monika tenía algo de emocionante y tranquilizador. Al tratar con ella, Émilie sentía la necesidad de abrirse y tenía la impresión de que vaciaba su cloaca emocional a medida que los recuerdos estancados se convertían en confidencias.

La finca se extendía por varias hectáreas. Más allá del jardín del que Émilie tenía una vista fabulosa desde su habitación se abría un bosquecillo por donde se adentraron las dos mujeres. Monika caminaba con paso ligero, sus pies apenas tocaban el suelo. Avanzaron por un camino que serpenteaba entre alerces, cedros y cipreses, y el sol, en su cénit, acentuaba sus contrastes y reavivaba los colores tornasolados de una vegetación frondosa y meticulosamente cuidada.

Un imponente alcornoque, con la corteza rizada, les cortó el paso. Monika puso las dos manos en el tronco y se giró hacia Émilie.

—¿Has visto esta maravilla? Tiene cerca de ciento cincuenta años. Es el único árbol que sobrevivió al incendio que arrasó la región en 1930. ¿Te imaginas lo que nos podría contar si hablara? Mi marido lo ha bautizado con el nombre de Sócrates, en homenaje al enigmático filósofo griego, del que Platón, su discípulo, reprodujo los textos, a no ser que fuera él quien se los inventara. Es difícil de saber miles de años más tarde. Ven…, ven a tocarlo. —Émilie la obedeció intrigada. Era la primera vez que la invitaban a poner la mano en un árbol, por el simple placer del gesto. La tibieza y la energía que sintió la dejaron confusa. Se giró hacia Monika con un interrogante en la mirada—. Ciento cincuenta años de sabiduría silenciosa acumulada —continuó esta última—. Los árboles tienen eso de particular, sumergen sus raíces profundamente en la tierra e intentan tocar el cielo con sus ramas. Según mi marido, aunque no es el único que lo piensa, los árboles simbolizan la búsqueda humana, los pies en la tierra y la cabeza en las estrellas. Si alguna vez te sientes triste, ven aquí, escucha el silencio y luego rodea a Sócrates con los brazos. Deja que él te acoja.

Absorbe su energía porque es inagotable y repón fuerzas. —Monika se detuvo y observó a su acompañante—. Veo que te has puesto los vaqueros y la camiseta que llevabas ayer. Haz lo que quieras, no somos estrictos con las reglas. Pero te sentirás mucho más a gusto con la ropa de lino ligero que te llevamos a tu habitación. Aprovecha para darle tu ropa a Mireille. Te la devolverá limpia y planchada.

—Aún no sé cómo darles las gracias —dijo Émilie—. Cuando coincidimos ayer, estaba a punto de hacer una estupidez. Aunque ni siquiera estoy segura. Solo sé que me sentía tan desesperada que ya no sabía a qué rama aferrarme...

Monika soltó una sonora carcajada.

—¡Pues fíjate! Acabas de hacer una demostración de la importancia de las palabras. No es casualidad que uses esa expresión justo cuando acabo de invitarte a abrazar a un árbol. Y ¿por qué ibas a querer aferrarte a alguna rama? ¿Qué eres, un mono o un ser evolucionado, capaz de llevar las riendas de tu vida? Venga, voy a ponerte un ejemplo para que pienses: ¿sabes por qué algunas personas con sobrepeso no consiguen adelgazar? Sencillamente porque intentan *perder* kilos. Se pierden las llaves, se pierde la memoria o incluso el camino. La propia palabra contiene una connotación de fracaso, porque la idea de pérdida se acompaña necesariamente de la de recuperar. Así que los obesos pierden un poco y recuperan mucho. Cuando tratamos a personas con ese problema, insistimos mucho en la importancia del vocabulario. Esas personas no deben querer perder peso, sino solamente adelgazar y conseguir la mejor forma posible... en todos los sentidos. —Las dos mujeres dieron media vuelta y siguieron el paseo hasta que llegaron a un cercado. En su interior había dos vacas paciendo apaciblemente junto a unos cuantos corderos—. Nos dan leche y lana para el invierno. Estos animales estaban destinados al matadero, pero los compramos. Nos gustaría hacer más, pero nos falta sitio y tiempo. Antes o después, el hombre va a tener que evolucionar lo suficiente para dejar de matar a los seres vivos con los que comparte el planeta. Como te dijo mi marido en el restaurante, ayer noche, los dos somos vegetarianos. Pero de eso ya hablaremos más adelante. —El cercado daba a un huerto. Monika hizo una visita comentada y elogió con orgullo la calidad de los tomates, calabacines, pimientos y muchas más verduras que un agricultor local les ayudaba a cultivar biológicamente. Luego sus pasos las llevaron al borde de la piscina, en donde una mujer joven y dos hombres descansaban en unas tumbonas—. Émilie, te presento a Jérôme, Cyril y Amandine; ellos también participarán en la sesión. Amigos, ella es Émilie, se unió a nosotros anoche. —Los tres se incorporaron casi al mismo tiempo sobre un codo para dirigir un gestito amistoso a Émilie. Jérôme era un hombre de mediana edad, con la cabeza pelada y bastante gordo. Cyril parecía un poco más joven y claramente estaba en mejor forma, pese a la palidez de su tez. Debía de fumar un cigarrillo tras otro, a juzgar por el número de colillas del cenicero que estaba cerca de él. Amandine mostraba un aspecto tan triste que Émilie se preguntó si habría perdido a algún ser querido recientemente. La joven debía de tener su misma edad y por su cara podría haberla clasificado en la categoría de grandes bellezas, si no fuera por la depresión de la que parecía ser presa. Los tres pertenecían a una clase social acomodada, a juzgar por sus relojes de buenas marcas y las joyas que llevaba Amandine—. Aún esperamos a otra pareja —añadió Monika, dirigiéndose a Émilie—. No deberían tardar. Adrian y yo insistimos en que todo el mundo se reúna la primera noche en la cena. Pero, bueno, el tiempo pasa. Ya te he acaparado bastante y necesitarás un rato contigo misma. ¿Hasta luego?

Sin esperar respuesta Monika desapareció.

Émilie se quedó aún un momento cerca de la piscina, presa del deseo, que reprimió rápidamente, de quitarse la ropa y lanzarse de cabeza la primera al agua. Amandine ya había vuelto a meter la nariz en la revista que devoraba antes de que Émilie llegara. Cyril encendió un pitillo, dirigió una amable sonrisa a Émilie y luego le preguntó:

—¿Conoces a los Brennan desde hace mucho tiempo?

—No, los conocí anoche.

La respuesta de Émilie no pareció sorprender a nadie.

—Tampoco yo los conozco mucho —comentó Cyril, meneando la cabeza.

—Ah... ¿Y por qué estás aquí entonces? Si no es indiscreción.

Amandine dejó despacio la revista.

—Ninguna pregunta es indiscreta cuando los Brennan se ocupan de uno.

—Un gran amigo me los recomendó insistentemente —explicó Cyril—. Si estás aquí es porque algo no marcha bien. Igual que todos nosotros.

—En lo que a mí respecta, es lo menos que puede decirse —contestó Émilie.

—¿Has empezado el cuaderno? —preguntó Jérôme.

—Ah, ¿vosotros también?

—Todo el mundo. La escritura terapéutica forma parte de su método.

—Y ¿cómo es exactamente?

—Ya lo verás. A medida que vayas poniendo tus recuerdos sobre el papel, te parecerá que pertenecen a otra persona.

Amandine intervino por segunda vez y su manera de expresarse dio una imagen muy distinta de ella. A la vez simple y cariñosa.

—Es lo que Adrian llama «distanciarse». Una etapa necesaria para liberarte del peso emocional que te ha llevado a tu forma de depresión.

—¡Pero yo no soy depresiva! —protestó Émilie.

—Depresiva, quizá no lo seas, pero seguro que estás deprimida. De lo contrario, ¿por qué ibas a estar aquí?

Tambaleándose un poco, Émilie dio un paso hacia atrás, al tiempo que balbuceaba:

—Yo…, creo que voy a volver a mi cuaderno.

—¡Pues ánimo! —replicó Cyril, haciendo un gestito con la mano.

—Gracias —dijo Émilie y luego reemprendió el camino hacia su habitación—. Voy a necesitarlo.

12

El cuaderno de Émilie

Por supuesto, el hotel de Estrasburgo tenía un piano. Uno muy bueno. Si no recuerdo mal, otra vez un Steinway. Pero no tuve la oportunidad de tocarlo. Julio me retuvo con él toda la noche. De hecho, no me dejó dormir mucho. Al final de la mañana, una llamada de Paul Oberman nos despertó. Julio y él se pusieron a discutir inmediatamente. No entendí muy bien por qué, pero tenía que ver con la siguiente ciudad, Dijon, en la que Julio actuaba. Un periódico local había enviado a alguien para hacerle una entrevista y el periodista esperaba abajo desde hacía más de media hora. Julio acabó por arrastrarse hasta el cuarto de baño y desde allí, mientras se lavaba los dientes, me pidió que me vistiera y me marchase. «Nos veremos en Dijon», precisó.

Émilie, que poco antes se había convencido por un instante de que su alma ya había encontrado el camino de su curación, sintió un malestar que le provocó un principio de náusea.

Y justo debajo escribió:

Entonces, realmente, me sentí gilipollas. ¿Iba a chuparme un día entero de viaje hasta Dijon? ¿El día anterior no había tenido bastante? Además, ¿quién iba a pagar la gasolina?

Quiso añadir: «Estuve a punto de mandar todo a paseo». Pero, en su fuero interno, sabía que aquello no era verdad. Y eso era lo dramático. Durante los siguientes meses, fueran las que fuesen las miserias que Julio Ross le hizo padecer, Émilie no pensó ni por un instante en buscar una escapatoria.

El cantante sabía echar leña al fuego hasta hacerlo incandescente antes de llenarla de cariño, cuando sentía que Émilie estaba a punto de explotar, y esa alternancia de calor y frío lo hacía mucho más irresistible por escurridizo.

Con el corazón destrozado, Émilie tuvo que admitir que tenía mucho camino por delante antes de curarse.

Pero ¿acaso los Brennan no habían llegado a su vida precisamente con ese objetivo?

El cuaderno de Émilie

La carretera entre Estrasburgo y la capital borgoñona que pasa por Mulhouse era más corta y menos desagradable de lo que me había temido. Tardé menos de seis horas en llegar a Dijon y lo hice mucho antes que el bus de la gira, lo que me permitió descansar un poco mientras esperaba a Julio.

Hay un punto en el que no me he detenido al hablar con Adrian y Monika: ¡odio conducir! En la región parisina, más o menos, aún me las apaño. Pero me dan miedo las autovías. Todos esos puntitos rojos que huyen en busca de luces a veces mal ajustadas y cegadoras. Y luego esos bestias que tocan el claxon cuando no conduces por el lado correcto y lo bastante rápido para su gusto, aunque vayas a la velocidad máxima permitida.

Lo peor es cuando te adelantan levantándote el dedo corazón, como si solo tu presencia delante de ellos fuera un insulto. Se creen que están solos en el mundo, los dueños de las carreteras nacionales… Por cierto, esos son los mismos que preferirían verte muerta antes que detenerse para echarte una mano si hubieras pinchado y desesperada, bajo la lluvia, intentaras con grandes gestos dar a entender que jamás en la vida has tocado un gato.

Sin embargo, aquel día, estaba demasiado ocupada pensando en Julio como para preocuparme por mi forma de conducir o por los matones de cuatro ruedas.

Las preguntas que no dejaba de hacerme seguían desesperadamente sin respuesta. ¿Qué esperaba de Julio? ¿Me había enamorado o estaba hundiéndome en una relación superficial como las que mantienen las chicas florero sin cerebro?

Pero, fundamentalmente, ¿qué esperaba Julio de mí?

Cuando estábamos juntos, su lado apasionado me reafirmaba en la idea de que yo era algo más que un capricho o, aún peor, un objeto sexual para él. Sé lo que veo en el espejo y, aunque mi entorno siempre me ha considerado tirando a guapa, no tengo la sensación de pertenecer a la categoría de las extraordinarias. Es verdad que tengo cierto encanto y un rostro agradable, sobre todo los ojos. Pero quizá debería ganar algo de peso si quisiera aspirar al título de Miss Universo.

Ya llevaba más de tres horas esperando en la recepción del Rôtisserie du Chambertin, evidentemente el mejor hotel de la zona, cuando al fin llegó el bus.

El corazón se me puso inmediatamente a mil por hora.

No sabía cómo actuar. ¿Permanecer sentada y fingir que estaba leyendo la prensa mientras esperaba a que los miembros del grupo se dispersaran por sus habitaciones y Julio me hiciera una señal? ¿O sencillamente ir a su encuentro?

Aún me quedaba suficiente independencia de pensamiento para optar por la segunda solución. Por mucho que el señor Julio Ross fuera una estrella, ese día ya había hecho bastantes sacrificios como para merecer algo más que ese anonimato inexplicable al que me veía obligada.

Paul Oberman salió el primero del bus.

Me miró de pies a cabeza, con la cara crispada y aspecto de pensar: «¿Qué está haciendo esta aquí otra vez?». Su mirada me hizo tanto daño que casi se me escapó una lágrima.

Afortunadamente, me recompuse a tiempo.

El mánager pasó junto a mí sin decir ni una palabra. Yo, por mi parte, no pude contenerme y solté:

—¡Buenos días, Paul! ¿Has tenido un buen viaje?

¿Tendría que haberlo llamado por el apellido? Pues claro que no; después de todo, ¿quién era él?

Oberman se giró bruscamente, como si le hubiera picado un insecto venenoso.

—Ah, sí, hola. ¿Qué tal? ¿Estás esperando a Julio?

—Pues claro, no he venido a Dijon por la mostaza.

Me sentí tan estúpida después de semejante ocurrencia que tuve ganas de darme de bofetadas. Por suerte, en ese momento, los miembros del grupo empezaron a salir del autobús. Primero Ludovic, el batería, algo corpulento; le seguía Aldo, que tuvo la amabilidad de dirigirme una gran sonrisa y de concederme una palmadita en el hombro, antes de irse murmurando: «Otro mes más viajando en ese rompeculos y me quedo sin espalda». Justo después de él salió una chica joven de rasgos euroasiáticos a la que no había visto nunca, con un maletín de Yamaha al hombro.

Por deformación profesional, le miré los dedos. Dedos de pianista. Oberman había llegado a la entrada del hotel y, otra vez, no pude contenerme.

—Perdona, ¿no serás Lucia?

Se quedó muy sorprendida. No asomó ni una sonrisa en su cara. La pianista se parecía a Kristin Kreuk, la actriz canadiense de series de televisión, tanto como para confundirla con ella. Aquello hizo que me diera un vuelco el corazón porque Julio, una vez que jugamos a preguntas indiscretas, un juego que propuso para, decía, conocernos mejor, me confió su inclinación por las asiáticas.

De hecho, la forma almendrada de mis ojos le hizo creer por un instante que quizá tuviera ese origen.

—Sí, soy yo. ¿Y tú quién eres?

Recordé una frase de *El padrino,* antes de tenderle la mano: «Ten cerca a tus amigos, pero más cerca a tus enemigos».

—Me llamo Émilie. ¿Julio no te ha hablado de mí?

—No, para nada. ¿Y qué haces en el grupo?

En ese momento tuve ganas de gritar: «Soy pianista, igual que tú, pedazo de arrogante. Y, aunque tú aún no lo sepas, esto se va a acabar pronto para ti».

Por supuesto, me limité a responder:

—Soy amiga de Julio.

—Me alegro por ti —respondió la zorra—. Pero Julio tiene muchas amigas.

Oberman ya había desaparecido. Lucia también se alejó, tan altiva como sus palabras. El siguiente en aparecer fue Jérémy; nunca me enteré de cuál era su función. Le siguieron media docena de músicos a los que ya había visto en el escenario. Pero de Julio ni rastro.

Justo cuando el conductor cerraba la puerta para ir a aparcar el autobús en el lugar reservado, pillé *in extremis* al último pasajero, un hombre de unos cuarenta años del tamaño de un luchador de feria.

—Perdona, no entiendo. ¿Julio no ha venido con vosotros?

—¿Julio Ross? —«¡Pues claro, no va a ser Iglesias!». Cayendo en lo evidente, siguió—: No, no está aquí. Si lo esperas para un autógrafo, lo siento.

¿Un autógrafo? ¿Y qué más? Julio firma su nombre en mi vientre y en mis hombros desnudos. Me costó muchísimo mantener la calma pero respondí con una sonrisa:

—En absoluto. Soy inspectora de hacienda. No ha hecho la declaración y no responde a mis llamadas.

A la montaña de músculos le recorrió algo así como un escalofrío y sus ojos adquirieron el tamaño de un platillo volante.

—¿De verdad? En ese caso tienes que hablar con su mánager, no conmigo.

Fingí reír.

—No, hombre, estaba bromeando. Solo soy una amiga. Si no está en el autobús, ¿cómo ha venido?

Gran alivio en los rasgos del luchador de feria. No debía de tener la conciencia muy tranquila.

—En Estrasburgo una fan le ofreció su jet. Pero ve a ver al señor Oberman, él sabe mucho más que yo. Y desde luego… —El hombre meneó la cabeza haciendo una mueca— … la broma de la inspectora no ha tenido mucha gracia.

Hay gente a la que no le gustan nada las bromas.

Los recuerdos se atropellaban en la cabeza de Émilie, incluidos los más pequeños detalles, y, cada vez que describía un acontecimiento, por muy insignificante que fuera, no podía dejar de maldecirse.

Sus recuerdos… Todos ellos pensamientos oscuros.

Sin embargo, era como si reviviese una película o los golpes de efecto de una novela ligera. La historia de otra persona. Algo que realmente nunca le había pertenecido.

Esa era la magia del cuaderno.

13

Émilie se había imaginado un comedor más lujoso o, al menos, una decoración más elegante. La habitación era bastante amplia como para dar cabida a cincuenta comensales entre sus paredes blancas, pero solo había una mesa dispuesta con diez cubiertos. Unas persianas ocultaban las ventanas, y la iluminación que difundían varios neones recordaba el ambiente de un comedor de empresa más que el de un caserón de lujo.

Inmediatamente llamaban la atención seis carteles blancos con grandes letras negras impresas. El primero decía:

No puede
curarse
lo que no se
reconoce
que existe

El segundo:

> *D*iscrep*a*ncia
> no si*g*nifica
> re*ch*azo

Y luego:

> **El pasado**
> no significa
> futuro
> **excepto**
> para los
> que viven en él

> **CREAMOS**
> **lo que**
> **tememos**

> **Querer**
> **de verdad**
> **es poder**
> **plenamente**

En el último había escrita una palabra tan incomprensible como misteriosa.

Bidujav

Cyril, Jérôme y Amandine, ya a la mesa, parecían relajados y muy a gusto con la ropa de lino. Los tres charlaban con la pareja de recién llegados que había anunciado Monika. Todos recibieron a Émilie con una sonrisa llena de amabilidad. Encima de cada plato había una placa de identificación con un nombre.

—¡Ah, Émilie, buenas noches! —dijo Jérôme, mientras ella movía la silla que le estaba reservada—. Como puedes ver, solo estábamos esperándote a ti. Y a nuestros anfitriones, por supuesto. Creo que no conoces a Giacomo y a Claudia. Vienen de Milán.

Los dos eran de similar constitución. Giacomo llevaba una barba poblada y gafas redondas con cristales ahumados. Claudia tenía ese aspecto jovial que muestran las personas que disfrutan de la vida, el pelo gris con un corte cuadrado y unas gafas de concha sujetas con un cordón. Émilie dio la vuelta a la mesa para estrecharles la mano. Giacomo se levantó y se inclinó de manera elegante para rozar los dedos de Émilie con los labios. La barba le cosquilleó.

—¿Así que eres Émilie, música según tengo entendido? —dijo con un marcado acento italiano.

—Ya veo que Adrian y Monika te han hablado de mí.

—Hablan mucho de la encantadora Émilie, pero con total discreción, por supuesto.

En el mismo instante en el que Émilie ocupaba su sitio, aparecieron Adrian y Monika, a los que acompañaba un hombre de altura y musculatura impresionantes y una mujer joven muy menuda. El contraste sorprendía mucho más porque los cuatro iban vestidos igual con ropa de lino.

—Buenas noches y bienvenidos —dijo Monika desde el extremo de la mesa—. Realmente me hace muy feliz teneros aquí, a los seis, reunidos para compartir esta aventura. A los que aún no los conocéis, os presento a nuestros ayudantes Didier y Nathalie, ellos os acompañarán durante todo el seminario. No me gusta mucho esa palabra, pero la usaremos para abreviar, por no perder tiempo. ¿Puedo pediros que os coloquéis la placa con el nombre en la solapa? No es más que una mera formalidad, porque, realmente, en esta ocasión no somos muchos, pero mantenemos los ritos porque completan un procedimiento que ya ha dado sus resultados.

Émilie obedeció como todo el mundo. Didier y Nathalie dieron la vuelta a la mesa para estrechar las manos de todos. «¡Dios mío, qué fuerte es!», pensó Émilie levantando la mirada hacia el ayudante, que le sacaba, al menos, dos cabezas.

—Para empezar —continuó Adrian, de pie junto a su mujer—, permitidme deciros que tenéis suerte porque, como acaba de subrayar Monika, normalmente en los seminarios reunimos a un grupo bastante mayor de participantes. Esta suerte se la debéis a Claudia y Giacomo; Monika y yo los conocemos personalmente desde hace años y nos pidieron que los recibiéramos lo más pronto posible, para ayudarlos a resolver un problema que ellos consideran insalvable. Giacomo, Claudia, mi mujer y yo os damos las gracias por ofrecernos la oportunidad de pasar nuestra única semana de vacaciones haciendo algo útil en lugar de apoltronarnos en un crucero o en las playas de una isla tropical. —Unas cuantas risas. Los dos recién llegados se levantaron torpemente de sus sillas para expresar su gratitud. Adrian continuó—: En cualquier caso, como todo el mundo que pasa por aquí, no tardaréis en descubrir que no hay problema insalvable. La vida, ya lo sabéis, está hecha de decisiones. Unas pequeñas y otras grandes. Unas decisiones que tomamos a cada instante. Esta noche, por ejemplo, tendréis que decidir entre dos menús. Ambos vegetarianos, por supuesto. Lo siento por los carnívoros, pero estamos en contra de la matanza industrializada de los animales. Unos preferiréis pescado o la ensalada *niçoise* y otros disfrutaréis de nuestros bocaditos al vapor. Antes de reunirnos, algunos os habréis dado una ducha, otros no. Después de cenar, podéis volver directamente a la habitación o pasear por el jardín. Algunos daréis una vuelta junto a la piscina, otro iréis a dar las buenas noches a las vacas y los corderos. Esto solo son ejemplos para que entendáis que la mayoría de las decisiones no exigen ninguna reflexión, que están automatizadas, promovidas y decididas por el inconsciente. Esas decisiones son el resultado de vuestros hábitos y de vuestra educación. Lo repito, la vida solo está hecha de decisiones, en todo momento, y estas determinan continuamente nuestras vivencias. —Adrian hizo una pausa para recorrer con la mirada a su público—. Sé que estaréis pensando: «¿Qué nos está contando este tipo? Como si yo ya no supiera eso. Pues claro, las decisiones que tomamos tienen un impacto en nuestro futuro. Si voy al volante y giro a la izquierda, no tendrá las mismas consecuencias que si sigo recto. Se está riendo de nosotros, ¿y yo he pagado para oír semejantes simplezas?». ¡Pues sí, exactamente! Ahora que he recurrido a esta metáfora, haceos la siguiente pregunta: ¿quién va al volante de vuestras vidas? ¿Vosotros o los reflejos condicionados que os provocan la ilusión de dirigir y de tener el control? Y, fundamentalmente, antes de responder, preguntaos: ¿cuántas decisiones importantes aún no he conseguido tomar? Porque ya no se trata de ir en una u otra dirección para llegar al mismo lugar... —Adrian se interrumpió para coger impulso con un tono confidencial que infló progresivamente hacia el énfasis—. Durante la semana que pasaréis con nosotros, vais a aprender no solo a recuperar el volante de vuestras vidas, sino también a construir la autopista por la que siempre habéis soñado conducir. Y os parecerá tan fácil y tan evidente que ya nunca volveréis a renunciar a ese libre albedrío que os ha concedido el universo. El dueño de vuestras vidas, amigos míos, está en vosotros mismos. Ya es hora de dejar de depender de la opinión de los demás, de las falsas bondades que os frenan, del temor a perder y a no tomar la mejor decisión. Aquí vais a aprender que la vida solo es una serie de experiencias interesantes y que, desde ese punto de vista, ninguna decisión es mala. Porque de todas sacaréis un *feedback*, es decir, una nueva herramienta que os permitirá gestionar mejor las siguientes curvas. Por ejemplo, ¿sabéis cuántas veces intentó Thomas Edison crear una bombilla? Cientos de miles. Cuando le preguntaron por los ensayos infructuosos que le tuvieron en vilo durante meses, el inventor respondió que aquellos no eran fracasos porque, en cada ocasión, había aprendido «cómo no crear una bombilla».

Adrian dirigió la mirada a su mujer y esta continuó:

—Vamos a enseñaros a superar las limitaciones adquiridas. Desde este momento, meteos en la cabeza que casi todo es posible porque tenéis unas capacidades óptimas mucho mayores de lo que imagináis. Como dijo el Dalai Lama: «Si te sientes muy pequeño para cambiar algo, prueba a pasar la noche con un mosquito y verás cuál de los dos no deja dormir al otro». —Monika meneó la cabeza—. No. Nunca seréis demasiado pequeños ni demasiado débiles. No más que esa madre que, tras un accidente, vio a su hijo con la caja torácica atrapada bajo una camioneta, incapaz de respirar. Solo le quedaba un minuto de vida y no había nadie cerca. Durante una fracción de segundo, el deseo de esa madre de salvar la vida de su hijo sobrepasó las limitaciones que la lógica impone. Sin pensarlo ni un instante, consiguió levantar más de una tonelada y liberar a su hijo. Por supuesto, se trata de un caso extremo y por eso no todas las madres se pusieron a cargar camionetas a la espalda de un día para otro. Pero, aunque el poder limitador de las creencias es tenaz, a veces basta con una sola persona para romperlo. Hasta 1954, se daba por hecho que ningún ser humano podía correr una milla en menos de cuatro minutos. Desde los científicos hasta los más consumados deportistas, pasando por médicos especialistas, todos estaban convencidos de eso.

Hasta que un día, a un atleta inglés, Roger Bannister, se le metió en la cabeza romper ese tabú. Bannister lo consiguió y batió el récord del mundo corriendo una milla en tres minutos cincuenta y nueve segundos y alguna décima... Un mes más tarde, dos corredores de fondo superaban ese resultado. Se había aniquilado el poder limitador de aquella creencia. En los cuadernos que os entregaremos, tendréis unos ejercicios que os permitirán definir vuestras propias creencias limitadoras porque, tal y como está escrito en ese cartel: «No puede curarse lo que no se reconoce que existe».

Monika ocupó un sitio en un extremo de la mesa. Su marido la imitó y, antes de sentarse, anunció:

—Y, ahora, voy a daros la palabra a cada uno de vosotros para que os presentéis. Aprovechad para explicarnos, en pocas frases, el motivo de vuestra presencia entre nosotros. Giacomo, comienza tú.

Así se enteró Émilie de que Giacomo y su mujer, el matrimonio de origen milanés, estaban a punto de divorciarse, después de treinta años de un matrimonio sin el menor nubarrón. Ambos eran católicos practicantes y buscaban el medio de avivar la felicidad de vivir juntos antes de tomar la decisión de separarse. A Cyril, el gran fumador, lo habían estafado y durante aquella aventura había perdido su empresa. De su pasado glorioso solo le quedaban deudas. Amandine era la más desesperada: después de pasar años a los pies de la cama de un marido aquejado de una enfermedad incurable, al que adoraba, lo había perdido. Respecto a Jérôme, él vivía solo pese a tener una situación económica más que acomodada y había perdido la esperanza de encontrar su alma gemela por lo muy acomplejado que estaba por su físico.

Entonces le tocó el turno de presentarse a Émilie.

—Lo mío no es muy complicado. Me enamoré de un cantante famoso. Me prometió la luna y me utilizó. Por el camino, perdí mi trabajo, a mi novio, mis escasos ahorros y todas mis referencias y aún sigo sin entender qué me pasó ni por qué. Eso es todo.

Volvió a sentarse, algo temblorosa por haberse abierto de esa manera en público. Luego, por indicación de Adrian, Didier describió una serie de reglas que tendrían que seguir durante la siguiente semana.

Antes que nada, todos debían comprometerse a entregarse al cien por cien. Esos días eran suyos, pero solo los aprovecharían si participaban plenamente. Desde ese momento, solo harían una comida al día, que se serviría allí mismo a las siete de la tarde, y desayunarían únicamente té verde y tostadas con un poco de mermelada, porque la mente funciona mejor con el estómago vacío y esa dieta diaria los ayudaría a purificar el organismo. Les entregarían unos cuadernos de ejercicios que tendrían que realizar concienzudamente, todas las noches, antes de dormir.

Estaba prohibido fumar...

—Ah, ¿sí? —protestó Cyril, que daba vueltas al paquete de tabaco desde que se había sentado, sin atreverse a sacar uno—. A mí eso me resulta imposible.

—Venga, aprovecha esta última noche —contestó Adrian con una sonrisa—. A partir de mañana, conseguiremos que pierdas esa espantosa costumbre.

Era absolutamente necesario que evitaran hablar entre ellos de su trabajo. Las profesiones, explicó Didier, solo son la resultante de la personalidad y no lo contrario. Por lo tanto, tenían que aprender a presentarse y a darse a conocer sin etiquetas.

—Un albañil no se lleva la paleta a casa —precisó el ayudante—. Y preguntad a los médicos y a los abogados si les gusta que los traten como tales en su vida social. El título se paga caro cuando todo el mundo, en torno a una cena familiar, intenta sacarles una consulta gratuita. Así que insisto en esta pequeña obligación. No mencionéis vuestros cargos cuando habléis de vosotros. Y no preguntéis a los compañeros de seminario a qué se dedican. De momento, nadie necesita saberlo. Salvo que haya un médico en la sala. No me encuentro muy bien últimamente…

La broma arrancó algunas sonrisas. Monika continuó para acabar la presentación:

—Y ahora, amigos, antes de que nos sirvan la cena, ¡*bidujav!*

—¿Y eso qué quiere decir? —preguntó Émilie.

Los demás asintieron con la cabeza. Todos se habían hecho la misma pregunta. Nathalie, la ayudante bajita, intervino por primera vez.

—Es el acrónimo de una frase en inglés, que se ha convertido en el grito de guerra de nuestras sesiones. *Be… do… have! BE committed to DO what it takes to HAVE what you want.* Implícate lo suficiente como para hacer todo lo necesario para conseguir lo que quieres.

—Esto os llevará a haceros una de las preguntas más importantes —concluyó Adrian—. Exactamente ¿qué queréis? Si no sois capaces de responder, no lo conseguiréis. Y, ahora, que aproveche.

Entraron Mireille y el mayordomo empujando unos carritos llenos de viandas. Un delicioso aroma se desprendía de ellos.

14

El cuaderno de Émilie

Iba a lanzarme contra Paul Oberman, furiosa porque ni siquiera se había dignado a decirme que Julio no iba en el bus, cuando me sonó el móvil.

La voz grave con tonos dulces me produjo el efecto de un ungüento anestésico sobre una herida.

—¿Cómo estás, soldadito? ¿Has llegado bien?

—Sí, estoy en el patio del hotel, cerca de la recepción. Los demás también están aquí.

—Lo sé, Paul acaba de llamarme.

—Ah, ¿sí? Entonces sabrás que nos hemos cruzado. ¿Por qué no me ha dicho nada?

—¿Decirte qué? Ya sabes que siempre está de malas.

—Pues, por ejemplo, que no venías en el autobús.

El suspiro de desesperación de Julio me tranquilizó un poco.

—Ese Paul es realmente un cabrón. No conozco a nadie peor que él. Por suerte, está completamente de mi lado. No me gustaría tenerlo de enemigo. ¿Te he contado cuando…?

—Julio, he vuelto a chuparme seis horas de carretera para esperarte en Dijon. ¿Dónde estás?

—¿De verdad no te lo ha dicho nadie? Me han ofrecido trasladarme en un jet. Un Falcon 50, una maravilla. Si lo vieras por dentro, todo de madera de cerezo, tiene una mesa de reuniones desmontable, que se convierte en una cama doble, solo apretando un botón.

—Eso sigue sin decirme nada respecto a dónde estás. Yo ni siquiera tengo una mesa de ping-pong para dormir encima. Y aún menos un jet. ¿Llegarás pronto?

—Pues no, por eso te llamo. Sabes que el concierto es dentro de dos días y ya has visto el tiempo que hace allí. Me invitaron a pasar un día en Córcega, cerca de Bastia. Tenía más de veintidós razones para aceptar.

Estaba tan estupefacta que solo puede reaccionar preguntándole:

—¿Cuáles son esas razones?

—Los veintidós grados de diferencia entre esto y Dijon —respondió Julio con una enorme carcajada.

Estuve a punto de colgar pero me contuve a tiempo para insistir, aguantándome un sollozo:

—Pero yo estoy aquí, esperándote. No me dijiste nada cuando estábamos en Estrasburgo. Fuiste tú el que insistió en que llegara lo antes posible a Dijon. Decías que ibas a echarme en falta y que no podías esperar a que llegara el autobús.

—Y todo eso es cierto, soldadito. Pero, ya sabes, no hay que perder las oportunidades que te presenta la vida. La dueña del jet y de la villa en la que estoy es una fan, y también la mujer de uno de los empresarios más importante de Alsacia. Quería avisarte pero el móvil no tenía cobertura y luego el comandante del avión me ordenó que lo apagara. Aunque todo eso no tiene ninguna importancia. Ya ves, te he llamado nada más aterrizar. Nos veremos mañana.

—¿Y dónde voy a dormir mientras te espero?

—Bueno, ¿no creerás que iba a dejarte colgada? Le he dicho a Paul que avise al hotel para que te dejen usar mi habitación. Así que, mientras esperas a que llegue, puedes zapear y pedir que te sirvan una buena cena.

Al menos el gesto era generoso. O eso es lo que pensé en ese momento.

Yo me negaba la verdad y siempre intentaba excusarlo de algún modo. ¿Qué habría hecho yo en su lugar? Es verdad que es más agradable viajar en un jet privado que en un autobús. El desvío a Córcega en pleno invierno también parecía una idea muy sensata.

Pero otra pregunta me atormentaba, y la expresé de golpe:

—Y... la dueña del jet, ¿qué hay entre vosotros?

Desde luego, aquello era lo peor que podía preguntar. La voz de Julio cambió al instante y se volvió más dura que la piedra en la que acababa de sentarme, temblando de pies a cabeza por culpa del frío.

—¡Ahora vas a ponerte celosa!

—No son celos, solo curiosidad. Después de todo tengo algún derecho a saber...

—No hay nada que saber porque no hay nada entre nosotros. Aunque sea una mujer encantadora y muy guapa, tiene al menos cincuenta años. Y te recuerdo que está casada. ¿De verdad crees que me tiro a todas mis fans? ¿Me tomas por una máquina de...? —Julio se interrumpió, suspiró, balbuceó una excusa y luego continuó, con un tono apacible—: Si no te hubieras largado tan deprisa esta mañana, bien a gusto te habría traído conmigo.

—Pero... yo no me...

—Que conste que te entiendo, con todos los kilómetros que tenías por delante. Pero aun así es una pena. Bueno, perdona, pero no puedo seguir hablando. Te echo de menos, ya lo sabes. ¿Nos vemos mañana?

Estaba tan atónita que necesité unos segundos para darme cuenta de que había colgado. Inmediatamente intenté llamarlo, esperaba que hubiera sido sin darse cuenta, pero había apagado el móvil. Se me escaparon unas lagrimillas, las que estaba conteniendo desde que había llegado el autobús. Y luego me dirigí hacia la recepción, donde una empleada me entregó la llave de la habitación de Julio.

Julio me había sugerido que pidiera la cena en la habitación. Lo que, evidentemente, significaba que no era bienvenida en el grupo.

Si tenemos en cuenta que yo buscaba todas las explicaciones capaces de darme seguridad, deduje que Julio no quería que estuviera demasiado tiempo cerca de Lucia, por miedo a que la pianista acabara sospechando algo y le pidiera explicaciones sobre mí.

¡Qué tonta! ¡Pero qué tonta!

Y luego, a la mañana siguiente, me esperaba una nefasta sorpresa. Por algún desconocido motivo, Oberman había decidido que ese hotel no era adecuado para Julio y había hecho una reserva en otro más cerca del auditorio donde actuaba al día siguiente.

Yo me enteré por un SMS y fui la última en dejar la habitación. Cuando cruzaba el vestíbulo, tirando de la maleta, la recepcionista me llamó:

—¿Señorita Duchalant?

—Sí. ¿He olvidado algo?

—No, todo lo contrario, la recepcionista de anoche olvidó tomar los datos de su tarjeta cuando le entregó la llave. Le he preparado la factura. Si fuera posible, le rogaría que me la abonara ahora.

—Espere, esto debe de ser un malentendido. La habitación estaba reservada a nombre de Julio Ross. Yo soy su invitada…

Miré precipitadamente hacia el autobús, dispuesta a correr para alcanzar a Oberman, pero el vehículo acababa de ponerse en marcha y había desaparecido del aparcamiento.

—Sí, eso debe de ser así —continuó la recepcionista, mientras consultaba la pantalla del ordenador—. Pero el señor Oberman nos ha pedido que pongamos la habitación a su nombre. Ha tenido suerte, porque la noche pasada estábamos completos.

—¿Y no le ha dicho que incluya la factura en la cuenta del grupo?

—Por desgracia no, señorita. No obstante, puede beneficiarse del precio de grupo que he cobrado a los otros.

—¿Es decir?

La recepcionista me dijo la cantidad. Era más de una semana de mi sueldo en la época en la que aún cobraba. Casi igual que el alquiler de Ivry. ¡Por una noche!

Hay que decir que Julio, allá donde fuera, reservaba la mejor suite.

Me quedé más tranquila cuando me entregó la factura. Esa vez, cuando Julio se ofreciera a pagármela, no dudaría en ponérsela delante de las narices.

¡Pero qué tonta!

Émilie tachó la última línea. ¿Acaso no le habían recomendado los Brennan que no se juzgara? Antes de pasar la página del cuaderno, estudió los sentimientos que experimentaba. Sentía vergüenza, mucha tristeza y también algo que apenas acababa de descubrir:

La desesperación dejaba paso poco a poco a la rabia.

Émilie confiaba en que Adrian y Monika consideraran eso un avance.

El día en que lo leyeran.

15

P ara entonces, Émilie tenía ya dos cuadernos con los que trabajar. Si el primero solo tenía unas hojas cuadriculadas en blanco, el que le habían dado después de la cena contenía una abundante cantidad de texto impreso y de anotaciones manuscritas.

Ya en la primera página, retomaba una de las preguntas de Adrian Brennan.

¿Por qué estás aquí? (Responde en función de tus sensaciones inmediatas). ¿Qué esperas de este seminario?

Debajo había varias líneas para que Émilie respondiera con su letra algo desordenada.

Émilie escribió:

Estoy sola. Me siento mal conmigo misma. Mi única emoción es la tristeza. Lo he tirado todo por la borda. Siempre he antepuesto mis sentimientos y la necesidad de tener a alguien en mi vida a mi independencia. Doy demasiado y a cambio espero demasiado. Siempre quedo como una tonta. Vivo de ilusiones. Estoy harta de ser una víctima. La música ya no suena en mi corazón como antes.

La segunda página proporcionaba algunas claves de decodificación que Émilie leyó atentamente.

Supo que el inconsciente solo reconoce los pensamientos positivos y que por eso nunca había que expresar los deseos en negativo. No se debía decir: «Deseo no estar enferma» o «Me gustaría no ser pobre» porque el inconsciente solo retendría las palabras «pobre» y «enferma», los consideraría como objetos de demanda y generaría el resultado contrario al esperado.

En negrita estaba escrito:

¡Cuidado con lo que deseas, porque podrías lamentar que te fuera concedido!

«Bueno —pensó Émilie—. Eso no es muy complicado. Empezaré por renunciar a decirme que estoy sola, triste y que me siento mal conmigo misma. Voy a olvidarme de la palabra "víctima". Sentimientos e independencia, está bien. Y luego, uno nunca se da demasiado, aunque lo que vuelva a ti te decepcione. Respecto a la música, siempre la he tenido dentro de mí. ¿Por qué iba a abandonarme? Es una ausencia provisional. La recuperaré».

Con una goma borró las respuestas y las cambió por un texto más conciso.

Me gustaría sentirme bien conmigo misma y para ello tengo la intención de recuperar las riendas de mi vida. Estoy aquí para aprender a construir el destino que más me convenga. ¡Tiene que estar necesariamente relacionado con mis dedos en un piano! Respecto a mi vida sentimental, no pido nada porque ya he salido bastante escaldada.

Muy orgullosa de sí misma, Émilie paso a la siguiente página.

¿Cuáles son tus mayores miedos?

Se concentró en la pregunta.

Su miedo dominante era el de encontrarse sola. Pero había aprendido la lección de Monika respecto al uso del vocabulario. Para *encontrarse* sola, hacía falta haber tenido a alguien en la vida. Así que llegó a la conclusión de que fundamentalmente tenía miedo a ser abandonada.

Asociado al mismo temor, el de ser traicionada o engañada ocupaban el segundo puesto. Émilie no era más celosa que cualquier otra mujer enamorada. Lo que la aterraba era la idea de traición.

También tenía miedo al ridículo, a perder el talento, a volverse sorda como Beethoven —y no había ninguna razón para eso, porque no había personas duras de oído en su familia—, a la enfermedad que se había llevado a su madre y a las arañas. Poco a poco sus terrores, sus miedos y sus fobias desbordaron el espacio que había reservado para ellos.

Hizo una pausa, le sorprendía haber descubierto tantos miedos que suponían otros tantos bloqueos para su realización. Sobre todo porque recordaba la frase del cartel del comedor:

«Creamos lo que tememos».

«Así es —pensó Émilie—. Siempre han sido mis miedos los que me han arrastrado a la catástrofe. El miedo a que me traicionen, básicamente, es lo que me ha llevado a un comportamiento obsesivo, sin motivo alguno. El miedo a no ser capaz me ha paralizado siempre que he tenido un desafío importante. El miedo a que me abandonen quizá me haya hecho demasiado posesiva... ¿Creamos lo que tememos? ¿Y cómo dejar de temer?».

La siguiente cuestión era intrigante.

¿Qué beneficio has sacado en el pasado de tus miedos?

Émilie empezó a escribir «ninguno», pero luego se concentró y acabó admitiendo que el miedo a perder su talento, o a no tenerlo, la había obligado a trabajar más, a veces hasta el agotamiento. El temor a la traición la había vuelto más desconfiada y, por lo tanto, menos ingenua, aunque aún le quedaba un margen. El miedo al ridículo siempre le había hecho ponerse en guardia, obligándola desde su primera juventud a luchar contra su lado más descabellado...

¿Qué te aportaría liberarte de tu miedo dominante?

Émilie necesitaba pensar. Todo aquello era tan nuevo para ella. Empezó poniendo los pies encima de la mesa, una costumbre que tenía desde que era adolescente, cuando hacía los deberes. Luego se calzó y fue a dar una vuelta por el jardín. El aire era fresco y estaba cargado de suaves aromas, entre los que dominaba un perfume a lavanda. Una luna mayor de lo habitual bañaba el paisaje con una luz irreal.

Cuando regresó a su habitación, aún seguía sin saber qué responder, al margen de alguna tontería.

«Me irá mejor. Recuperaré el control de mi vida».

Los Brennan, de eso estaba segura, exigirían algo más concreto.

Por eso, en lugar de responder a la pregunta que continuaba atormentándola, pasó la página.

Haz un balance concreto de tu situación actual. Pero cuidado: ¡el mapa no es el territorio!

Le estaban pidiendo que evaluara su vida por medio de un gráfico con forma de un círculo dividido en porciones de igual tamaño, como los de una tarta. Guillaume lo hubiera llamado «un camembert».

Cada porción, delimitada por un radio graduado, correspondía a un elemento material o espiritual importante.

En cada categoría tenía que valorar del 1 al 10 el nivel que había adquirido.

Relaciones... Marcó el radio graduado en el nivel 3, mientras pensaba: «Hace un año, habría marcado el 6 o el 7. Tenía amigos. Vivía con una persona que me quería. ¡Sin los Brennan estaría definitivamente en el 2, o incluso menos!».

Capacidad emocional. Había pasado de 9 a 3. ¡Si cayera un nivel más, ya no podría ni sentarse delante de un piano!

Carrera. Émilie rechinó los dientes mientras subrayaba con rabia el 1, al tiempo que pensaba que estaba siendo generosa consigo misma.

Recursos económicos. Otro 1, por no aceptar que estaba muy por debajo del cero.

Forma física. Era joven, había practicado yoga durante años, pero nada en los últimos seis meses. Asumió haber bajado del 8 al 6. Aún no era catastrófico.

Contribución social y alegría. Émilie contribuía con su entorno a través de su arte, lo que le aportaba una alegría inmensa… siempre y cuando tocara regularmente. Iba a marcar el número 3, el mismo que el de su capacidad emocional, cuando recordó el momento de pura felicidad que le habían regalado los Brennan, en el Moulin d'Aix, y subió hasta el 6.

Disponibilidad. Marcó el 9 con rabia. ¿Quién quería tener tanta disponibilidad a los treinta años? Tenía la impresión de haberse jubilado mucho antes de la edad obligatoria.

Luego debía unir los números que había indicado con líneas. Un heptágono graduado por encima del 5 representaría una vida equilibrada.

La forma «patatoidal» del dibujo de Émilie recordaba más a un triángulo deformado.

Realmente no era para sentirse orgullosa, pensó antes de pasar la página.

El proceso Dickens.

«¿Qué es eso?».

Venía explicado, con caracteres muy pequeños, en un cuadro.

Ese método, que consistía en definir las consecuencias de las creencias limitantes, lo había desarrollado Tony Robbins, un *coach* norteamericano famoso por haber trabajado con Bill Clinton y Warren Buffett.

Robbins se inspiró en el libro de Charles Dickens *Cuento de Navidad* y en su protagonista, Scrooge, un amargado avaro en el fin de su vida.

El viejo, que no tiene nada que envidiar al Harpagón de Molière, recibe la visita de tres fantasmas que le hacen revivir su pasado, le muestran lo que podría haber sido si se hubiera comportado de otro modo, y el futuro que le espera si continúa por ese camino.

En la vida, esos fantasmas son las propias creencias limitantes.

Otra vez, la definición estaba dentro de un cuadro.

Creencias limitantes: se trata de una convicción negativa que has adquirido con el tiempo y como resultante de algunos traumas o hábitos que frenan tu evolución. Por ejemplo: frente a un obstáculo, sin siquiera evaluar las dificultades que tendrías para franquearlo, piensas: «No lo conseguiré». Por tanto, es evidente que el obstáculo te habrá vencido antes siquiera de que intentes superarlo.

Ahora, cierra los ojos. Concéntrate un momento. Luego déjate llevar. Ponte en el pellejo de Scrooge.

A Émilie no le gustaba mucho aquello, porque a nadie le resulta fácil sumergirse en su propia mierda para cuestionar las ideas recibidas. Sin embargo, después de unos instantes de reflexión, se obligó a escribir:

Soy dependiente.
Soy incapaz de ser amada.
Soy influenciable e ingenua.

Inmediatamente se dio cuenta de que su forma de dependencia siempre la conducía a ponerse emocionalmente a merced del otro.

Esa dependencia procedía de su inseguridad en el amor, que a su vez se relacionaba con su ingenuidad.

Le resultaba más fácil ponerse de parte del otro que defender su propio punto de vista. Esa era su manera de renunciar a los combates que consideraba perdidos de antemano. Émilie recordaba un chiste un poco malvado sobre el ejército italiano: «¿Por qué nunca ha ganado una guerra? Porque nunca lo ha intentado».

Émilie se pasaba la vida perdiendo sus guerras antes siquiera de haberlas declarado.

Viaja a un pasado cercano y trae a la memoria los peores momentos.

Por mucho que la herida aún estuviera abierta, Émilie se esforzó por volver a pensar en sus enfrentamientos con Julio.

Con la mirada perdida en el vacío, chupó el extremo del lápiz. Ahí estaban las imágenes, asociadas a un enjambre de sensaciones, entre las que dominaban el sufrimiento y la frustración. Se apoderó de ella el deseo de abrir el primer cuaderno y de plantar allí sus recuerdos con la esperanza de que el ejercicio tuviera realmente un valor terapéutico, pero primero se concedió unos minutos más para llegar hasta el fin del método Dickens.

¿De qué modo tus creencias limitantes te han conducido a la situación que estás intentando superar en este momento?

Émilie se había puesto en la situación de depender de Julio porque se *creía* dependiente. Nunca se había atrevido a enfrentarse a él —salvo, como mucho, una vez…—, porque se había convencido de que no merecía ser amada. En el fondo, no era tan ingenua como se creía, pero era más fácil mostrarse indulgente consigo misma otorgándose la facultad de no ver el mal.

No era más que una forma de cobardía asociada a la arrogancia de creer que el otro se comportaría de manera mimética, cuando cualquier interacción se hace por reacción. «¡Eres tan buena que pareces tonta!», habría dicho sencillamente su madre, que tenía la costumbre de utilizar frases mordaces.

¿Qué harías diferente si tuvieras otra oportunidad?

«¡Todo! Absolutamente todo. Pero, fundamentalmente, ¡pondría, desde el primer momento, todas las cartas sobre la mesa, en lugar de dejarme embarcar! Vaya y ¿qué habría dicho mamá de eso?: "Más vale pájaro en mano que ciento volando. No hagas caso de cantos de sirena. Es mejor lo malo conocido…"».

Émilie sonrió con tristeza. Echaba tanto de menos a su madre.

¿Cómo se le había ocurrido abandonarla antes de haber recibido todas sus armas?

El destino podía mostrarse tan cruel…

Émilie se puso a soñar con la vida que habría tenido si su madre hubiera estado con ella. Se llevaban tan bien, compartieron tantas risas, tantos momentos emocionantes hechos de nimiedades.

Émilie aún podía oír la voz de su madre, tan alegre cuando ella la llamaba. Unas lágrimas surcaron sus mejillas con el recuerdo de las veces que dejó de estar con ella. Las invitaciones a cenar que había rechazado. Todos aquellos momentos de pura felicidad que se le habían presentado y que había pospuesto, sin saber entonces o negándose a creer que disponía de un número limitado y que nada, nunca, se los podría devolver.

La luna se había situado en mitad del marco de su ventana y parecía burlarse de ella, colgando de un hilo.

Émilie escribió:

Me mostraría más firme desde el primer día. No expondría mis complejos de inferioridad. Al contrario, me haría valer con convicción. Evitaría mostrar admiración o adoración. Después de todo, ¿quién es él?

El simple hecho de dar forma a esos pensamientos con la escritura la animó a dirigirse a la página anterior para responder, por fin, a la pregunta que se había saltado.

¿Qué te aportaría liberarte de tu miedo dominante?

Si dejo de tener miedo a que me abandonen, podría ser yo misma y desarrollar mi talento. ¿Por qué tengo que admirar el de los otros y cuestionar siempre el mío? Como si nunca hiciera lo suficiente para merecer que me quieran.

Ahí estaba. Eso era exactamente. ¿Qué había escrito en la pared? «Discrepancia no significa rechazo». Cuando se liberara de ese miedo, por fin podría imponer su punto de vista y reafirmarse.

Émilie asintió con un gesto de cabeza frente a esa respuesta que procedía del fondo de su corazón; luego, como un buceador que contempla el agua demasiado fría unos instantes antes de decidir lanzarse al agua, cerró el cuaderno de ejercicios y abrió el de las confidencias.

16

La primera sesión empezó a las siete de la mañana en el comedor donde habían cenado la noche anterior. Había seis sillas colocadas frente a una pizarra blanca de caballete. Giacomo, Claudia, Cyril, Amandine, Jérôme y Émilie se habían propuesto como una cuestión de honor llegar unos minutos antes de la hora que habían fijado los Brennan y charlaban alegremente cuando entraron Adrian y Monika. Los dos tenían el rostro serio.

Habían borrado su característica, hasta la víspera, cálida sonrisa.

—¿Trabajasteis anoche en los cuadernos de ejercicios? —preguntó Adrian.

Émilie levantó el suyo.

—Será mejor que lo dejes en tu habitación —señaló Monika, con el rostro severo.

Cuando Émilie volvió unos minutos más tarde, intrigada por ese cambio de actitud, Adrian había dibujado una línea vertical y unos peces en la pizarra blanca. Mientras Adrian empezaba, Émilie ocupó su sitio.

—El pez gordo y solitario de la derecha de la línea encarna a cada uno de vosotros. Todo este espacio representa vuestras respectivas zonas de confort. Un lugar que habéis acondicionado a vuestro gusto, que procede de vuestra cultura, costumbres, de los traumas y de las presiones que soportáis a diario. Esta línea simboliza la pared de la pecera en la que vivís. Como podéis ver, el otro lado está lleno de peces. Grandes y pequeños. Para comer, pero también para conservarlos para las épocas de vacas flacas. Sin embargo, vosotros habéis perdido de tal modo la costumbre de salir de la pecera que ya ni siquiera veis esos peces y os limitáis a pescar estos… —Adrian dibujó otros peces, menores, que rodeaban al gordo de la derecha de la línea—. Evidentemente, están menos cebados, son menos apetitosos, pero os habéis acostumbrado a ellos y os contentáis con eso. Esto conduce a un problema mayor… Los peces de vuestra pesca milagrosa son cada vez menores y llegarán a ser minúsculos. Y un día… —Una buena pasada del borrador en la pizarra y únicamente quedó el pez grande y solitario—. Sencillamente no habrá nada que pescar. —Adrian se giró hacia su público—. Desde este momento y hasta que no aprendáis a salir de vuestra zona de confort no volveréis a vernos sonreír ni a Monika ni a mí. Pero, antes, debemos resolver un problema urgente. Cyril, ¿puedes acercarte a la pizarra? —En ese mismo momento, entraron Didier y Nathalie. Al contrario que los Brennan, vestían de color negro—. ¿Acabaste bien anoche? —preguntó Adrian—. ¿Tuviste dificultades con tu cuaderno? ¿Qué miedo expresaste?

—El de fallar —respondió Cyril, después de pensar durante un instante—. Sobre todo ahora que mi empresa…

Adrian lo cortó.

—¿Y cuántos pitillos fumaste?

—Pues no lo sé, no los conté.

—Haces bien, cuando algo nos gusta no hay que llevar la cuenta. Didier, ¿has traído el regalo para Cyril? —El ayudante sacó un cartón de Marlboro de una bolsa de plástico que llevaba—. La adicción al tabaco no es lo peor —continuó Adrian—. Pero es fundamental que te desenganches inmediatamente. Didier se ocupará de eso.

El ayudante, con cara decidida y expresión seria, sacó un paquete de tabaco y de él tres cigarrillos que ofreció a un Cyril intrigado, junto con un mechero.

—Venga, fuma.

—¿Qué dices, los tres a la vez? ¿Ahora? Para empezar no me gusta el Marlboro, yo no fumo eso.

La voz de Didier atronó.

—¡Te he dicho que fumes!

Cyril, boquiabierto, se giró hacia los Brennan que lo observaban sin nada de amabilidad.

—Monika, Adrian, ¿qué es esto?

Ninguno de los dos intervino. Didier se acercó hasta tocarlo.

—No solo vas a fumarte estos tres pitillos inmediatamente, sino que después te vas a venir conmigo y vas a acabarte el paquete.

—¿Cómo...?

—¿Me has entendido? —resonó la voz de Didier, al tiempo que abría la mano de Cyril para meterle dentro los tres cigarrillos y el mechero—. ¡Y he dicho que ahora!

Con su metro noventa y cinco de altura y sus hombros de campeón de lucha libre, Didier no necesitaba añadir nada más para demostrar autoridad. Émilie y los demás participantes, excepto Cyril, se dieron cuenta de que aquello era una puesta en escena. Pero este último estaba tan aterrado por el comportamiento de Didier que lo obedeció.

Una humareda azulada envolvió su cara crispada. Nathalie sacó un espejo con mango de su bolso y se lo puso delante a Cyril.

—Mírate —ordenó Adrian—. Observa tu cara, tu boca deformada por los cigarrillos. Mira qué aspecto tan ridículo tienes con esos palos blancos saliéndote de la boca. Imagina el recorrido del humo por la garganta, los bronquios. Aspira, más fuerte, quiero ver esos pitillos convertidos en colillas en menos de un minuto.

—¡Ya has oído! —dijo Didier con voz atronadora—. Chupa esos pitos. Más fuerte. Más. —En pocos segundos la cara de Cyril pasó del color rosa al gris—. Ahora piensa en el peor de tus recuerdos. No nos digas cuál. Visualiza la situación que más daño y sufrimiento te ha causado. Aspira el humo. Ve cómo destruye las células de tu cuerpo. Imagina las enfermedades que va a provocarte. Luego visualiza un color.

—Eh, sí —murmuró Cyril, a punto de vomitar.

—Di cuál.

—Marrón.

—Marrón, ¿cómo? ¿Luminoso u oscuro?

—Oscuro, muy oscuro, tiende hacia el negro.

Didier arrancó los cigarrillos a medio consumir de la boca de Cyril y los aplastó en un minicenicero que había sacado de la bolsa.

—Ya vale. Ahora sígueme. No vamos a ahumar a los demás participantes con el resto del paquete.

—Pero... Creo que ya lo he entendido. No me apetece mucho...

—¡Te he dicho que me sigas! —gritó Didier—. Tienes que acabarte el paquete. Y a lo mejor dos o tres. Todo dependerá de mi humor. ¡Vamos!

Cyril, con aspecto avergonzado, siguió al ayudante fuera del comedor, donde un silencio pesado acababa de instalarse. Nathalie fue a abrir alguna ventana y luego, cuando ya desapareció el humo, las cerró.

—¡Pues ya veis! —dijo Monika—. Creo que, de aquí a mediodía, nuestro amigo Cyril no podrá ver un paquete de tabaco sin que le provoque náuseas.

A Émilie no le gustó más que al resto de los participantes la escena, un poco violenta, y dejó caer un comentario.

—¿No habéis sido excesivamente duros con él?

—¿Duros? En realidad, no. Aún no —dijo Adrian—. Y esto me viene muy bien, Émilie. Precisamente iba a pedirte que te acercaras.

—Yo no fumo casi nunca —intentó escaquearse ella.

—Cada uno tiene sus propios retos —respondió Adrian—. ¿Cuál es tu mayor miedo?

Émilie se vio de pie, de espaldas a la pizarra, entre Monika y Nathalie. Pensó un instante y luego respondió lo que ya había escrito en el cuaderno.

—El de ser abandonada.

—¿Y crees que ese abandono sería por tu causa?

—¿Qué quieres decir? No entiendo.

—Imagina que te abandonan, ¿de quién es la culpa? ¿Tuya o de quien te rechaza?

—Pues mía, imagino. Eso significaría que no estoy a la altura.

—Recuerda tu primer abandono.

Mientras Émilie se remontaba en el tiempo con el pensamiento, Nathalie se puso delante de ella, le quitó la placa de identificación que llevaba en la solapa y la sustituyó por otra. Ella no le prestó atención en ese momento.

La palabra «Florero» sustituía su nombre.

—No lo sé. No lo recuerdo. Mi primer novio, quizá. En realidad no…

—Remóntate más atrás en el tiempo —ordenó Adrian.

Émilie visualizó su colegio, las clases en las que era bastante popular. Volvió a ver a su primer ligue, cuando tenía catorce años. Se besaron con la punta de los labios, sin saber muy bien cómo se hacía, y ella se echó a reír cuando descubrió que su amiguito se había puesto rojo como un tomate.

—¿Hueles un perfume? —preguntó Monika.

—¿Perdón?

—Ten presentes todos los sentidos. No se trata solo de ver una situación, sino de sentirla, de tocarla, de saborearla y de oírla. Solo pagando ese peaje podrás revivirla.

Su primer ligue olía y sabía a menta. Debía de haber comido un chicle antes de atreverse a besarla. Tenía la mano húmeda, lo recordaba muy bien. Pero ese no era el recuerdo que estaba buscando.

De pronto, la imagen de un adulto al que no había visto desde hacía mucho tiempo sustituyó a la imprecisa imagen del muchacho.

Su padre.

—¿Y? —insistió Adrian—. ¿Dónde estás? ¿A quién tienes enfrente? ¿Qué pasa?

—Estoy en la cocina. Mis padres están discutiendo. Mi madre llora... —Émilie titubeó, al borde de las lágrimas. Un sollozo le obstruía la garganta—. Mi padre acaba de decirle a mi madre que la deja... Que nos deja. Y yo, aquel día, había regresado del cole con unas notas espantosas. Tenía siete años. El boletín de notas estaba abierto encima de la mesa. Pensé que estaba furioso por mi culpa y que se chillaban por mis notas. Ese mismo día, mi padre hizo las maletas. Durante unos años, seguí viéndolo. Pero, poco a poco, se espaciaron las visitas. Y luego, un día, se fue a vivir a la Guayana y nunca más volví a verlo... —Émilie hizo una pausa—. A veces recibo una carta por mi cumpleaños. Pero la mayoría de las ocasiones se olvida.

—No corras tanto —dijo Monika, con una voz relativamente baja—. Quédate en esa cocina. ¿Qué hueles? —Era el olor de la cena que había preparado su madre, un estofado con cebollino, mezclado con el del *after-shave* de su padre. Habían pasado más de veinte años, pero lo recordaba como si fuera ayer—. Y, ahora, imagina la escena en una pantalla de cine. Tú eres actriz y espectadora al mismo tiempo. Escucha la conversación, seguro que un poco su-

bida de tono, de tus padres y mírala desde el cómodo sofá
en el que estás sentada. —Émilie hizo un esfuerzo de concentración; cada vez que cambiaba el papel, de actriz a ob-
servadora, la situación perdía su carga emotiva—. Ve más
atrás, cambia de fila. Sitúate al final de la sala. ¿Ya está?

—Sí —murmuró Émilie.

—Entonces, cambia de película. ¿Cuál es tu mejor
recuerdo de los más antiguos?

—Estoy de vacaciones, en una playa, tengo cinco
años. Juego con el perro de las personas que nos alojan en
verano. Es un perro con muy malas pulgas blanco y negro.

—Acércate a la pantalla. Pide un polo y disfruta al
mismo tiempo del espectáculo de tu primer momento feliz
y del helado que se derrite en la boca... A no ser que pre-
fieras algo salado. Tienes que elegir según tus gustos.

Émilie visualizó el recuerdo exactamente como se lo
indicaba Monika. Se sorprendió cuando la boca se le hizo
agua.

—Ya está —intervino Adrian—. Has sustituido un
ancla por otra. A partir de ahora, cada vez que te venga ese
terrible recuerdo de tu infancia, lo cambiarás inmediatamente por una imagen feliz, hasta que el primero desapa-
rezca completamente. Porque, con toda seguridad, tú no
eres la responsable de ese abandono. No hay ninguna relación entre tus malas notas y la marcha de tu padre.

—Pero si eso ya lo sé.

—Sí, lo sabes intelectualmente, pero no desde el punto de vista emocional. No te preocupes, eso va a cambiar.
—Adrian explicó qué era un ancla. Un concepto principal
de los métodos terapéuticos en los que se había basado para

poner en marcha el suyo. Su método era algo parecido al condicionamiento que Paulov utilizaba para asociar el sonido de una campana a la salivación de los perros—. Evidentemente, nuestro funcionamiento es más complejo que el de nuestros fieles compañeros. Pero los esquemas son los mismos. —Ivan Paulov, un psicólogo ruso que se hizo famoso por el experimento que lleva su nombre, demostró que bastaba con hacer sonar una campana en el momento de alimentar a un perro y repetir ese acto un determinado número de veces para que el animal salive al oír una campana, aunque no se le presente ningún alimento—. Por resumir un poco, el cambio de ancla se corresponde con la simple sustitución de un reflejo condicionado por otro. No obstante, esta es una operación delicada que exige un esfuerzo de concentración e imaginación y que no puede hacerse sin ayuda exterior. —Adrian dio aún algunos ejemplos y luego se giró hacia Émilie—: Ahora, Florero, ya puedes volver a sentarte.

—Pero ¿por qué me llamas Florero?

—¿No es eso lo que pone en tu placa?

Émilie iba a responder que se sentía insultada y que, por eso mismo, ya no tenía ganas de participar en el seminario, aunque les estuviera muy agradecida, cuando su mirada recorrió las placas del resto de participantes.

Se las habían cambiado a todos.

Amandine se llamaba «Mosquita muerta», Jérôme se había convertido en «Quejica». Claudia y Giacomo en «Quizá sí» y «Quizá no» respectivamente y, en la silla vacía de Cyril, estaba la chapa «Víctima».

—Sigo sin entender...

—Todos vosotros estáis aquí para enfrentaros a vuestros miedos y superarlos —dijo tajante Adrian—. Todos recuperaréis vuestros nombres cuando lo hayáis conseguido. Quejica, acércate aquí —ordenó, mientras Émilie, muda, volvía a su sitio.

Jérôme se levantó con aspecto enojado.

—No estoy muy seguro de que me guste…

—¡De momento nadie te pide que te gusten nuestros métodos! Has firmado un contrato por el que nos concedes plena autoridad durante una semana. Vuelvo a hacer la pregunta y esta será la última vez. ¿Quieres mejorar?

—Sí… Por supuesto.

—Pues entonces revélanos tus temores más arraigados. Te escuchamos.

Durante algunos minutos, Jérôme, alias Quejica, relató con un tono llorón los acontecimientos más tristes de su vida. Su mayor miedo, que era el de acabar solo, siempre le había impedido vivir con plenitud sus relaciones sentimentales. Igual que a muchos, el temor al rechazo envenenaba su vida diaria. A los cincuenta años aún no se había casado. Su última relación se remontaba a más de un año atrás y la chica, de eso estaba seguro, solo se había aprovechado de él. ¿Acaso no había abusado de las tarjetas de crédito sin límite que había puesto a su disposición? Su ruptura lo sumió en un estado depresivo del que la medicina no conseguía sacarlo. Por las noches, después del trabajo, daba vueltas sin rumbo fijo, sin un verdadero amigo, sin un alma gemela a su lado, sin siquiera un perro que le hiciera compañía…

—¡Enhorabuena! —No había ninguna ironía en el tono que Adrian utilizó para interrumpir a Jérôme, sino todo lo contrario, un sincero entusiasmo. Este último se quedó con la boca abierta—. Sí, bravo, todo esto me parece genial. —Adrian fue más allá—. Monika, creo que Quejica se merece un aplauso. A ver, todos vosotros, ¡poneos en pie y conceded una *standing ovation* a vuestro amigo, que acaba de demostrar que es capaz de llevar la vida que exactamente desea!

Todos aplaudieron débilmente, al tiempo que se preguntaban qué tenían preparado los Brennan para después. Jérôme ocupó su sitio, con los rasgos crispados y profundamente conmocionado.

—Pero eso no es lo que yo quería —murmuró perplejo—. No, de verdad que no.

No obstante, en su mirada se veía un interrogante.

Giacomo y Claudia se ganaron un breve análisis de su relación, acompañado de la visualización de sus vidas tras su ruptura, y Amandine tuvo que revivir, entre sollozos, la desaparición de su marido.

Hacia el mediodía, apareció Cyril, con la tez verde y los ojos fuera de las órbitas. Sin decir ni una palabra, se colocó la placa de «Víctima».

Adrian le pidió que visualizara un paquete de tabaco de su marca preferida. Cyril confesó que le costaba mucho. Adrian le preguntó por qué.

—Cuando pienso en el tabaco, veo a Didier, enorme y amenazador. Sé perfectamente que no me habría hecho daño. Pero es difícil disociarlos…

—Eso es —concluyó Monika—. Nuestro amigo Víctima es la prueba viviente de un cambio eficaz de ancla. Quizá sí, ven aquí junto con Quizá no.

—Hacéis una bonita pareja —observó Adrian, mientras los italianos se acercaban a la pizarra—. Parece que os da miedo tocaros e incluso miraros. ¿Y si empezáis por contarnos cómo os conocisteis?

17

Tras un descanso de una hora, durante la que se invitó a los participantes a pasear por los jardines con el estómago vacío, continuó el seminario. En cuanto todos estuvieron instalados en sus sillas, Adrian les pidió que recordaran el «Método Dickens» y que evaluaran en su interior sus creencias limitantes.

—¿Alguien tiene algún problema con este método? Florero, acércate otra vez y cuéntanos tu convicción negativa más persistente.

Cuando Émilie estuvo junto a ellos, Adrian la invitó a colocarse de cara al grupo.

—Yo..., creo que no merezco ser amada —logró decir, muerta de vergüenza.

—Ponte derecha —intervino Monika—. Respira hondo. La cabeza alta. Cierra los ojos un instante. Y ahora dinos: ¿qué es lo que probablemente no nos gustaría de ti?

—No… No lo sé. Tengo las caderas un poco anchas. Muy incómoda, Émilie rio nerviosa.

—¿Y qué más?

—Quizá el pecho demasiado pequeño.

—¿Eso es todo?

—Soy un poco coñazo, me encariño con demasiada facilidad y suelo ser celosa…

Adrian se plantó delante de ella y la miró detenidamente de la cabeza a los pies.

—Entonces, si no he entendido mal, todas las mujeres con las caderas un poco anchas, aunque a mí no me parece en absoluto que sea tu caso, que no tengan la talla 90 copa C, un poco celosas, pesadas de vez en cuando y muy cariñosas ¿no merecen ser amadas? Pues acabas de condenar al noventa y cinco por ciento de la población femenina a la soledad. ¿Qué pensáis de eso los participantes de sexo masculino?

—¡Que es un disparate! —protestó Jérôme—. A mí me parece muy mona.

—Gracias, Quejica. Me has quitado las palabras de la boca. Ahora te toca a ti. Te hago la misma pregunta. ¿Cuál es tu principal creencia limitante?

Jérôme se removió en la silla, incómodo.

—Nunca conseguiré nada en la vida gratuitamente…

—Eso nos pasa a todos —señaló Adrian.

—Quiero decir…, en el plano sentimental…

—Eso ya es algo más concreto. Así que, según tú, ¿hay que pagar para que te quieran? ¿El amor solo es un acto sexual?

—¡Yo no he dicho eso!

—Pues es lo que das a entender.

—En mi caso…, bueno…, mírame. ¿Qué mujer querría a un gordito, calvo antes de tiempo?

—Te sorprenderías. Cuéntanos. ¿Qué pasó la última vez que pegaste a tu pareja?

—¿Perdón? Jamás levantaría la mano a una mujer. Es un comportamiento sórdido e inaceptable. Odio la violencia.

—Y tus problemas con el alcohol, ¿has conseguido resolverlos?

—Pero, Adrian, ¿de verdad? ¿Qué estás contando? No soy ningún alcohólico.

—Entonces será tu adicción a las drogas duras lo que echa atrás a todo el mundo.

Jérôme sacudió la cabeza frenéticamente.

—¿Has robado o matado a alguien? —siguió Adrian—. ¿Tus acciones han supuesto catástrofes, dramas o tragedias? ¿Eres un celoso retorcido, obsesivo o revanchista?

—Nada de eso.

—¿Te odiaban tus padres cuando eras pequeño?

—Todo lo contrario, mi madre me adoraba. Todavía sigue con nosotros, gracias a Dios, y verla es una alegría que espero disfrutar aún mucho tiempo.

—¿Cuánto le pagas a tu madre?

—Yo… —Jérôme calló y se encogió de hombros—. Está bien, ya lo he entendido.

—Mosquita muerta —siguió Adrian—, ¿qué piensas de nuestro amigo Quejica?

—No lo conozco mucho, pero parece buena persona.

—¿Lo encuentras interesante?

—No habla mucho, pero lo poco que ha contado hasta ahora no me ha aburrido. Resulta agradable estar con él.

—¿Te importaría levantarte y abrazarlo como a un viejo amigo?

—¡En absoluto, todo lo contrario! —Amandine cumplió su tarea. Sacaba media cabeza a Jérôme y estuvo abrazándolo varios segundos—. Además, ¡huele bien! —añadió con una risita mientras se separaba de él.

—Por el momento, esto es todo —concluyó Monika—. Gracias, Quejica. Florero, puedes volver a sentarte.

Los Brennan continuaron con la descripción de lo que llamaban:

«Las seis necesidades fundamentales del ser humano».

Esas necesidades se agrupaban en dos categorías. Cuatro hacían referencia a la personalidad: la conexión con los otros, la significación de las acciones, la necesidad de certeza y la variedad en las elecciones.

—Pensad —pidió Adrian—. Generalmente, ¿qué conexiones sois capaces de establecer con vuestro entorno amistoso, sentimental y profesional? ¿Esas conexiones son importantes para vuestras necesidades? La certeza es un estado al que tenéis que llegar, ese es el objetivo de este seminario. Eso os permitirá apreciar la variedad en las elecciones que tenéis a vuestra disposición. Todo esto atañe a la personalidad. El desarrollo profundo se hace a partir de la mente. Por eso destacamos dos necesidades fundamentales íntimamente unidas entre ellas. La de evolucionar, que se beneficia necesariamente del sentimiento sincero de contribuir. Para quien no lo sepa, los egoístas no son personas felices.

Émilie aplicó esa evidencia al hombre más egoísta que había conocido. Julio. Lo tenía todo: talento, belleza, fama y el suficiente dinero como para conseguir más o menos todo aquello con lo que soñaba.

¿Y era feliz? Émilie lo dudaba. Ahora ya lo veía más como un depredador que como un príncipe encantador. Le habría bastado con muy poco para hacerla feliz y a cambio recibir todo su amor y mucho más.

Pero ¿Julio quería eso?

Sus propias heridas parecían haber creado demasiadas deficiencias en su personalidad para que él alcanzara la más sencilla y auténtica felicidad. Julio vivía en un torbellino de sensaciones fuertes, empujado por una búsqueda permanente de reconocimiento.

La voz de Didier la sobresaltó.

—Florero, ¿tienes la cabeza en otro sitio? Adrian te ha hecho una pregunta.

—Perdón, me he despistado un momento. Debe de ser por el hambre, no estoy acostumbrada a ayunar. ¿Puedes repetir la pregunta?

—Si no te encuentras bien, dilo —respondió Monika, preocupada, olvidándose por un instante de su máscara de severidad.

—No, estoy bien, gracias.

—Muy bien —siguió Adrian—. ¿Qué te gustaría cambiar de tu vida? ¿Un comportamiento? ¿Una emoción? ¿Un sentimiento?

Émilie se quedó pensando mordiéndose los labios. ¿Cómo se podía cambiar un sentimiento o una emoción? ¿Se podía decidir qué amar o qué sentir?

—Un comportamiento, sin duda.

—¿Crees que tus comportamientos son la fuente de tus problemas?

—Es algo que me parece evidente.

Adrian sonrió un breve instante.

—Parece que ya has avanzado un poco. Si te hubiera hecho esta pregunta hace tres días, me habrías respondido sin dudarlo ni un segundo: mis sentimientos. Es lo que todo el mundo cree en los momentos de crisis. ¡Ay, solo con la posibilidad de librarme de esa persona! ¡Si fuera menos sensible a tal acontecimiento! Pero nunca insistiremos bastante. Todo deriva de nuestro comportamiento, que, por su parte, es el resultado de los sentimientos y las emociones. Pero al igual que todas las ecuaciones, esto funciona en los dos sentidos. Aprender a modificar el comportamiento os permitirá como consecuencia modificar las debilidades emotivas. Ambos están relacionados.

El día transcurrió con el mismo clima de tensión. Ejercicios y juegos se sucedieron. Generalmente los dirigía Adrian, tan rígido y frío en sus demostraciones como abierto y encantador se mostró en el Moulin d'Aix. Él era la autoridad, reforzada por la presencia imponente de Didier y dulcificada por la de Monika, que se mostraba atenta y siempre dispuesta a cambiar el tono, en función de las reacciones y debilidades de cada uno.

Tras su desconcierto inicial, Émilie empezaba a comprender la importancia del ambiente que les habían impuesto. El objetivo del seminario era conseguir que mejoraran a través de una exploración interior.

Ese aprendizaje les permitiría definir sus aspiraciones, los medios para alcanzar sus objetivos y vivir plenamente las alegrías que resultaran de eso.

Era un periplo delicado por las profundidades del inconsciente. Un retorno, muchas veces duro, a los conflictos que originaban los bloqueos. El guía debía mostrarse tan severo y distante como un monje tibetano. La decoración espartana —mejor dicho inexistente— del lugar también se prestaba a ello.

Adrian estableció las pautas del siguiente ejercicio. Precisamente consistía en delimitar las necesidades en función de su importancia.

—Todos tenemos tendencia a invertir espontáneamente el orden de nuestras prioridades. Esto se debe a las influencias externas. La publicidad. La necesidad de aparentar. La trivialidad inherente a cada personalidad. Didier os va a hacer una breve demostración.

El ayudante dibujó en la pizarra una pecera con forma de acuario y, junto a ella, unas piedras grandes.

—Estas piedras —explicó Didier— son las necesidades fundamentales, esenciales, a las que más tiempo deberíais dedicar. Con ellas llenaremos el acuario. —Así lo hizo, hasta que las piedras ocuparon la mayor parte del espacio rectangular de la pecera, al tiempo que borraba paulatinamente las que había dibujado a su lado—. En vuestra opinión, ahora ¿está lleno el acuario?

—Hasta los topes —respondió Amandine, con un tono encantador.

Didier, sin responder, dibujó un montón de guijarros en el lugar donde antes estaban las piedras grandes. Luego repitió la operación, llenando el vacío entre las piedras con los guijarros.

—Y, ahora, ¿está lleno?

—¡Estoy seguro de que no! —se adelantó Jérôme.

—No te equivocas. Y como no soy un gran dibujante, os ahorraré el montón de arena con el que podría acabar de llenarlo. ¿Pensáis que ya he cumplido mi tarea? —Nadie se atrevió a responder, todos olían la trampa. Didier dibujó un cubo que echaba agua a la pecera. Un garabato de color azul se superpuso a los guijarros—. Ahora ya podéis decir que el vacío está completamente lleno. Las piedras grandes representan las necesidades vitales, los guijarros las necesidades esenciales, la arena las necesidades superficiales y el agua, lo que podríais o incluso deberíais suprimir.

—Interesante —dijo Cyril—. Pero ¿qué nos aporta esta demostración?

Émilie se giró hacia él con una sonrisa. Era evidente que Cyril estaba resentido con Didier por el tratamiento al que lo había sometido.

—Algo esencial que hay que entender —respondió el ayudante—. Todos tenéis la tendencia de empezar a llenar la pecera con agua. Y cuando intentáis añadir las piedras gordas, la pecera se desborda. El objetivo de esta demostración es que comprendáis la necesidad de ordenar las prioridades. Siempre habrá sitio para las trivialidades…, cuando hayáis llenado vuestras vidas de cosas importantes. Pero lo contrario es imposible.

Émilie se concentró en cómo había gestionado sus prioridades durante los últimos meses.

¿Qué espacio había dejado al arte, mientras perseguía quimeras? Su pobre ego maltrecho se había contentado con las migajas de la gloria de otra persona y nunca se había preocupado realmente de su propio éxito.

¿Qué necesidad había tenido de vivir al albur de los caprichos de Julio, si ella tenía tanto que ofrecer y tanta sensibilidad para expresarse?

Émilie suspiró profundamente. Parecía que los Brennan y su ayudante habían concebido especialmente para ella la manera de examinar los comportamientos.

Luego pensó que todos debían de tener la misma sensación. Una intimidad con uno mismo que la confusión en la que vivían nunca les había permitido.

Tras una breve pausa, se les pidió a todos que volvieran a sumergirse en otros recuerdos, a remontarse hasta su más tierna infancia y revivir los momentos clave, para aprender a distanciarse emocionalmente.

En cada ocasión, Émilie sentía un alivio que le producía la sensación de deslizarse por una pendiente sin asperezas cuya salida veía en la lejanía, como una mañana soleada.

Al final del día estaban todos agotados y se sentían tan vacíos que prácticamente no hablaron durante la cena.

De nuevo sola en su habitación, Émilie se ocupó de rellenar las siguientes páginas de su cuaderno. Tenía que hacer una lista con lo que detestaba y con sus bloqueos.

—Pero si no detesto a nadie, ni siquiera a Julio —dijo en voz alta, al tiempo que pasaba la página y cogía el lápiz.

Alguien había añadido a mano la siguiente nota:

Émilie, ¿estás segura de que no detestas nada?

Sonrió y se preguntó cuál de los Brennan había sido capaz de leer tan bien sus pensamientos. Apostó por Monika.

Justo debajo, otra línea:

Venga, haz ya una lista de qué (y no de a quién) detestas.

¡Visto desde esa perspectiva!
Émilie escribió:

Detesto a las arañas y a las cucarachas. En realidad, a todos los insectos. Detesto apresurarme cuando necesito tomarme mi tiempo. Detesto a las personas que se creen que lo saben todo. El fanatismo. La soledad. Perder. La resistencia de los otros. El mal aliento. Equivocarme. Que insistan en hacerme creer que me equivoco cuando tengo razón. Reparar los chismes que se rompen. Ahorrar. Los funcionarios que abusan de su poder. Detesto aburrirme. Las mentiras. La estupidez. Los embotellamientos. Las multitudes. Sentirme ridícula. Conducir. Que se burlen de mí. A los tramposos. A los manipuladores…

A medida que Émilie encontraba más objetos susceptibles de odio, se fue concentrando más y no tardó en darse cuenta de que, aunque no detestara a Julio, detestaba lo que le había hecho.

Un tramposo. Un manipulador. Y todo el tiempo que pasó en la carretera por su culpa.

Acabó por rellenar dos páginas enteras.

«Ni siquiera lo odio a él —pensó furiosa—, sino a mí misma, por haber aguantado todo lo que me hizo».

¿Y los bloqueos?

De pronto, Émilie tuvo ganas de cerrar el cuaderno y tirarlo por la ventana. Sus miedos, sus odios, sus bloqueos. ¿Y qué más? ¿Qué más iban a pedir a Florero? Para empezar, ¿cuál era la diferencia entre una creencia limitante y un bloqueo? ¿Por qué tenía que preocuparse de esos matices?

La joven escribió con rabia:

¡Hay un montón de cosas que me bloquean! Basta con que me miren por encima del hombro, que me levanten la voz, que me hagan reproches sobre mi forma de ser, de hablar o de trabajar. Tener que tocar el piano en público cuando no estoy preparada. Tener que mantenerme firme cuando mis sentimientos me superan. Que me admiren.

¡Anda, eso es nuevo!

Émilie acababa de darse cuenta de que, aunque le atrajera la fama, como a cualquier artista, le aterrorizaban las obligaciones que el éxito podía suponer.

Era mucho más fácil admirar que ser admirado.

Antes de acostarse, abrió el cuaderno de las confidencias y, desconcertada, siguió con el relato de sus desilusiones mientras pensaba:

«Los Brennan no estaban tan equivocados cuando me cambiaron la placa de identificación. Cuando a alguien le da miedo su propio talento, solo puede admirar el de los demás».

18

El cuaderno de Émilie

Cuando llegué al hotel des Deux Chèvres, el que Oberman había elegido esta vez, me esperaba una sorpresa. Una de esas que te cambian el humor al instante.

Julio me había enviado un enorme ramo de flores con una tarjeta.

«Estaré ahí esta noche. Nos vemos muy pronto. Julio».

El corazón se me desbocó inmediatamente.

Es verdad que habría preferido una nota un poco más larga, porque aún no había digerido su desfachatez. ¿Cómo podía acusarme de salir muy pronto del hotel y por eso haber perdido la oportunidad de ir a Córcega con él?

Pero, aunque no fuera capaz de reconocer sus errores, Julio acababa de demostrar que algo sentía por mí. Ese sencillo gesto compensaba con creces las horas de carretera, que ya había olvidado, la noche en soledad en una suite de lujo ostentosa y decorada con un gusto muy alejado del mío y la desagradable sorpresa de la mañana siguiente, cuando tuve que sacar la tarjeta de crédito ya muy maltrecha. Y, sobre todo, compensaba esa sensación de estar siempre en la cuerda floja que Julio me provocaba.

Ahora, con perspectiva, me doy cuenta de que Julio había puesto en funcionamiento un sistema que solo empiezo a definir.

En el momento en que se le pillaba en falta, encontraba el modo de culpabilizar al otro y dar la vuelta a la situación a su favor. Por eso, he descubierto que tenía una capacidad fuera de lo común para negar la evidencia, para criticar e infravalorar al otro, para dividir y así vencer, para utilizar tus propios principios morales contra ti mismo, escapar de las confrontaciones y hacerte perder tus referencias exigiéndote la perfección. En una palabra, para vampirizarte.

Pero ¿por qué a mí?

¿Sería posible que Julio, al que adulan montones de potenciales conquistas mucho más hermosas que yo, hubiera puesto la mira en una chica no muy segura de sí misma, cuyo perfil adivinó? ¿En cierto modo, una cómplice de su propia infelicidad?

Estoy a punto de dar con una explicación, pero mi intuición me susurra que con eso no basta. Tuvo que haber otras razones, más complejas, para que me tratara de ese modo.

Pero volvamos a Dijon. Allí, en cuanto llegó del aeropuerto, con un aspecto radiante y cara descansada, Julio me propuso recorrer las mejores habitaciones que quedaban libres para elegir la que más me gustara.

En ese momento no sabía que lo que intentaba era seguir alejándome del grupo y tenerme controlada, así que elegí una suite pequeña y confortable con una chimenea falsa preparada para funcionar y aproveché para hablarle de la factura que había tenido que pagar por la mañana.

—¿Qué? ¿Paul te ha hecho eso? Espero que esta vez hayas guardado la factura. Dámela y mañana mismo me ocuparé de eso.

Y me atreví a insistir.

—¿No deberías llamarlo ahora? Me sentiría mejor si solucionáramos el problema inmediatamente.

Julio sonrió y me abrazó.

—Anda, no te preocupes. Paul es un bruto, pero no vamos a molestarle en plena reunión con los organizadores del espectáculo por una factura de hotel. Por cierto, voy a tener que ir a reunirme con ellos. ¿Has visto la carta del servicio de habitaciones?

—¿Por qué? ¿Quieres que cenemos aquí?

Los labios de Julio ya me rozaban el cuello, algo que me volvía loca. Y respondió en tono de excusa:

—No. Ya me gustaría, pero no puedo. Tengo que cenar con el grupo y unos periodistas. Pero tú pide lo que quieras. No volveré tarde.

—¿Y yo no puedo ir con vosotros?

—Podrías, pero te aburrirías mucho. Además, de momento, no puedo imponerte, necesito a Lucia.

Hoy me aborrezco por no haberle preguntado inmediatamente cuáles eran las razones. Y ¿por qué había hablado tan rápido de Lucia? Después de todo, la estrella era él. ¿Qué necesidad tenía de andarse con tantos miramientos y sobre todo con semejante pretenciosa?

Pero en aquel momento acepté todas sus explicaciones y, si no me las daba él, las encontraba yo.

Todo antes que afrontar la realidad.

Julio me obsesionaba, tanto como la pianista euroasiática. Así que, mientras deslizaba la boca por mi espalda, dije como si nada:

—Pues, precisamente, conocí a Lucia.

Julio se quedó paralizado y luego se apartó de mí. La sombra en su mirada me dejó preocupada.

—Ah, ¿sí? ¿Dónde?

—La vi cuando salió del autobús. En realidad, fue muy poco amable.

—Me lo imaginaba. Es una petarda. ¿Y por qué hablaste con ella?

Una lucecita de «peligro» se encendió en mi cabeza. Respondí precipitadamente.

—Estaba esperándote. No sabía que no venías con los demás. Nos cruzamos. La saludé sin más. Y me contestó. Solo eso.

—¿Y qué tendría que haberte dicho además de hola?

Los ojos de Julio solo eran dos rajitas.

—Pues nada. Me preguntó quién era. Le respondí que una amiga, ella contesto que tenías muchas y luego me dejó plantada.

—¿Le dijiste que eras pianista?

—¿Crees que me dio tiempo?

Julio pareció aliviado.

—Vale, entonces todo va bien. Si se te presenta otra oportunidad de hablar con ella, procura no hacerlo. ¡No quiero líos!

Entonces, tuve la necesidad de saber más sobre ese asunto y Julio se dedicó a tranquilizarme.

Según él, yo no sabía nada de los entresijos del *show business.* Todo eran luchas intestinas y egos sobredimensionados e insistía en la necesidad de tener un equipo unido. La menor nota en falso, y no estaba haciendo un mal juego de palabras, podía tener terribles repercusiones.

De momento, el grupo estaba en proceso de rodaje y él estaba a merced del mal humor y de los caprichos de cada uno. Yo debía tener paciencia, porque cada concierto los sometía a todos a una dura prueba y él sabía que, antes o después, Lucia pediría unos días libres. Eso pasaba siempre en las giras. Por eso Julio me necesitaba. Pero yo tenía que comprender…

Lo que a día de hoy comprendo es que se burlaba de mí.

Pero cumplió su promesa de volver pronto a la habitación. ¡Vaya noche pasamos!

Contemplándolo con perspectiva, pienso que aquellos momentos regados con champán delante de la chimenea —que pidió al servicio del hotel que encendieran— fueron la apoteosis de nuestra relación.

A partir de entonces, todo fue degradándose.

Un maullido arrancó a Émilie de su cuaderno. Levantó la cabeza y descubrió dos ojos amarillos mirándola desde la fuente. Un enorme gato atigrado estaba completamente quieto, como si fuera una figura de porcelana, sentado con la cola elegantemente enrollada alrededor de las patas. Por algún motivo que Émilie no supo definir, ver a aquel animal le produjo una ligera sensación de alegría.

El aire era tibio. La noche, serena. Émilie se levantó, se acercó a la ventana e, inmediatamente, el gato fue hacia allí y acabó restregándose contra ella, ronroneando como un motor en punto muerto. Se quedó así un momento, dando vueltas sobre sí mismo para frotarse contra la cintura; luego, de un salto, desapareció por el jardín.

Era tarde. Émilie decidió dejar para el día siguiente los ejercicios que aún no había acabado. Se acostó y durmió con un sueño profundo.

19

Durante el segundo día los Brennan no cambiaron en absoluto de actitud. El grupito se acostumbró rápidamente a su tono glacial, a la aparente indiferencia que mostraban y a las reprimendas que no se ahorraban. Émilie estaba segura de algo: cualesquiera que fueran sus métodos y el camino de sanación que habían trazado para ella, empezaban a tener efecto.

En una escala de desesperación graduada del 1 al 10, cuando se encontró con Adrian y Monika, Émilie estaba en el 9, aquella misma noche bajó al 7 u 8, porque al fin podía expresarse y confiar sus tormentos. Después de haber empezado a escribir en el cuaderno durante el primer día en el caserón, rozó el 5 y cuando acabó la primera sesión flirteaba con el 2 y el 3.

La desesperación la abandonaba progresivamente.

Pero, para Adrian y Monika, no sería suficiente con llegar al 1, porque la cuenta atrás se mantenía en negativo y Émilie, como todo el mundo, tenía que elegir entre tres estados.

«La depresión, la esperanza y la certeza».

La depresión no solo era un estado clínico, sino también una manera de ser que afectaba a un abrumador número de personas, de todos los niveles sociales.

La esperanza era un estado neutro, que consistía en confiar en los acontecimientos exteriores y en las personas para ir evolucionando en la vida.

Solo la certeza, asimilada a una confianza total en uno mismo, permitía alcanzar los objetivos personales, porque, de los tres estados, este era el único estado positivo.

Monika le había contado, en confianza, que ella también había pasado por un profundo estado depresivo antes de conocer al que luego se convertiría en su marido.

Adrian Brennan se inspiró en Virginia Satir, Fritz Perles y Milton Erickson y asistió a los cursos de hipnoterapia de este último hasta que murió en 1980, para luego desarrollar su propio método, que ya había demostrado su valía en muchos pacientes, cuando estos se juntaron durante un coloquio internacional que reunió en Los Ángeles a la flor y nata de la psiquiatría.

Monika no le había revelado los motivos de su depresión a Émilie, solo se había limitado a insistir en los increíbles beneficios de las sesiones que Adrian tuvo a bien experimentar con ella, antes de que ella se enamorase y le pidiera que se casara con ella.

—Sí. —Monika había reído, cuando Émilie y ella terminaban el paseo del primer día—. Fui yo la que le pidió la mano. ¿Y sabes qué me respondió?

—Me cuesta imaginarlo.

—«Excelente decisión, Monika. ¡En mi opinión, ya estás en proceso de sanación!». Eso es muy propio de Adrian.

La fórmula de Adrian Brennan no tenía nada de mágico. El psiquiatra más tarde la había desarrollado y mejorado con ayuda de su mujer, a partir de sus conocimientos de PNL (programación neurolingüística), de reiki, hipnosis ericksoniana y de varias temporadas en un *ashram* al noroeste de la India, en donde se había familiarizado con la medicina ayurvédica. A esas experiencias había que añadir los años de estudio de la carrera de medicina y de la especialidad de psiquiatría. No, a Adrian no podía echársele en cara falta de seriedad o de enfoque científico.

—El ser humano no es una máquina —le gustaba repetir—. Espíritu y cuerpo forman un todo inseparable. La casi totalidad de las enfermedades es mucho más el resultado de un desequilibrio interno de la psique que de las agresiones externas. ¿Queréis curaros? Empezad por ser conscientes de que sois una parte integrante del universo. Sin un enfoque holístico de la salud solo se producirá una sanación sintomática. —Para apoyar sus afirmaciones, recurría a una sencilla metáfora: cuando los basureros de una ciudad hacen huelga, la basura se amontona en las calles. Rápidamente, las inmundicias se llenan de ratas. Entonces, el ayuntamiento recurre a los desratizadores, que exterminan a los roedores con veneno—. El cuerpo es como una ciudad. Cuando os ponéis enfermos, la medicina moderna se ocupa de una desratización de virus y bacterias, sin pensar en qué basuras hay amontonadas en los cuerpos, ni por qué. Quizá habría que negociar con los basureros, que simbolizan el sistema inmunitario, y comprender el origen de la huelga, que por lo general consiste en un desacuerdo entre el yo y el inconsciente. Lo que yo propongo es ayudar a encontrar ese equilibrio… ¡antes de que haga falta recurrir al veneno!

Durante el segundo día, Adrian explicó las principales líneas sobre las que debían trabajar.

Para ilustrar lo que él llamaba:

«Pensamiento positivo guiado por el resultado».

Adrian dibujó como mejor pudo un elefante en la pizarra. El esbozo recordaba más a un balón con válvulas que a un animal. Se puso manos a la obra y alargó la trompa, luego empezó la demostración:

—Todo el mundo tiende a pensar en su vida como si esta fuera un conjunto de problemas que hay que superar, cuando el éxito es el resultado de una descomposición del objetivo tras haberlo visualizado. —Adrian invitó a los participantes a imaginar que planeaban devorar al paquidermo, lo que les llevaría necesariamente a sentirse desanimados frente a una tarea tan descomunal—. Vuestra actitud refleja consiste en pensar: es demasiado gordo, nunca lo conseguiré. Además, nunca encontraré un plato lo suficientemente grande como para que quepa. Esto es, una vez más, una creencia limitante. El elefante, en vuestros pensamientos, se ha convertido más en un obstáculo que en un objetivo. Si, al contrario, todos hubierais decidido devorar al pobre animal, y en ese caso, creedme, ¡tendríais que véroslas con Didier! —dijo, socarronamente—, entonces vuestra primera acción habría sido definir un plan para trocearlo. ¿Por dónde empezaríais? ¿Por la cabeza o por las patas? ¿Cuántos frigoríficos necesitaríais para conservar los trozos que no pudierais comer el mismo día? ¿Cuánto tiempo sería necesario para cocinarlo y para que cada uno lo trague y digiera?, etcétera. El obstáculo se ha convertido en un objetivo.

Émilie ya había experimentado la segunda línea de trabajo cuando Adrian la había llamado a la pizarra y le había pedido que reviviera la ruptura de sus padres. En ese momento había aprendido lo que Monika y Adrian definían como una representación sensorial completa.

Émilie tenía una personalidad auditiva y estaba acostumbrada a recordar a partir de palabras y de ruidos que había oído. Incluso llegaba a visualizarlos, pero se limitaba a esas dos dimensiones.

El hecho de revivir un acontecimiento recurriendo a los cinco sentidos ayudaba a remontarlo hasta la consciencia y, por eso, disminuía el impacto negativo en la psique.

Émilie nunca habría sospechado la eficacia de ese proceso, siendo además tan sencillo. Pero tenía que admitir, por haber probado a reproducirlo en varias ocasiones, que el acontecimiento más traumático de su infancia había perdido su fuerza emocional negativa.

Émilie ya podía recordarlo con mucha más indiferencia.

Por la tarde, trataron, durante mucho tiempo, sobre la necesidad de aprender a establecer relaciones en función del otro y no de las propias experiencias. Monika les dijo que agruparan las personalidades de cada uno de ellos en categorías sensoriales a partir del vocabulario empleado. Les pidió que escribieran en una hoja de papel la primera frase que se les pasara por la cabeza cuando pensaban en una persona que les resultaba insoportable.

Émilie enseguida pudo señalar a qué categoría pertenecía cada uno:

Giacomo y Cyril eran visuales.

Uno escribió: «No puedo verlo ni en pintura».

Y el otro: «Solo verlo me pone nervioso».

Émilie, auditiva, dijo: «No quiero ni oír hablar de él».

Claudia y Jérôme eran olfativos: «No puedo ni olerlo».

Por último, Amandine pertenecía a la categoría de los kinestésicos: «Me saca de quicio».

—No hay ningún gustativo —señaló Monika—. Nadie ha escrito: «Me da asco».

Partiendo de ese análisis, los Brennan organizaron un jueguecito, que consistía en que cada uno tenía que dar con el punto débil del otro, para conseguir algo de él.

Los participantes se agruparon de dos en dos; uno tenía que dar órdenes a su pareja y la pareja tenía que resistirse a esas órdenes hasta que encontraran la manera de establecer una buena relación. Émilie se vio sentada frente a Cyril, después de haber recibido la instrucción de no levantarse hasta que él encontrara una buena manera de hacerla reaccionar.

—Émilie, levántate de esa silla.

—No, me niego.

—Te he dicho: levántate.

—Ni hablar de eso.

—Te doy cien euros si te levantas.

—Paso de tu dinero.

—Si no te levantas, me tiro por la ventana.

—Igual me da, estamos en una planta baja.

—Necesito de verdad que te levantes o mi vida se convertirá en un infierno, no podré alimentar a mis hijos.

—Anda, ¿tienes hijos?

—Sí, dos. Venga, levántate, hazme ese favor. Si no te levantas vuelvo a fumar.

—Lo siento mucho, pero peor para ti.

—Émilie, en serio, no vamos a estar así toda la tarde. ¿No me oyes?

Émilie se removió en la silla. Para ser sinceros, el juego la aburría. Se moría de ganas de levantarse y acabar con todo aquello cuando Cyril encontró el truco. Empezó a cantar.

—Levántate, Émilie, levántate o si no sigo así hasta que ya no puedas más. ¡Levántate, Émilie, levántate!

Ella inmediatamente dio un salto y le suplicó, riendo, que parase. El hecho de asumir que era auditiva le remitía a numerosas confrontaciones que no había resuelto en el pasado. Guillaume, por ejemplo, siempre solía utilizar el vocabulario de la categoría de los visuales.

Su mutua incomprensión se podía resumir en dos frases. Émilie se enfadaba a menudo con Guillaume por no escucharla cuando le hablaba. Y Guillaume a menudo le respondía: «No veo qué quieres decir». Y así era su vida diaria. Cada uno se expresaba en función de su categoría sensorial. ¿Cómo iban a entenderse sin esa comprensión?

Cuando terminó el juego y ya todos habían integrado el principio, Adrian anunció, al mismo tiempo que escribía en la pizarra:

«Flexibilidad en el comportamiento».

—Para entender mejor el tema sobre el que vamos a hablar, pensad primero en la frase de Einstein: «Locura es hacer lo mismo una y otra vez esperando obtener resultados diferentes». —Supieron que Adrian era un apasionado jugador de golf y que frecuentemente utilizaba lo que aprendía en el *green* para poner ejemplos en sus cursos—. No se trata de cambiar de club cada vez que no consigáis meter la pelota en el hoyo. A veces, basta con mover la posición de los dedos dos milímetros. No hace falta tirar a la basura todos los comportamientos habituales. Revisadlos. Descomponedlos. Evaluad el lugar de esos dos milímetros. Solo después de un análisis completo, con flexibilidad, y de varios intentos para mejorar vuestro sistema tomaréis la decisión de cambiarlo.

Cuáles serían esos dos milímetros que habrían podido cambiar su vida, se preguntó Émilie.

Porque al piano, igual que en un campo de golf, dos milímetros podían realmente marcar la diferencia entre un virtuoso y un aficionado inspirado.

¿Ocurría lo mismo en la vida diaria?

Antes de pasar al siguiente ejercicio, Adrian cogió un rotulador rojo y escribió en la pizarra:

«La costumbre es el enemigo de la felicidad».

—¿Quién no está de acuerdo? —preguntó Adrian, al ver que Claudia, Cyril y Amandine negaban con la cabeza porque discrepaban.

—Yo encuentro un cierto placer en mis rutinas —protestó Cyril.

—Lo primero de todo, placer no es felicidad —subrayó Adrian—. Del mismo modo que felicidad, ya sea con F mayúscula o minúscula, no es algo definible en sí. Es como la historia de ese loco que se golpea la cabeza con un martillo…, por lo bien que se siente cuando deja de hacerlo. —Unas fugaces sonrisas—. Estaréis de acuerdo conmigo, aunque sea una broma, en que ese hombre actúa con una lógica aplastante. La vida, sin caer en los extremos, es un poco eso. Probablemente, todos habéis tenido alguna vez una migraña o un dolor de muelas. Cuando desaparece el dolor, es la absoluta felicidad. Luego volvéis a la rutina del bienestar. Lo mismo que los momentos de intensa alegría que habéis vivido tampoco duraron mucho tiempo. Ya fuera la compra de un coche nuevo o un traslado que deseabais desde hacía años, o incluso en el supuesto de que hubierais ganado una gran cantidad de dinero, conseguido un importante ascenso en el trabajo y conocido a la mujer u hombre de vuestros sueños. Una vez que se diluye la intensidad del placer asociado a la novedad, caéis en nuevos hábitos, asociados a nuevos deseos. Y esto no acaba nunca. Este mecanismo —explicó Adrian— se llama *adaptación hedonista*. El placer se da acompañado de una secreción de los neurotransmisores en el cerebro y los receptores de esas sustancias se saturan con el tiempo. Nos acostumbramos al placer como al alcohol o al tabaco y, rápidamente, la novedad deja de tener efecto en nosotros. Ya sé que no os estoy descubriendo nada, pero, en cambio, voy a daros una solución...

En la pizarra blanca añadió:

«Desentraña tus costumbres y conviértelas en algo original».

Monika hizo una lista a modo de ejemplo.

—Si estáis hartos del lugar donde vivís, cambiad algunos elementos decorativos. No es imprescindible cambiar de vivienda. Cuando cenéis en casa, no lo hagáis siempre en el mismo lugar. Cambiad de estilo de vestir más a menudo. Visitad lugares nuevos. Pero, sobre todo, adquirid la única costumbre buena, que es la de valorar todos los pequeños detalles de la vida. Contemplad una flor. ¿Podríais verla si fuerais ciegos? Corred, pasead. ¿Sería posible si fuerais paralíticos? Apañaos para hacer de cada instante un momento fascinante. Vivid el presente. Siempre. Mañana llegará demasiado pronto. Intentadlo, ya veréis, es mucho más fácil de lo que os pensáis. Y dad gracias al universo por esos pequeños favores.

Émilie hizo un esfuerzo de imaginación para visualizar lo que podría haber sido su vida si hubiera utilizado ese método cuando aún vivía con Guillaume. ¿Qué habría podido cambiar de su rutina en lugar de lanzarse hacia una pasión devastadora?

Tuvo que reconocer que la vida en pareja, aunque a veces le había aportado consuelo, nunca la satisfizo completamente.

Es verdad que su casa era minúscula, pero luminosa y cómoda. Simplemente, después del primer momento de exaltación al inicio de la vida en común, la inercia de su pareja rápidamente le quitó las ganas de decorar el interior o de mejorar cualquier cosa en la casa. Émilie colocó algunos pósteres en las paredes y compró todo tipo de plantas. Pero los carteles envejecieron mal y ellos sistemáticamente se olvidaban de regar el ficus y los cactus enanos.

De vez en cuando iban al cine, pero siempre a ver la misma clase de película. Unos bodrios hollywoodienses hechos a base de efectos especiales y de millones de dólares, con un guion que probablemente no pasaba de dos páginas y que siempre terminaba igual, un *happy end* que se veía venir desde las primeras secuencias. El único momento que la ponía un poquito en tensión era cuando el perro estaba a punto de morir. Pero, afortunadamente, el protagonista de la película siempre conseguía salvarlo.

A Guillaume ni se le ocurría ir a la filmoteca o pasar una noche viendo ópera o un gran clásico en blanco y negro.

Respecto a la cocina, él sabía hacer unas buenas tortillas, en las que metía un poco de todo lo que encontraba en el frigorífico. Por lo demás, se limitaba a platos congelados, a pedir pizzas por internet o a comida china para llevar, recalentada en el microondas.

«¡Hablas de rutina! ¿Y cómo la cambias cuando no estás motivada?».

Porque ese era el drama. Émilie siempre era la primera en lanzarse de cabeza a unas aventuras amorosas que rápidamente la dejaban con las ganas.

Con Julio creyó vivir un sueño, pero enseguida se dio cuenta de que la superficialidad de la vida que él quería que compartieran estaba muy lejos de sus deseos fundamentales. Los hoteles de lujo, la ropa de marca…

No, ella en realidad nunca necesitó nada de eso.

Pero, exactamente, ¿qué necesitaba? ¿Qué perseguía? ¿Cuál era la vida ideal que se había dibujado en la mente a la edad en la que se forjan las ambiciones y que la hacía galopar sin saber realmente en qué dirección?

Siempre que pensaba en eso, llegaba a la misma conclusión.

Una vida llena en la que todo sería música.

Un país maravilloso y mágico en el que hasta las flores cantarían en lugar de exhalar perfume.

Émilie cerró los ojos y sintió que sus dedos se movían solos, tocando en el teclado imaginario de un piano inexistente.

20

Las sombras que proyectaba un suave sol de atardecer iban extendiéndose mientras una luz dorada, que reflejaban los cristales de las enormes ventanas, bañaba con un halo mágico los árboles y el bosquecillo. El canto de los grillos alcanzó su apogeo.

Para Émilie era una cuestión de honor avanzar en su tarea todos los días, antes de dedicarse a los ejercicios de los Brennan.

Era algo así como tirar sus recuerdos al papel, antes de tirar el propio papel. Cuando se le ocurrió esa idea, recordó las palabras de Monika sobre el vocabulario que utilizaban.

Sí, era exactamente eso: Émilie *tiraba* sus recuerdos, igual que era mejor querer *adelgazar* que *perder* peso.

Émilie calculó que necesitaría diez minutos para ducharse y ponerse la túnica de lino antes de reunirse con sus compañeros para cenar. Así que aún tenía cerca de media hora.

Empezó a escribir casi de manera frenética.

A fuerza de sacar punta al lápiz, porque se rompía la mina continuamente, este había disminuido dos tercios.

El cuaderno de Émilie

Evidentemente, la suite del hotel de Dijon nunca me la reembolsaron. Como tampoco la gasolina que gasté en los miles de kilómetros que recorrí detrás del autobús del grupo, ni los restaurantes, las habitaciones de hotel de segunda categoría, cuando Julio decidía que, por complejas razones, no podía estar con él en la suya, ni siquiera la cena con velas en un romántico mesón en la región de Lyon, porque, cuando Julio iba a pagar la cuenta, se percató de que no llevaba encima la cartera.

Ahora, no metería los problemas económicos que me ha supuesto en la categoría de los más importantes. Verse en la total indigencia implica una forma de anestesia.

El último sueldo me lo tragué en menos tiempo de lo que se tarda en marcar el código de la tarjeta de crédito, igual que las vacaciones pagadas y el pequeñísimo finiquito que el conservatorio quiso concederme después de unos años de buen y leal servicio.

Mientras el grupo hacía un descanso, entre el último de los cuatro conciertos de Lyon y el de Aviñón, que estaba programado para dos semanas más tarde, regresé a París con la esperanza de solucionar mis más urgentes problemas. Fiel cliente de mi banco desde hacía años, conseguí una ampliación del descubierto. Volví a ver a Guillaume, algo que fue muy duro, y como en su nuevo trabajo le pagaban bastante bien, pude recuperar una parte de lo que gasté en el alquiler cuando yo lo pagaba todo. Así, entre unas cosas y otras, logré el modo de ir tirando unos meses más.

Por desgracia, solo tenía una perspectiva de vida a corto plazo y me ilusionaba la esperanza de sustituir próximamente a Lucia y de aparecer en la primera plana de la actualidad como la pareja oficial de Julio, además de ser la pianista de su gira.

Un «próximamente» que en ocasiones se convertía en «pronto» y otras veces en «más tarde», y que acabó en el terreno de una ilusión astutamente mantenida por un hombre del que me estaba volviendo dependiente.

Me da un poco de vergüenza escribirlo, pero me pregunto si alguien habría reaccionado de otro modo.

Julio sabía mostrarse completamente apasionado, atento, encantador, en una palabra, convincente, y luego, en el momento más inesperado, te echaba un jarro de agua fría que te enviaba a un mundo sin una barrera que definiera el límite entre sueño y realidad.

A pesar de todo, había tenido la amabilidad de darme una placa identificativa que me autorizaba a ver sus conciertos en las mejores localidades de las salas en las que actuaba.

Eso también formaba parte de su «sistema».

Así que, casi a diario, tenía el inmenso privilegio de encontrarme en primera fila de una multitud de fans alborozadas y de acechar, con el corazón desbocado, el momento en el que Ludovic, el batería, preparaba la entrada en escena de Julio con un solo cuyo *crescendo* marcaba la llegada del resto de los músicos y luego la suya.

El mágico ambiente de esos puros momentos de felicidad, asociado al sentimiento de vivir una aventura fuera de lo común en secreto, me permitía a olvidar durante dos horas los tormentos e interrogantes que me destrozaban el resto del tiempo.

Cuando Julio salía al escenario, con esos trajes sobrios pero luminosos, diseñados para realzar la belleza de su rostro, aquello no era la aparición de un hombre, por muy venerado cantante que fuera, sino la de un dios de la mitología griega.

En aquel entonces lo habría llamado Eros. Ahora, pensaría más bien en Hades, el dios de los Infiernos.

Tenía una voz fascinante. Los rayos láser, el humo, el brote de las llamas, la proyección de imágenes de volcanes en erupción, de demolición de edificios y de combates entre criaturas submarinas que sucedían a las de inmersiones por el corazón de bosques oníricos y paseos por el espacio y que componían la escenografía bien engrasada de sus conciertos siempre me transportaban a un universo en el que me había convertido en la reina, suponiendo que, la noche anterior, sus manos hubieran tocado mi cuerpo como el teclado de un piano.

¡Precisamente, hablemos de instrumentos musicales!

Julio, creo que ya lo he descrito bastante, tenía un don para huir de los conflictos, incluso de los que él provocaba. Se había convertido en un maestro de la fabricación de excusas plausibles y de dar la vuelta a las situaciones en perjuicio de sus interlocutores siempre que se le ponía entre la espada y la pared.

Una noche, en Orange si no recuerdo mal, quise saber qué instrumento tocaba cuando no cantaba.

Su primera respuesta me dejó encantada porque se lanzó a un largo monólogo, tirando a poético, en el que describió mi cuerpo como su instrumento musical preferido. Porque, decía Julio, ¿acaso el objeto de la música no es hacernos vivir las más intensas emociones, del mismo modo que la carne, de la que no hace sino reproducir el enloquecimiento de los sentidos?

Los americanos tienen una magnífica expresión, que sale en todas las películas, para describir esa verborrea: «*bullshit*». Literalmente: «excremento de toro». Significado: «Deja de burlarte en mis narices, ¡no cuela!».

Por desgracia, conmigo colaba muy bien.

Pero aquella noche no me limité a caer en éxtasis e insistí para saber.

—No, en serio, ¿qué instrumento aprendiste?

Silencio. Y leí en el rostro de Julio, poseído por una rabia contenida, que ya no tenía escapatoria.

—Mi instrumento es mi voz.

—Ya lo sé. Y es única. Nada podrá jamás igualar una voz como la tuya. Pero ¿cuál? ¿Guitarra? ¿Piano?

—Todo eso lo dejo para los músicos que me acompañan.

—Quieres decir que tú...

Nuestra relación íntima la disfrutábamos, al contrario que el escenario de los conciertos, en una penumbra que él sabía disponer con brillantez. Apretado contra mí, me acariciaba la cadera mecánicamente, pero se apartó de un salto. Pese al pálido halo que rodeaba su rostro, descubrí en sus rasgos una angustia con mezcla de rencor que no le conocía. Lo cierto es que me impactó profundamente.

¡Julio no sabía tocar ningún instrumento!

Solo era capaz de reproducir algunas cantinelas musicales en un teclado, y unos vagos acordes de principiante con las cuerdas de una guitarra.

Entonces, tuve una idea.

—¿Te gustaría que te enseñara a tocar el piano? Ya sabes, ese es mi trabajo.

Julio me respondió con un tono que expresaba mucho más que una simple frustración.

—¿Crees que he olvidado con quién me acuesto? ¿Acaso no me lo repites lo suficientemente a menudo?

—¿Es necesario que me contestes así? Lo único que quiero, desde el principio, es poder ayudarte.

Su risa burlona me dejó helada.

—¿Tú? ¿Ayudarme tú a mí? En serio, pero ¿tú te has visto? Ni siquiera eres capaz de ayudarte a ti misma. —Se levantó y se vistió a toda prisa. Hubiera preferido que montara en cólera antes que verlo en una de esas fases de arrebato contenido. Generalmente, aquello se traducía en una diatriba de varios párrafos, que construía a medida que la frustración se apoderaba de él—. ¿Te has dado cuenta de que te pasas el día quejándote y reclamando? Desde el primer día, te expliqué que debías tener paciencia. La propuesta que te hice no era una promesa. Solo un plan que tú aceptaste. ¿Cuándo me has oído decir que tu contrato en mi grupo era seguro? Siempre te he dicho que eso no lo decidía yo solo…

—Pero ¿quién está hablando de eso ahora?

—¡Siempre me interrumpes! Más te valdría escuchar… ¿Te crees que no sé leer entre líneas? ¿De verdad piensas que no he adivinado esa parte tuya despectiva tras tu sonrisa? En primer lugar, ¿quién te mandó dejar tu trabajo y a tu novio para seguirme? ¡Si lo hiciste fue porque salías ganando! Pero ¿no te basta con mi presencia en el escenario? Ahora, además de cantar y de mover a multitudes de personas, ¿tendría que tocar el piano? ¿Cuál es tu objetivo? ¿Que acabe en la sala Gaveau, delante de un público de carrozas con pajarita a los que acompañan unas momias pintarrajeadas? —Cuando empezaba con sus delirios, nada ni nadie podía detenerlo—. Ni siquiera te das cuenta de los riesgos que corro desde que te conocí. ¡Oberman no puede verte ni en pintura! Si le hiciera caso, ya te habría mandado de vuelta a París hace mucho tiempo, a tu conservatorio de mierda, con los medio delincuentes que nunca pasarán del nivel de *Au clair de la lune*. Pues no. Periódicamente tengo que aguantar su ira, solo por ti. Para estar contigo. Para pasar las noches junto a ti. Y eso para oír cómo me reclamas que te pague las facturas de gasolina, de los restaurantes, de los taxis o yo qué sé de qué. Y, por suerte, te has convertido en una sin techo; si no, también tendría que pagarte el alquiler. Ni siquiera sabes cómo hablan los otros de ti. Lucia, Ludovic, Jérémy, Aldo… Todos. ¿Quién es esa chica? ¿Qué coño estás haciendo con ella? ¿Por qué nos sigue a todas partes? Siempre en primera fila en los conciertos. No se puede entrar en tu camerino sin encontrártela sentada, mirándote, como si fueras Dios.

—Afortunadamente, existe un límite en el grado de injusticia que todo ser humano, incluida una zoquete como yo, es capaz de aguantar. Esta vez, no iba a dejar que diera la vuelta a la situación en su beneficio, aunque jamás había conocido a nadie con tan mala fe. Así que yo también me levanté y, en lugar de derramar una lágrima o estallar en sollozos, de lo que me moría de ganas, dejé que la indignación que se había apoderado de mí guiara mis gestos y me vestí sin decir ni una palabra—. ¿Y ahora qué haces? —gritó Julio. Yo sabía que si abría la boca no podría aguantarme más. Así que me quedé en silencio y preferí dejarlo con su frustración antes que entrar en su juego. Unos instantes después, metí de cualquier manera mis cosas en la bolsa de viaje, incluido el estuche de las pinturas, que había recogido del cuarto de baño—. Te estoy hablando a ti.

Con el bolso en bandolera y tirando con una mano de la maleta, sencillamente me largué dando un portazo a mi espalda.

Me largué. Sí. Era la primera vez que, al fin, tenía el valor de resistirme a Julio y de plantearme el final de la aventura. Por supuesto, con el corazón roto.

21

El primer día, exploramos vuestros miedos —anunció Adrian—. Estos son una parte integrante de vuestras limitaciones. Pero hay otros dos factores que tenemos que abordar hoy.

En la pizarra escribió:

«M. O. C.».

—Quedaos bien con esta fórmula, que procede de Estados Unidos bajo otra forma. M de miedo, O de obligación y C de culpabilidad. Los americanos la llaman FOG, que resulta mejor, porque ese acrónimo de *Fear, Obligation* y *Guilt* también quiere decir «niebla». La niebla entre la que deambuláis, hasta que os deshagáis de esos elementos.

Sin haber llegado hasta el fondo de sus miedos, Émilie al menos había sabido discernirlos, lo que era un paso importante si creemos el axioma de uno de los carteles.

«No puede curarse lo que no se reconoce que existe».

Casi durante una hora se les pidió a todos que identificaran, del mismo modo, las obligaciones a las que habían aceptado someterse y la culpabilidad que surgía de no cumplirlas.

Émilie siempre se había sentido obligada a triunfar en su vida profesional, pero ella, personalmente, no tenía ninguna ambición desmesurada. Eso a menudo había perjudicado su autenticidad.

En cambio, bastaba con que se dejara llevar por el placer de tocar, sin preocuparse por las consecuencias, para alcanzar grados de perfección que la sorprendían.

¿De dónde procedía esa obligación?

Una vez más regresó a su infancia. Su madre, también pianista, y compositora en sus ratos libres, dejó pasar su oportunidad cuando nació Émilie. Marek Janowski, una leyenda, la había seleccionado para formar parte de la orquesta filarmónica de Radio France, pero, lamentándolo mucho, ella declinó la oferta para dedicarse a su bebé. Rechazar esa oferta puso, por así decirlo, fin a su carrera.

Cuántas veces Émilie la oyó mencionar el sacrificio de lo que podría haber sido la culminación de toda una vida…

¿Conocer a Julio no habría sido sencillamente un atajo para satisfacer una ambición compensatoria que había hecho suya? ¿Y la culpabilidad por no haber triunfado a los treinta años habría contribuido a que se enganchara a una quimera?

En cualquier caso era una pista en la que profundizar. Adrian ya seguía con los siguientes ejercicios.

—Vamos a enseñaros dos cosas fundamentales. En primer lugar, las técnicas de respiración. Y también a saber discernir la relación que existe entre vuestro estado mental y vuestra fisiología. ¿Estáis preparados? Tumbaos en el suelo junto a vuestras sillas y apoyad las piernas en los asientos. Tenéis que reproducir la postura de sentado pero con la espalda apoyada en el suelo. —Émilie y los otros cinco participantes se pusieron manos a la obra; Didier y Nathalie, que tenían la función de mostrar cómo se hacían las cosas, además de ayudar a los Brennan, los imitaron. El embaldosado estaba frío. El aire, subrepticiamente perfumado de especias. En el exterior, el sistema de riego había empezado a funcionar y el ruido de los chorros ocultaba el canto de los grillos. Émilie se sorprendió fijándose en todos esos detalles, incluido el sabor un poco amargo que tenía en la boca y el gruñido del estómago después de tantas horas de ayuno. Adrian continuó—: ¿Sabéis cuál es nuestro carburante? ¿El origen de nuestra energía? Olvidaos de todo lo complicado, de las vitaminas, proteínas, de los glúcidos y de todo lo que compone vuestra dieta habitual. La sabiduría popular tiene razón cuando dice que contigo, pan y cebolla no da resultado. Porque, para sobrevivir, antes que nada necesitamos… aire.

—Desgraciadamente —siguió Monika—, cuando somos pequeños no nos enseñan a respirar correctamente. Nuestros padres tienen tanta prisa por vernos caminar que en cuanto damos los primeros pasos dejan de sujetarnos las manos y nos acostumbran a respirar desde la caja torácica. Eso es un error, porque así limitamos la capacidad de alimentar al organismo con su carburante principal.

Adrian se había acercado a la pizarra y había dibujado esquemáticamente un niño con los brazos al aire al que sujetaba un adulto.

—La caja torácica no es la pared de un balón. No se hincha. Por eso, cuando respiramos profundamente, los pulmones no pueden expandirse hacia el exterior y comprimimos los otros órganos, incluido el corazón. ¿Resultado? En caso de estrés, de angustia o en cualquier situación que suponga una mayor necesidad de oxigenación del organismo, la respiración produce el efecto contrario del que buscamos. Un corazón comprimido exige más oxígeno. Por eso, el cerebro recibe menos y reacciona con un mayor estrés.

—Esta es la razón por la que los grandes deportistas entrenan la respiración abdominal —continuó Monika, en un dúo perfecto—. Ahora, poned la palma de la mano sobre el estómago y haced que se eleve hinchando el estómago.

Adrian los invitó a respirar lentamente, concentrándose en el aire que sentían entrar en los pulmones, durante un cuarto de hora. Acabaron el ejercicio con la respiración total, la que asocia abdomen y tórax, y al finalizar les recomendaron que repitieran ese ejercicio todas las mañanas al despertar.

—Así, en un cuarto de hora, enviáis al cerebro tanto oxígeno como durante una carrera de varios kilómetros.

Esta es una manera de empezar el día con una mente clara y, principalmente, expulsando los pensamientos negativos que se asocian al estrés. Si lo convertís en un hábito comprobaréis los resultados. Ahora, Mosquita muerta, si quieres acercarte.

Por mucho que Émilie se hubiera acostumbrado a los apodos desagradables que sustituían a sus nombres en las placas, siempre le impresionaba oír a los Brennan, a Didier o a Nathalie llamarlos así. Después de tres días con ellos, se sentía menos florero que cuando llegó. Pero aún tenía camino por recorrer.

¿Acaso no se había sorprendido llorando, la noche anterior, al recordar algunos momentos que había pasado con Julio? Después de todo, Julio no era tan malo. ¿También mejoraría él si asistiera a ese seminario? Por suerte, Émilie había aprendido la lección sobre la culpabilidad. Si Julio no era malo, eso le mandaba de vuelta todos sus propios defectos. Ni hablar de seguir soportando esa carga. Era verdad que se había dejado manipular. Pero ¿aceptar ser una víctima reducía la culpabilidad del verdugo?

Seguro que Monika habría valorado esa nueva forma de pensar, así que Émilie se había dormido más tranquila.

Amandine, alias Mosquita muerta, se acercó a Adrian mientras todos ocupaban sus sillas.

—Recuérdanos cuál es tu mayor miedo.

—Morir.

—Bueno, pues vas a visualizar ese acontecimiento.

—¿Qué quieres decir?

—Me gustaría que imaginaras tu muerte. No solo antes, la agonía que le precede, sino también el momento de la gran partida. Después, visualiza tu cuerpo. ¿Qué pasa? ¿Qué le ocurre?

Ese tipo de ejercicio, al que Émilie, igual que los demás, se había acostumbrado, llevaba a cada uno a reproducir espontáneamente lo que se le pedía a la persona que había salido a la pizarra.

Realmente, Émilie nunca había pensado en la muerte, aunque la de su madre, en un momento de cambios en su vida, la había marcado. Acababa de aceptar el trabajo en el conservatorio y había roto con su chico tras descubrir por casualidad que le estaba siendo infiel. Le costó mucho reponerse de esa etapa, porque, cuando los dramas se suceden, a menudo se vuelven tragedia.

La desaparición de una madre a la que adoraba seguramente era el acontecimiento más espantoso que Émilie había vivido nunca. Pero por eso no se obsesionó con la muerte. Al contrario que Amandine, quien, según ella misma confesó, nunca se había recuperado de la de su marido, ni de los meses que pasó junto a su lecho.

¿Acaso vivir no es morir un poco todos los días?

Mientras observaban a Amandine, cuya postura se había encogido desde que Adrian le pidió que cerrara los ojos, Nathalie dejó un libro en las rodillas de cada uno.

El jardín de Epicuro, de Irvin Yalom, en edición de bolsillo.

—¿Estás visualizando bien lo que ocurre? —insistió Adrian—. Yo no voy a describirlo en tu lugar. Dinos con pocas palabras lo que ves.

—A mi marido..., en la cama... del hospital..., los aparatos que lo rodean...

—Eso no es lo que te he pedido. ¿Eres capaz de pensar en tu propia muerte, Mosquita muerta?

Amandine abrió los ojos.

—¡No! Soy incapaz. Para empezar me horroriza que me llames así. Mi nombre es Amandine. ¿Qué quiere decir Mosquita muerta? ¿Que soy una hipócrita con aspecto inocente?

—¿No eres capaz? Pero según has reconocido piensas en ella continuamente y eso te impide vivir y apreciar hasta la menor alegría. Eso lo has dicho tú, no yo. Así que ¿en qué piensas cuando afirmas que estás obsesionada con la muerte, pero eres incapaz de concretarlo en la mente?

—¡Yo no soy una Mosquita muerta!

Amandine dijo eso con lágrimas en los ojos.

—Entonces, comparte con los demás lo que eres. Te escuchamos.

—Yo soy…, me llamo Amandine.

—Eso ya lo sabemos.

—Mi marido estuvo enfermo mucho tiempo.

—Entonces ¿eso forma parte de lo que eres?

—No… Pero me quedé junto a su cama…

—¿Durante cuánto tiempo?

—Dos años.

—¿Cuántos años tienes?

—Tengo treinta y cinco años.

—¿Cuál es tu situación económica?

—Mi marido me dejó…

—Yo quiero hablar de tu profesión.

—Era pasante de abogacía cuando lo conocí. No quiso que trabajara, él tenía una buena situación económica. Así que abandoné mi profesión.

—¿Y él se ha ido, como si nada, y te ha dejado sin objetivos?

—Sí que tengo objetivos.

—¿Cuáles?

Amandine dudó un instante. Monika susurró a su espalda:

—Ponte derecha. Es una pena que no tengamos un espejo de cuerpo entero en la sala. Tendrías que mirarte. Los hombros bajos y encorvados. La espalda arqueada. La barbilla casi te toca el cuello. Eres la viva imagen de la depresión y de la renuncia a la lucha y parece que te gusta estar así. Venga, ponte derecha y llena los pulmones. —Monika se giró hacia los otros participantes—. Vosotros cinco también. Porque a medida que nuestra amiga intenta visualizar su muerte, todos vosotros habéis hecho lo mismo y tendríais que veros ahora. Una fila de jorobados en sus sillas. Estáis tan encogidos que no sé ni cómo conseguís respirar.

Émilie, espontáneamente, se enderezó. Le parecía intrigante esa relación entre cuerpo y mente que hasta entonces solo había concebido en un sentido.

Como a todo el mundo, le parecía normal adoptar una postura diferente según el estado emocional del momento. Feliz, derecha y todo sonrisa, o muy preocupada, el gesto crispado y los hombros bajos. Pero acababa de descubrir que lo contrario también podía ser verdad.

Le había bastado con cambiar la postura para, de pronto, sentirse mejor, pese a la visualización que acababan de imponerle.

—Ahora —dijo Adrian—, Mosquita muerta, describe tu muerte.

—Realmente no me apetece.

—Vale. Florero, ¿quieres leer el párrafo subrayado en la página 15 del libro que os acaban de entregar?

Émilie obedeció. El texto decía:

No es fácil vivir cada instante siendo plenamente cons-ciente de la muerte. Es como si quisierais mirar al sol de frente: solo se soporta un momento. Como no podemos vivir petrificados por el miedo, nos inventamos métodos para suavizar el terror a la muerte. Nos proyectamos en el futuro a través de nuestros hijos; nos hacemos ricos, famosos, siempre más importantes...

—Mosquita muerta, explícanos qué haces con tu vida desde que ya no está tu marido.

—No quiero que me llames así.

—Pues demuestra que te mereces recuperar tu nombre.

—Nunca he pretendido hacerme pasar por inocente. No soy una hipócrita.

—¿Y tampoco has intentado liberarte de las protec-ciones que te rodean y ahogan?

—Yo no elegí...

—¿Ya te has olvidado de lo que dijimos el primer día? Todos tomamos decisiones en cada momento y todos so-mos responsables de ellas.

—Mi marido...

—Murió. Pero tú estás viva. Hasta ahora has vivido bajo la sombra de tu marido, como una adolescente que no se rebela y vive bajo la de sus padres. ¿No crees que ya es hora de que reacciones y de que cojas las riendas de tu vida, en lugar de interpretar el papel de inocente víctima de la vida, con la esperanza de conseguir más cariño, reconocimiento y más chocolate para la merienda? —Los hombros de Amandine se hundieron y los ojos se le llenaron de lágrimas. La orden estalló en la boca de Adrian—. ¡Ponte derecha!

Inmediatamente, las lágrimas se secaron mientras una máscara de rabia se formaba en su cara.

—Yo no he venido aquí para que me traten de esta manera.

—¿Y cómo quieres que te tratemos?

—Con más respeto.

—Empieza entonces por respetarte a ti misma en lugar de dejarte abrumar. Yo no me lo he inventado. Ahora que tu marido ya no está, te sientes desamparada porque no tienes a nadie bajo el que cobijarte.

Un pesado silencio llenó la sala mientras Amandine erguía el busto, con la barbilla orgullosa y los ojos echando chispas de rabia.

—Yo decidí participar en este curso y pagué para hacerlo, soy una mujer adulta, no una niña, y, si me tratas así un minuto más, lo mando todo a tomar viento y te demando. En serio, ¿quién te crees que eres, con ese aspecto de sabelotodo y esa condescendencia?

—¿Y en base a qué vas a demandarme?

—Yo…, no lo sé… Hemos permitido que nos insultéis y que nos tratéis como a críos. Seguro que encuentro un abogado…

—¿No tienes ningún amigo abogado?

—Sí, mi marido conocía a muchos.

—¿Y tú? ¿Siguen siendo amigos tuyos?

—Ese no es el problema. Ya me las arreglaré. He estudiado derecho. Conozco los procedimientos. ¿Te parece normal llevar a la gente hasta el límite? ¡A mí no! Es abusar de las debilidades. Podría llevarte por la vía penal. Y luego…

Amandine se interrumpió y miró a su alrededor meneando la cabeza. Iba a regresar a su sitio, aún furiosa, cuando Monika la sujetó del brazo.

—Muy bien, Amandine. —Sonrió—. Ya ves, cuando te provocan un poco, hay mucha fuerza en ti que está pidiendo expresarse.

Cuando la llamó por su nombre, la joven sintió tanto alivio que suspiró.

—Ahora puedes volver a sentarte —añadió Adrian, con un tono más suave—. Y plantéate la siguiente pregunta: además de demandarnos por malos tratos…, ¿qué más piensas hacer en la vida a partir de ahora?

—He empezado tantas cosas que nunca acabé… —confesó Amandine con tristeza—. Me daba tanto miedo que me sorprendiera la muerte sin haber logrado nada.

—Retén esta palabra —concluyó Adrian—. «Logro». Contiene en sí misma todo el peso emocional que te guía en ese estado de angustia permanente. El miedo a que la muerte… sea tu único logro.

Émilie no pudo contenerse y meneó la cabeza, compadeciéndose de la infelicidad de Amandine. Cuando la observó detenidamente, descubrió una nueva chispa en su mirada. Detrás de la rabia y la frustración, también había determinación.

La propia Émilie intentó otra vez imaginar su propia muerte. Visualizó un cortejo, en el que estaban todos sus amigos, pero también sus relaciones sentimentales y los alumnos del conservatorio. Después de todo, había mucha gente.

Y luego, cerrando el cortejo, imaginó un piano plantado en la plataforma de una camioneta. Solo que había algo que no encajaba en el cuadro.

Ella estaba delante del piano tocando su melodía preferida.

22

El cuaderno de Émilie

Era más de medianoche. ¿Cómo iba a encontrar algo abierto en Orange después de las diez y, sobre todo, con mis medios?

Mientras esperaba dar con una solución, pasé por delante de la recepción en dirección al bar. Los hoteles de lujo tienen esa ventaja, ofrecen servicio durante las veinticuatro horas del día.

Cuál no fue mi sorpresa cuando me encontré con Ludovic, Aldo y otros dos músicos del grupo que aún no me habían presentado. Los cuatro chicos charlaban en torno a una botella de whisky que ya iba por la mitad. Aldo, el primero en verme, me invitó a sentarme inmediatamente. Yo estaba dividida entre la necesidad de estar sola para lloriquear hasta la saciedad y las irresistibles ganas de disfrutar de su compañía.

Se levantaron de uno en uno para darme un beso y Ludovic me ofreció de inmediato un vaso que, lo confieso, fue muy bienvenido.

—¡Eh, despacio! —dijo riendo, al ver que me bebía el whisky de un trago.

—Tienes una expresión rara —señaló Aldo—. ¿Seguro que todo va bien?

Los otros dos músicos se presentaron. Jean-Michel y Laurent respectivamente, guitarra acústica y contrabajo.

—Sí, todo bien —respondí con un hilo de voz—. Esto se pasará.

—¡Parece ser que alguien ha discutido con el rey!

Ya no recuerdo quién hizo el comentario; aunque conocía la respuesta, no pude dejar de preguntar:

—¿Quién es el rey?

Aldo se inclinó hacia mí, con un gesto cómplice. Le apestaba el aliento a whisky.

—¡Su majestad! ¡El todopoderoso! ¡El ídolo! Apolo. El tipo que hace vibrar las teles con su voz. Nuestro jefe, que… ¿Nadie te ha contado sus apodos?

Efectivamente, era la primera vez que oía los alias que el grupo le había puesto a Julio. Pese a las ganas de llorar, aquello me hizo sonreír.

—Bueno, ¡eso ya está mejor! —añadió Ludovic—. Ya has recuperado el color. Toma, bebe otro vaso.

Acepté encantada, al tiempo que miraba hacia la puerta del bar, con la estúpida esperanza de ver aparecer a Julio. Luego no encontré nada mejor que hacer que pedir disculpas.

—Siento mucho haberos fastidiado este rato. Pero no os preocupéis. Acabo el vaso y me voy.

—Bueno, ¡ni hablar de eso! —protestó Ludovic—. No vamos a dejarte dando vueltas por la calle con una maleta en plena noche. Para empezar, ¿a dónde vas a ir? Y luego, ni hablar de que conduzcas después de beber dos whiskys de un trago. Mejor, cuéntanos qué ha pasado. ¿Qué te ha hecho el malvado lobo feroz?

Esa vez no pude contener la risa.

—El rey. Apolo. El malvado lobo feroz… ¿Hay muchos más?

—Toneladas. Eso no quiere decir que no queramos a nuestro Julio. Pero tiende a creer que él es Dios padre y nosotros sus vasallos. Dadas las circunstancias, preferiríamos ser arcángeles. Pero ve a explicar eso al diablo, es decir, a Paul Oberman, ese desalmado. Venga, cuéntanos algo de ti. Todo lo que sabemos es que Julio te esconde como si estuviera celoso. Pero, francamente, no tiene por qué.

—Gracias. Eres muy amable.

—Eh, no. No has entendido. No quería decir eso. No tiene por qué estar celoso porque hemos visto lo enganchada que estás. Hasta el extremo de la adoración, el rey no corre ningún peligro. Así que nos preguntamos para qué sirve ese tejemaneje. Pero, como estás aquí, quizá nos lo puedas aclarar.

Para ayudarlos a entender, también habría hecho falta que yo misma me descubriera. Pese a mi decepción y los tormentos que me infligía regularmente Julio, me había comprometido a no hablar de nuestro pacto, lo que él llamaba «nuestro plan». Y aunque solo quedara una ínfima posibilidad de que se cumpliera, no iba a estropearlo entonces, dándole palos para que me los pusiera en las ruedas. Aunque, para eso, realmente no me necesitaba.

Suspiré.

—No hay mucho que entender. Me he enamorado como una idiota y él se aprovecha. Pero esta vez ha llegado demasiado lejos. Estoy harta. Mañana regreso a París.

Aldo y Ludovic asintieron a la vez.

—Típico del rey. En serio, a veces abusa.

—Haces bien en plantarle cara. Con él solo funciona eso.

—¿Y qué vas a hacer cuando regreses a casa?

—Yo ya lo sé —intervino Laurent—. Pasará lo que ocurre habitualmente...

Dejé que me sirvieran el tercer vaso y luego pregunté:

—¿Y qué ocurre habitualmente?

—Venga, se abren las apuestas. En un primer momento, Julio te dejará esperando, seguro de que volverás a él de rodillas. Después de tres o cuatro días, sorprendido por no haber vuelto a saber de ti, te mandará un inocente SMS, algo así como: «¿Qué tal? No sé nada de ti. Me tienes preocupado». Si sigues sin responder, intentará llamarte. Una o dos veces. Y entonces, si mantienes el silencio, se volverá loco progresivamente. Espera a verlo llegar a tu casa en plena noche...

—No te olvides de las flores —añadió Aldo.

—Ay, sí, empezará mandándote un ramo pequeño. Luego uno grande. Y muchos más, cada vez mayores.

—También es capaz de contratar una orquesta filarmónica para que toque tu melodía preferida debajo de tu ventana, desde un autobús de dos pisos o de montarte el número a lo Romeo y Julieta, pero sin mandolina.

Las imágenes que mencionaban provocaron risas, y cada uno iba un poco más allá. Rápidamente corté en seco sus fantasías.

—Solo hay un problema. No tengo ningún sitio a dónde ir.

Aquello cayó como un jarro de agua fría. Ludovic me miró con unos ojos como platos.

—¿Cómo es eso? ¿Ya no tienes piso?

Sin entrar en demasiados detalles, les conté mi ruptura, la pérdida del empleo y mi precipitada marcha. Ludovic y Aldo se miraron.

—Bueno, esta noche podemos echarte una mano. Te dejaremos una de nuestras habitaciones y compartiremos la otra.

—Y, si luego regresas a París, puedes quedarte en mi casa, el tiempo que tardes en encontrar otra cosa —añadió Laurent—. Mi piso estará vacío durante la gira. Eso me viene bien, así podrás cuidar de mi gato y las plantas y mi madre no tendrá que andar yendo y viniendo.

No me resistí mucho tiempo antes de aceptar el ofrecimiento. Y lo que vino a continuación se desarrolló exactamente como los músicos habían presagiado.

Hacia las dos de la madrugada, me desplomé en la cama de Aldo y al día siguiente cogí de nuevo la carretera a la capital con las llaves de Laurent en el bolso.

Julio empezó a ponerse en contacto conmigo exactamente tres días después. Primero un mensaje. Luego llamadas. Más tarde un primer ramo de flores. No podía creerlo.

Lo que ignoraba es que también iba a ponerse hecho una furia con los de su grupo y que Laurent, ya superado, acabaría confesando que me había dado cobijo.

Una semana más tarde, Julio llegó de improviso en plena noche, después de haber saltado a un tren de alta velocidad, en cuanto acabó el concierto.

Y yo, tonta de mí, volví a sumergirme en su círculo vicioso.

Salvo que un pequeño elemento discordante se añadió a nuestra relación.

Julio no era la clase de tipo al que le gusta que le planten cara y aún menos que se separen de él.

El estómago de Émilie producía un extraño gruñido. Debía reconocer que el ayuno que le habían impuesto los Brennan le permitía tener la mente más clara, sobre todo a primera hora de la tarde. Esa pequeña tortura tenía otras ventajas, como la de valorar completamente las cenas sabrosas y sabiamente equilibradas que esperaba con impaciencia mientras que, en otra época, con un sándwich comido deprisa y corriendo o una pizza congelada habría tenido bastante para llenarse a cualquier hora del día.

Émilie recuperaba la posesión del cuerpo y de la mente.

Los hechos expuestos sobre el papel adquirían un sentido diferente. Se ordenaban, se organizaban y perdían el peso emocional. Era algo así como transferir el contenido de su memoria a un soporte degradable.

La terapia de la escritura completaba con eficacia las estrategias que se ponían en funcionamiento durante el curso.

Émilie tuvo que reconocer que se sentía cada vez mejor a medida que avanzaba.

23

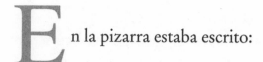n la pizarra estaba escrito:

«Aprender a perdonar. Saber ponerse en el lugar del otro...».

A última hora de la tarde, el grupito se ocupó de los dos últimos ejercicios. El más delicado consistía en escribir una carta a sus padres, con todos sus reproches. Todos los que nunca ninguno se había atrevido a hacerles.

Tenían una hora para ello, una vez que Nathalie hubiera repartido papel de cartas y un sobre que, por supuesto, jamás se enviaría.

Previamente, les habían pedido que visualizaran a sus padres de niños y que jugaran con ellos. Un ejercicio más difícil de lo que parecía.

A Émilie le costó mucho imaginar a su madre de pequeña, cuando tenía que hacer inmensos esfuerzos, desde que había muerto, para recordar los rasgos de su rostro que el tiempo difuminaba. En cuanto a imaginar a su padre en pantalón corto, iba más allá de sus posibilidades.

Se limitó a disimular mientras esperaba lo siguiente.

Sin embargo, cuando tuvo el papel de cartas en las rodillas, se sintió arrastrada por un torbellino. Ya no se trataba de llenar esa página en blanco. ¿Qué le iba a escribir a una madre desaparecida, a la que echaba de menos a diario? ¿Que la quería? Sí, con eso bastaba de sobra.

«Te quiero, mamá, y te echo de menos».

¡Ya está!

En cuanto a su padre… Ese… Ese…

Émilie agitó la cabeza varias veces, con el corazón en la garganta, luego tiró el papel en blanco y el sobre al suelo y se levantó de un salto.

—Buena, ya basta. Estoy harta. Este método no tiene sentido. Es una chorrada. Un engañabobos. Un montaje para debiluchos forrados de pasta. ¿Escribir a mis padres? ¡Y qué más! ¿Y por qué no a mi abuela, a la que nunca conocí, o al niño Jesús? Venga, ya basta.

Incapaz de controlarse, se precipitó hacia el jardín. En un primer momento, Émilie se dirigió a la piscina. Pero ¿qué iba a hacer en un lugar que simbolizaba el lujo y el ocio? ¡Como si no hubiera tenido ya suficiente!

Dio media vuelta y, sin darse cuenta, sus pasos la condujeron junto a Sócrates, se sentó y se apoyó en su corteza para llorar hasta la saciedad.

«He arruinado mi vida y ahora estoy pagándolo. Me he portado como una tonta. Soy un desastre. ¿Cómo se me ha ocurrido creer que esa pareja de enfermos podía ayudarme? En serio, ellos son los que necesitan que los traten. Parece que disfrutan comportándose de esa manera. ¡Florero! ¡Ya te daré a ti Floreros! Mosquita muerta tenía razón. Pero ¿quiénes se creen que son? ¡Mierda! La he llamado Mosquita muerta. La pobre Amandine. Como si no tuviera bastante con haber perdido a su marido. Y yo con haber perdido…, haber…».

Émilie puso fin a sus pensamientos negativos tan rápido como se había hundido en ellos. ¿No era eso exactamente lo que querían Adrian y Monika? Llevarla hasta el extremo para que reaccionase.

Después de todo, no estaba tan mal, así sentada en la hierba, con la espalda pegada al viejo alcornoque y removiendo con las manos la tierra húmeda entre sus raíces centenarias. En un acto reflejo, Émilie se irguió y respiró a pleno pulmón. Luego empezó a soñar.

Unos conejos, unas ardillas, un cervatillo y unos corderos se acercaron y la rodearon, como en los dibujos animados de Walt Disney.

Sentaba bien delirar un poco después de tantas desilusiones y tanta presión…

De pronto, apareció un piano y Émilie empezó a tocarlo, con el acompañamiento del canto de los pájaros.

Se sobresaltó cuando se dio cuenta de que estaba dormitando.

La silueta de Nathalie se alzaba ante ella. La ayudante, que se había acercado en silencio, se deslizó a su lado y le cogió la mano. Era una mujer muy chiquitita, con los ojos de un color negro profundo y el pelo más rizado que un cordero.

—¿Qué pasa, Émilie? ¿Por qué es tan complicado escribir esa carta?

—No tengo nada que decirles.

—¿Ni siquiera a tu madre?

—Sí, a ella le he escrito una línea. Con eso hay de sobra.

—¿Y a tu padre?

—Él..., tengo demasiadas cosas en el corazón. No merece la pena que las suelte.

—¿Por qué? ¿No tienes la sensación de estar bloqueada porque no consigues expresar tu frustración respecto a él?

—Él no existe.

—Entonces ¿lo buscas en otra parte?

—No necesito buscarlo. Nunca lo he necesitado.

—Yo no soy psicóloga —confesó Nathalie—. Solo ayudante de dos personas excepcionales que me han enseñado todo. Aun sin querer juzgar ni encontrar explicaciones fáciles, me da la impresión de que buscas a tu padre en tus relaciones.

Émilie se le encaró bruscamente, con los rasgos crispados de rabia contenida.

—Has hecho bien en precisar que no eres psicóloga. Ese análisis no vale un pimiento.

—Ah, ¿sí? Tal vez. Explícamelo.

—En todas mis relaciones sentimentales yo hago de madre. Siempre acabo con chiquillos retrasados. Hombres poco fiables. O, como mucho, una estrella megalómana que quería estar conmigo siempre que aceptara estar metida en un armario. Lo siento. Nunca he buscado la protección de nadie. Yo no soy Amandine.

—¿Quieres decir Mosquita muerta?

—También de eso estoy harta…

Las dos mujeres se miraron un rato y, repentinamente, Émilie estalló en carcajadas.

—De verdad, son unos nombres realmente estúpidos. ¿Dónde los han buscado los Brennan?

—Quizá en la recóndita psicología de cada uno. Tienes una risa bonita. Me alegra ver que estás mejor.

—Eso lo dices tú.

—De cualquier modo, has tomado una buena decisión viniendo a buscar refugio en Sócrates. ¿Quieres quedarte un poco más antes de unirte a nosotros?

—¿Para escribir la carta?

—¿Y por qué no? Estás rabiosa. Dile lo que piensas de una vez por todas. Irrítate. Insúltale. Siempre hay que reventar los abscesos para que no degeneren en gangrena del alma.

—¿De verdad piensas que busco a mi padre en los hombres que conozco?

—A veces, si el resultado es similar, parece más fácil hacer de mamá que de hija… Venga, te dejo con esta última reflexión. Tómate tu tiempo.

Émilie permaneció algunos minutos inmóvil, lamentando no poder quedarse así, soñando, alejada de toda preocupación material y de cualquier obligación.

Acabó uniéndose al grupo y volviendo a coger el papel y el lápiz. Algunas miradas se dirigieron a ella. Émilie creyó leer alivio en los ojos de Amandine. Los Brennan no hicieron ningún comentario.

Émilie escribió en el encabezamiento:

«A mi padre».

Luego rectificó:

«Papá...».

Le resultaba muy extraño empezar una carta con esa palabra que no había utilizado desde hacía más de veinte años. Como si realmente la carta fuera a llegarle y, quizá, a cambiar completamente su relación.

Émilie escribió con tanta rabia que no se dio cuenta de que pasaba el tiempo, ni prestó atención a la expresión de los otros miembros del grupo, entre sorprendida y compasiva.

En el sobre introdujo tres hojas escitas por las dos caras con una letra fina.

Cuando se la dio a Nathalie, se sintió liberada de tal peso que habría llorado de alivio.

La tarea de la tercera noche tenía que ver con los aspectos positivos de la vida que Émilie había conocido hasta ese día. Le pidieron que se concentrara en sus recuerdos y que escribiera una lista de sesenta acontecimientos que considerase triunfos, oportunidades o alegrías.

«¿Sesenta? ¿Por qué no sesenta mil? A mi edad nadie ha vivido tantos acontecimientos positivos. Preferiría hacer una lista de mis miserias...».

Nota manuscrita en el reverso de la página:

Tus pequeñas miserias, Émilie, las conoces demasiado bien y te has habituado a darles demasiadas vueltas. Haz un esfuerzo de memoria. No estás obligada a recordar solo los grandes acontecimientos. Un instante de felicidad en un jardín un día soleado basta. ¡Estoy segura de que lo conseguirás!

Las palabras de ánimo estaban escritas en femenino. Así que eran de Monika. Efectivamente, mirándola más de cerca, aquella letra apretada y elegante, con sus redondeces y el trazo fino, era de una mujer.

Émilie sintió un pequeño arrebato de felicidad ante la idea de que Monika, a la que tenía un cariño especial, se hubiera tomado la molestia de interesarse por ella de ese modo. Y de que en tan poco tiempo la conociera lo suficiente como para ser capaz de leer sus pensamientos. ¿Un día soleado en un jardín? Si solo era eso...

Émilie escribió:

El paseo con Julio por el jardín de Montsouris. La única vez en la que él se abrió. Uno de esos pocos momentos de nuestra relación en los que realmente sentí nuestra unión.

Inmediatamente tuvo la tentación de borrarlo todo. ¡Julio otra vez! ¿No se había puesto en manos de los Brennan para, al contrario, olvidarlo? Émilie pensó y acabó por decirse que no se trataba de olvidar nada. Ni los acontecimientos felices ni los chungos. Porque, y volviendo a una de las primeras enseñanzas de Adrian Brennan, la vida solo era una larga cadena de experiencias y cada una de ellas tenía su carga emocional y su *feedback.*

Y siguiendo con la analogía de las bombillas de Edison, sumando las malas decisiones con Julio, había aprendido «cómo conseguir que no te quieran»…

«O, aún peor, ¡cómo convertirte en la sombra de una estrella creyendo haber tomado el camino del éxito!».

Émilie rio. Después de todo, la placa identificativa le iba bien.

Si en un recodo del camino no se le hubiera iluminado algo, seguro que en ese momento estaría esperando a Julio en una habitación de lujo, sentada junto a una bandeja del servicio de habitaciones.

Émilie escribió sin orden:

El día que conseguí el título del conservatorio.

Las flores que me enviaba Guillaume, antes de que viviéramos juntos.

Mi padre y mi madre sujetándome de la mano la primera vez que me bañé en el mar, en Trouville, cuando tenía cinco años.

Mi primer viaje en avión. El alivio después de aterrizar. Pasé tanto miedo.

El día en que aprobé el bachillerato con matrícula de honor y la alegría de mi madre cuando se lo dije.

El coche que me compré con mi primer sueldo.

Mi primer piano eléctrico, regalo de mamá.

El helado de vainilla que devoré en el puerto antiguo de Marsella, cuando fui a ver a Juliette antes de que viviera en París.

Las vacaciones en Grecia. El calor en la terraza de aquel hotelito y el guapo italiano que me comía con los ojos.

La música, la música, la música.

Ah, y mira por dónde, otra vez la música. Esa música que ya no oigo y eso que me tenía poseída.

El encuentro con los Brennan....

Las válvulas se habían abierto y Émilie no tuvo ninguna dificultad para encontrar sesenta acontecimientos y más que le habían producido la sensación de que la vida le sonreía.

Cuando terminó la lista y dio la vuelta a la página, descubrió otra nota de Monika.

No busques la felicidad en los actos extremos, Émilie. La felicidad solo es una sucesión de pequeños acontecimientos que somos capaces de apreciar. Estoy segura de que has encontrado muchos más de sesenta. ¿Me equivoco? ¿Te das cuenta de que has sido más feliz de lo que te creías? Ahora levántate, respira a fondo cinco veces, pon la mano en el corazón y, con los ojos cerrados, siente agradecimiento por esos regalos de la vida.

Émilie así lo hizo. Cada inspiración le daba la sensación de hundirse más en un estado de relajación y de abandono. La invadió un sentimiento de gratitud, sin necesidad de forzarse, al mismo tiempo que una pizca de euforia.

«¡Da gracias a la vida, y la vida te lo devolverá!».

Cuando acabó los ejercicios, se tumbó en la cama para soñar despierta, luego abrió el libro de Irvin Yalom y leyó las primeras páginas. Hablaba de la muerte y de la necesidad de afrontar el augurio porque era ineludible. Confrontarse con la propia mortalidad, escribía el psiquiatra y filósofo norteamericano, nos incitará a reordenar las prioridades, a comunicarnos mejor con los que nos rodean, a apreciar más la belleza de la vida y a asumir los riesgos necesarios para la realización personal.

El libro se le cayó de las manos antes del tercer capítulo. La muerte era el problema de Amandine, no el suyo. Su vida siempre había estado llena de música y solo pedía que retomara su curso.

Julio era un incidente en el recorrido, no el fin.

Si retomo los acontecimientos en orden, tengo la sensación de haber sido despojada progresivamente de todo lo importante para mí. Hasta de mi alegría de vivir y de mi personalidad.

Julio tenía razón cuando decía que había dejado a Guillaume y me había despedido por mi propia cuenta y riesgo. Pero la manera en la que declinaba cualquier responsabilidad solo exacerbaba mi sentimiento de culpa y subrayaba mi incapacidad para manejar mi propia vida.

Creo que Julio siempre se vio como una bombilla encendida a la que, atraídas por la luz, acudían las moscas y mariposas para abrasarse. No es culpa mía ser brillante, diría la bombilla. ¡Nadie os ha obligado a plantarme las patas encima!

Yo sentí que me convertía en mosca. Dadas las circunstancias, preferiría mariposa.

No solo perdí a mi novio, el trabajo, el poco dinero que me quedaba y el respeto de mi banquero, sino también, progresivamente, la imagen que tenía de mí misma, el gusto por la música y hasta la seguridad de tener un cierto talento.

Para volver a conquistarme, Julio se pasó la primera noche de nuestra reconciliación hablándome de él, de su infancia, del accidente que le arrebató a sus padres. Mientras relataba la tragedia su voz contenía tanto sufrimiento que acabé por derramar una lágrima, lo que hacía con facilidad. Julio habló de su pasión por la música y de la rabia contra sí mismo por no haber aprendido nunca a tocar un instrumento.

—Fíjate, a veces un don como el mío no es solo un regalo del cielo. Todo el mundo me ha dicho siempre que tenía una voz excepcional. Me conformé con lo que tenía. A día de hoy, lo lamento. Y cuando te vi tocar el piano… —No terminó la frase y se limitó a apoyar la cabeza en mi pecho y a dejar que le acariciara el pelo. Luego Julio pronunció una frase que esperaba desde hacía mucho tiempo—. Te pido disculpas si te he hecho daño. A veces, es más fuerte que yo. Y otras veces ni siquiera me doy cuenta.

Pasamos de la ternura a la locura. Nunca había vivido un momento así. Por la mañana, me llevó a lo que él llamaba su jardín secreto, el jardín de Montsouris, cerca de la Puerta de Orleans, y me contó su historia, haciendo hincapié en que sus padres tenían la costumbre de llevarlo allí cuando era niño. Me enseñó la Mira del Sur, que indica el paso del meridiano de París, de donde se borró el nombre de Napoleón. Paseamos, agotados después de la noche en blanco, hasta la hora de comer.

Una adolescente que paseaba a su perro lo reconoció, le pidió un autógrafo y un *selfie* con él. Julio consintió con la condición de que yo saliera en la foto. Como él era el más alto de los tres, insistió en sostener el teléfono de la chica, a la que regalamos una sesión excepcional de gestos sacando la lengua.

Además de eso, me llevó al triángulo de oro y me obligó a aceptar algunos regalos. Empezó por Dolce & Gabbana y acabó en Les Nuits d'Élodie. Yo no pedía tanto, pero rápidamente me vi con los brazos cargados de bolsas; Julio corría delante de mí porque, en broma, se negaba a ayudarme a llevarlas.

Mi maleta de ruedas —cruic, cruic, cruic—, que había comprado mucho tiempo atrás en una tienda de rebajas, era demasiado pequeña para que cupiera toda la ropa nueva. Así que me llevó a Hermès para comprarme un portavestidos y un baúl pequeño.

Por mucho que digamos que el hábito no hace al monje, es curioso hasta qué punto cambiar de ropa puede inducir a una modificación del comportamiento.

La primera vez que me miré al espejo, vi a alguien que no reconocía.

«¡Buenos días! ¿Cómo te llamas? Yo soy Émilie. Bueno, era. Ahora ya no sé muy bien».

Lo peor era esa sensación de haberme vendido y haber pisoteado mis principios por unos instantes de felicidad precaria que solo eran una ilusión. Supongo que el doctor Fausto sintió el mismo rencor después de haber firmado su pacto con el diablo.

Cubierta de onerosos presentes, colmada de cariño y ternura, en aquel momento no me di cuenta de que me estaba convirtiendo exactamente en lo que Julio deseaba hacer de mí. Un soldadito al que pagaba el uniforme.

Seguía siendo implanteable que viajara en el autobús con el grupo, aunque el cuentakilómetros de mi coche había superado los cien mil kilómetros. Y luego, cuando llegábamos a buen puerto, siempre pasaba lo mismo, con una pequeña diferencia.

Dado que Aldo, Ludovic y los otros músicos me habían adoptado, a Julio no le quedaba otra opción que permitir que asistiera a algunas cenas e incluso a una o dos reuniones de trabajo. Al fin, para todos era su «pareja oficial de la gira».

Apenas me atrevo a escribirlo. Pero con eso tenía bastante para ser feliz. Los perros tienen el reflejo de Paulov. Yo…, yo había adquirido el reflejo de Julio.

Olvidé los gastos que nunca me pagaron.

Olvidé las composiciones clásicas/pop que me había comprometido a crear para él.

Olvidé la promesa de sustituir a Lucia. Julio utilizaba sistemáticamente a Paul, cuando no encontraba otra excusa.

En el hotel de Ginebra, un piano de media cola dominaba majestuosamente el vestíbulo. Con el corazón desbocado, me acerqué al instrumento y planté los dedos en el teclado. Hacía tanto tiempo que no tocaba.

—¿Qué haces? —me interrumpió Julio.

Me sobresalté, como pillada en falta.

—Nada. Es un Bösendorfer. Tiene noventa y siete teclas en lugar de las ochenta y ocho habituales. Era el instrumento preferido de Liszt y el único que permite interpretar fielmente las obras de Bartok y de Debussy. Es la primera vez que veo uno.

Había llegado al hotel al mismo tiempo que el autobús y el grupo salía de él con los instrumentos y las maletas en la mano. Lucia se plantó a mi espalda, entre Julio y yo.

—¿Vas a tocar algo?

Su tono era el de una matrona animando a un crío que acaba de recibir su primera armónica. Sentí que me temblaban las manos. En ese momento, las teclas se mezclaban y estaba segura de haber olvidado todas las piezas que me sabía de memoria. Me había quedado tan vacía como una muñeca de cera disfrazada de Dolce & Gabbana. ¡Una *bambola!*

Negué con la cabeza y volví a cerrar lentamente la tapa.

—De todos modos es tarde —soltó Julio—. Vosotros no sé, pero yo estoy reventado. Émilie, tendrías que ir a buscar la llave de tu habitación.

—¿De mi…?

Su mirada me dejó paralizada. Aunque ya todos conocían nuestra relación, regularmente se le ocurría comunicarme de esa manera que no pasaríamos la noche juntos. Y eso sucedía sistemáticamente cuando Lucia se encontraba por los alrededores. Vete tú a saber qué le habría contado a su pianista fetiche.

He de reconocer que la chica tenía cierta destreza y buen conocimiento de jazz y de blues, pero yo seguía convencida de que un punto clásico habría reforzado más el estilo new pop de las canciones de Julio.

El hecho es que, cinco meses más tarde, ella seguía allí.

La única vez que tuve la oportunidad de hablar del asunto delante de Paul Oberman —ese día parecía estar de buen humor y más receptivo de lo normal— su respuesta fue tajante.

—Lo tuyo está pasado de moda. No intentes contaminar el ambiente. Julio tiene sus fans y, para ellos, Beethoven es el nombre del perro de una película de su infancia.

Difícilmente se podía ser más claro.

Aquello me condujo a nuestra última noche juntos, la que fue el desencadenante y la razón por la que hoy estoy aquí, escribiendo estas líneas. Todo sucedió a pocos kilómetros de este lugar y no hace ni seis días. Poco antes de que me cruzara con Adrian y Monika.

Y parece que fue en la luna, hace un siglo.

Pero ¿cómo habían conseguido los Brennan comprender y sobre todo ponerse al día de la personalidad de Julio, y el efecto que esta tenía sobre Émilie, a partir de solo unas pocas frases?

24

Según sus propias palabras, a Adrian y a Monika no les gustaba la música pop, ni los *shows* televisivos, ni las revistas de cotilleos. Pero no necesitaron grandes revelaciones para identificar la personalidad de Julio. El ser humano funciona según unos patrones complejos, pero unos patrones identificables y fáciles de clasificar.

Julio Ross, ¿una estrella? Sí, algo habían oído hablar de él.

Si el matrimonio hubiera seguido la carrera del cantante, habría sabido que la vida de Julio la había marcado una tragedia que ocurrió cuando él tenía catorce años: sus padres murieron en un accidente, por culpa de un camionero borracho.

Julio era hijo único y lo acogieron sus abuelos paternos, que vivían en Barcelona.

Muy pronto, mucho antes del accidente, Julio había mostrado gran afición a la música y había dado pruebas de un talento único para el canto. A los diez años, había sido elegido solista del coro de su colegio privado. A diferencia de otras, su voz, al cambiar, se enriqueció en graves y agudos, lo que le permitía ensayar las piezas del repertorio moderno más difíciles. Las pequeñas fisuras que conservaba le otorgaban encanto y personalidad.

Como también estaba dotado de un físico de lo más agradable, que mejoraba con la edad, no tardó en descubrir la atracción que ejercía en su entorno femenino.

Lo que no ocurrió sin ganarse la envidia de sus compañeros de clase y, más tarde, de la universidad.

Para tratar de compensar la tragedia que el adolescente había vivido, los abuelos lo rodearon de todo el cariño posible y, como disponían de medios, cedieron ante la mayoría de sus caprichos, antes de darse cuenta de que estaban creando un monstruo egoísta, manipulador y sin ninguna forma de empatía.

Un incidente que estuvo a punto de convertirse en drama fue la primera señal de alarma a la que la familia más cercana de Julio no prestó toda la atención que merecía.

Cuando Julio tenía dieciocho años, conoció en clase de tenis a una chica mayor que él, con la que salía asiduamente. Los abuelos, que supieron de la relación, mantuvieron varias conversaciones entre ellos y luego decidieron mirar a otro lado.

Los abuelos ignoraban que la chica, locamente enamorada de Julio, se había obsesionado con él hasta llegar casi a acosarlo noche y día.

En un principio, a Julio le gustó ser el objeto de semejante pasión. Su conquista, que se acababa de divorciar, era de una rara belleza y le prestaba una atención casi maternal. Pero, progresivamente, como ocurre a menudo en este tipo de relaciones tan desequilibradas, Julio empezó a sentirse agobiado.

Menos de un año después de conocerse, el chico ya no soportaba recibir cuarenta llamadas al día, ni que lo llenara continuamente de regalos para luego reprocharle su frialdad e indiferencia, así que decidió poner fin a la relación.

La ruptura se produjo cerca de la Sagrada Familia, donde la pareja solía encontrarse para tomar una copa en un bar frente al templo, ya que a Julio le fascinaba la torturada arquitectura de la obra maestra de Gaudí.

Al principio, ella se lo tomó muy a mal. Empezó por negociar, luego suplicó y, por último, lo amenazó. Su existencia no tenía sentido sin Julio. Estaba dispuesta a dárselo todo, incluso su vida si él no quería más de ella.

En su favor, hay que decir que Julio no creyó ni por un instante que hablara en serio. Él estaba en la edad de los dramas virtuales y de los excesos verbales. Ya que ella hablaba de semejante amor por él, hasta el punto de poner fin a sus días, tenía que demostrarlo.

Julio, con cierto cinismo, le sugirió que se sometiera al juicio de Dios. Que subiera a la primera planta de la Sagrada Familia, donde una ventana sin vidrieras se abría sobre la plaza, y que saltara. Si salía ilesa, seguiría con ella, al menos unos meses, si no…

Solo eran palabras de un joven aún adolescente que se lo tomaba como un juego, pero antes de que acabara la frase ella salió disparada hacia el templo, en obras desde hacía más de un siglo. Julio tardó unos segundos de más en reaccionar e intentar detenerla. La perdió de vista por entre los andamios.

Cuando volvió a verla, estaba de pie en la primera planta de la nave, como él le había dicho. Por más que gritó y prometió volver con ella, la mujer no quiso oír nada y, antes de que pudiera alcanzarla, se tiró al vacío.

Tuvo una suerte inaudita, porque aterrizó en un montón de arena cubierta con una lona y acabó con un brazo roto y algunos hematomas.

Pero Julio no mantuvo su promesa. Al contrario. Al día siguiente fue a visitarla al hospital para decirle que su decisión de no volver a verla era irrevocable, porque no había ningún motivo para que cediera ante su chantaje y, utilizando sus propias palabras, porque aunque el objetivo de su acto egoísta había sido que se sintiera culpable, él no caería en la trampa.

¿Se daría ella cuenta, en ese momento, de que sus sentimientos hacia Julio y la manera en la que él la había tratado la habían llevado a un estado emocional descontrolado? Julio no volvió a oír hablar de ella durante dos años, pero luego supo, por casualidad, que acababa de volver a casarse.

En ese instante sintió una pizca de celos.

En esa misma época, Julio manifestó su deseo de volver a vivir en París, donde había pasado su infancia y la primera parte de su adolescencia. Hablaba francés perfectamente, además de español y catalán, y no le costó nada matricularse en la Sorbona, a donde se dirigió como un diletante, sin saber muy bien qué curso quería hacer ni a qué carrera dedicarse.

Pese a las importantes sumas de dinero que le mandaban sus abuelos, además del piso de dos habitaciones que le habían comprado en pleno corazón del Barrio Latino, Julio tenía ganas de una mayor independencia económica. Le encantaban las nuevas experiencias y valoraba su autonomía. Por no depender completamente de sus abuelos, consiguió trabajo en un bar restaurante, de los *quais* de la margen derecha, con la interesante particularidad de que permitía a los camareros cantar entre dos servicios.

Allí fue donde el productor de un *reality-show* de la tele se fijó en él. A Julio, con una voz ya madura, no le resultó nada difícil ganar el concurso televisivo.

El número de fans, sobre todo femeninas, era tan grande, y su presencia en el escenario, junto con aquella magnífica voz, era tan particular, que una importante discográfica le propuso inmediatamente un contrato exagerado.

Solo tenía veintitrés años.

Julio Vázquez de Sola se convirtió en Julio Ross y siguió escalando los peldaños de la fama.

Cinco años más tarde, su relación con Laure Kieffer, una famosa modelo a la que había conocido en un cóctel benéfico, saltó a los titulares.

La ruptura llegó poco después de que Julio conociera a Émilie, tal y como ella descubrió en la portada de *Voici*.

Pero ninguna revista consideró bueno revelar que Laure Kieffer, antes de que él la dejara, se había hundido lentamente en la depresión y luego en el alcoholismo.

25

El cuarto día, por la mañana, muy temprano, Monika llamó a la puerta de Émilie. Ella aún dormía profundamente. Le costó mucho salir de un maravilloso sueño, en el que su madre y ella charlaban alegremente, sentadas con la espalda apoyada en Sócrates, que las rodeaba con sus ramas protectoras como brazos.

Monika llevaba una bandeja en la que había una jarra de té verde, unas frutas del jardín y un cruasán.

—Buenos días, buenos días. Ya sé que estoy despertándote y lo siento mucho.

Émilie bostezó y se apartó de la puerta para dejar que entrara Monika. Aún seguía soñando y casi odiaba a Monika por haberla sacado de su sueño tan bruscamente. Pero la sonrisa de la *coach*, que tanto había escatimado desde el principio del curso, le devolvió instantáneamente su buen humor.

—¿He hecho algo especial para merecer esta visita y una bandeja tan apetitosa?

—Pues sí, has hecho algo muy bien. Pero me gustaría que dejaras de considerar los acontecimientos de tu vida en términos de recompensa y castigo. Eres tú y solo tú quien determina el resultado de tus actos.

—¿Y lo he hecho tan bien que me merezco romper el ayuno que nos imponéis?

—¡Lo ves, sigues igual! No, no has hecho nada por lo que merezcas romper el ayuno, porque ayunar no es un castigo. Al contrario. Es un regalo que ofreces a tu cuerpo. En cierto modo, unas vacaciones. ¿Puedo sentarme?

Sin esperar respuesta, Monika se sentó delante del escritorio mientras Émilie lo hacía en el borde de la cama, aguantando el deseo irreprimible de estirarse como un gato.

—¿Has dormido bien?

—Pocas veces de manera tan profunda.

—Estoy encantada con eso. ¿Sabes por qué he venido a verte esta mañana?

—Por el escándalo que monté ayer tarde.

—Efectivamente, algo de eso hay. Pero también creo que has entendido por qué mi marido y yo adoptamos esa actitud. Fíjate, la sociedad predica la indulgencia como una cualidad. Pero no lo es. La indulgencia, tanto con los demás como con uno mismo, conduce a la debilidad, porque se basa en el reconocimiento de una falta o un defecto, a menudo mínimo, que no se nos pide mejorar. No hay que confundir indulgencia con compasión. Cualquier otra actitud diferente a la nuestra solo sería indulgencia hacia nuestros huéspedes, que ya manifiestan demasiada hacia ellos mismos.

—A veces sois demasiado duros —señaló Émilie.

—¿Preferirías que os aduláramos? ¿Dónde estaría el progreso? Para fabricar un buen acero, es necesario golpearlo después de haberlo puesto al rojo vivo en el fuego y sumergido en agua. Si no, seguiría siendo hierro, y hierro oxidado. ¿Sabes que Cyril no ha fumado ni un pitillo desde hace tres días y que, según dice él, desde que Didier se le encaró, no puede recordar el tabaco sin sentir náuseas?

En un momento u otro, todos los participantes del curso habían tenido su enfrentamiento, unos con Didier y otros con Monika. Únicamente Adrian había mantenido las distancias. Émilie comprendió que había llegado su momento. Estiró la mano hacia el cruasán y le dio un gran bocado.

—Es difícil pasar el día con el estómago vacío.

—Eso no puede hacerte daño. Además, las cenas son muy equilibradas. Yo no recomendaría esta forma de ayuno durante más de una semana. Nada es malo, si se practica con moderación. Hoy vamos a enseñarte dos cosas. A meditar y a hacer un balance de tu vida.

—Buf, creía que ibas a echarme la bronca por lo de ayer.

Monika negó con la cabeza riendo, luego esperó a que por fin Émilie devorase el cruasán para abordar los motivos de aquella intrusión matutina.

—Hay dos cosas sobre las que no podemos hablar en público. Cuando coincidimos en el Moulin d'Aix, hace cuatro días, estabas en un estado que asustaba de verdad. Nos dejaste muy preocupados a mi marido y a mí. La historia que luego nos contaste traza básicamente tu última relación. Me gustaría saber si has terminado por comprender a quién te enfrentabas.

—¿Quieres hablar de Julio?

—¿Cómo lo describirías con tus propias palabras? Dame algunos adjetivos.

—Un egoísta. Arrogante. Pretencioso. Manipulador.

—Nunca se comunicaba claro, ¿no es eso? ¿Nunca sabías lo que realmente quería y, cuando creías saberlo, te indicaba, agresivamente, que no habías entendido nada?

—Algo así.

—Te culpabilizaba en todo momento, cuando no se posicionaba sistemáticamente como víctima. Creías que debías ser perfecta para merecerlo. Sus razones siempre eran lógicas, aunque no fueran las tuyas. Él tenía un comportamiento diferente según las situaciones y la gente. Le gustaba criticar e infravalorar a los demás, sobre todo a ti, por supuesto. A menudo sus palabras contenían amenazas subyacentes. Egoísta, arrogante y pretencioso: eso puede resumirse en un término: egocéntrico. Estaba obsesionado con su imagen social y hablaba casi exclusivamente de él…

—Lo describes perfectamente —dijo sorprendida Émilie—. Y eso que ni siquiera has leído mi cuaderno.

—Adrian te lo explicó la primera noche. Es raro que personalidades como la de Julio cambien. Estoy segura de que, con ciertos matices, sería capaz de contarte cómo sigue tu historia. No es complicado. —Monika hizo una pausa para observar el efecto de sus palabras en Émilie, antes de completar la descripción—: Julio se enfadaba poco, ¿es así? Pero sus ataques de rabia podían ser terribles. Sus palabras no siempre se correspondían con su actitud. Tú tenías la impresión de que no le afectaba nada, al margen de sí mismo. Debía de ser difícil soportar su frialdad emocional, excepto cuando tenía la sensación de perderte, entonces podía ser más atento que cualquiera. Y celoso como un animal…

Émilie esbozó una sonrisa. Era tranquilizador saber que a Monika y a su marido les interesaban todos esos detalles para analizarlos desde el prisma psicológico. No se limitaban a desarrollar a distancia sus métodos ya muy perfeccionados. En todas sus actuaciones, sentías que se preocupaban sinceramente por sus *pacientes*, aunque esa palabra, con toda seguridad, los habría molestado.

Émilie los admiraba tanto que sintió la necesidad de justificarse.

—Sabes, Monika, ¡mi carácter no es el de un… florero!

—Sé muy bien que vales mucho más que eso. Exactamente. Creo que aún no has entendido qué te ha ocurrido y por qué… —Monika se interrumpió y acarició el pelo de Émilie—. Pero hablaremos de eso más tarde. Ese será nuestro regalo final, cuando Adrian y yo sintamos que estás preparada para esa revelación. Mientras tanto, quédate con esta frase: el mapa no es el territorio.

—¿Qué quiere decir?

—Tu percepción de la realidad es restringida. Incluso aunque utilices los cinco sentidos, solo elaboras un determinado mapa del mundo que te rodea. Pero un territorio comporta otras muchas dimensiones. Nadie tiene la capacidad de retener todos los aspectos de un acontecimiento, ni de comprender las profundas motivaciones de los que lo han provocado o participado en él. El mapa de tu relación con Julio es el de una estrella que ha tenido a bien inclinarse sobre el ser insignificante que crees ser. Pero pronto descubrirás un territorio infinitamente más agradable.

En ese momento, Monika se puso en pie, dejando adrede a Émilie frente a sí misma después de haber despertado su curiosidad.

Básicamente dedicaron el día a un comportamiento que Adrian y Monika Brennan consideraban esencial para la progresión terapéutica de los participantes del curso.

«El desapego».

Monika reconoció que se trataba de una palabra de moda que, en sentido estricto, no quería decir demasiado, sobre todo porque se utilizaba más en las esferas esotérica y espiritualista (contra las que nada tenían, precisó) que en las terapias y el *coaching*.

Para ilustrar lo que era «el desapego» y la importancia de aprender a practicarlo, Adrian recurrió, una vez más, a una metáfora acompañada de dibujos en la pizarra. Empezó explicando:

—Todos habéis experimentado el desapego sin saberlo. Esa llamada telefónica que esperabais mientras el teléfono seguía sin sonar. Preocupados, impacientes, con la mirada anclada en el móvil o en el fijo, incapaces de pensar en otra cosa. ¿Y si no suena? Imposible leer ni concentraros en un programa de la tele, ni terminar un puzle. Eso podía durar horas. Luego, de pronto, os atrapaba una necesidad imperiosa. Durante un momento, os olvidabais de la tan esperada llamada. Por supuesto, en el momento en que estabais en el cuarto de baño sonaba el teléfono. Habíais dejado de mantener encerrado el acontecimiento en la mente. El desapego solo es esa liberación.

—¿Si no he entendido mal, el desapego es tener ganas de hacer pis? —intervino Émilie, traviesa, provocando alguna risa.

—Es tener ganas en un instante de lo que sea al margen del objeto de una obsesión —rectificó Adrian—. Y hacer pis es una de esas cosas —añadió en un tono conciliador. La ilustración más explícita era una barca amarrada al espigón con un pasajero a bordo que remaba en vano con todas sus fuerzas para alejarse del puerto—. ¿Realmente creéis que se puede avanzar si las obsesiones, las obligaciones, los miedos y el sentimiento de culpa actúan como esta cuerda? Y, después de cuatro días de observación, puedo aseguraros que vuestros amarres son sólidos. Así, claro está, remáis y remáis... En algunos casos, la cuerda, símbolo de los bloqueos, es aún más compleja, porque adquiere el aspecto de un nudo gordiano. Ya sea un amarre o un nudo gordiano, solo hay una manera de actuar para liberarse. Basta con cortarlo.

Monika hizo una lista poco exhaustiva de los múltiples terrenos en los que todos tenían que aprender a soltar amarras, si realmente querían avanzar. Mientras persistieran en examinar de qué estaba formado el nudo, no conseguirían soltarlo. El desapego iba más allá de la necesidad de examinar. ¡Simplemente se trataba de abrir mucho las manos para liberarse de un peso!

—Lo primero a lo que os engancháis es a la necesidad de control. Pues vamos a tener que empezar por ahí.

«La necesidad de control».

Una vez más, Monika insistió en la importancia del vocabulario y los invitó a reconsiderar el uso de frases como «tienes que...», «debes...», «insisto en que tú...», «exijo que...».

—Estoy segura de que ese tipo de órdenes os sacan de quicio. Desgraciadamente, a menudo, tenéis la impresión de sufrirlas y de estar obligados a actuar en consecuencia, sin que se haya formulado ninguna obligación. Planteaos la pregunta durante cinco minutos. ¿Cuáles son vuestras obligaciones, si no son con vosotros mismos?

A Émilie le pareció una reflexión interesante.

La lista de órdenes inconscientes que se sentía obligada a obedecer era mucho más larga de lo que habría imaginado. Aprendió que tenía que vivir el desapego especialmente en dos ámbitos.

Romper esa obsesión con el éxito que realmente no le pertenecía. Era como si su madre, desde el alba hasta el anochecer, le repitiera: tienes que conseguirlo, Émilie. ¡Debes ser la mejor!

Revisar su comportamiento en el terreno sentimental y fundamentalmente liberarse de sus malos hábitos relacionados con el temor al abandono.

—También, a menudo, consideráis tener razón y queréis imponer vuestra opinión sobre un tema. ¿Alguna vez os habéis toma la molestia de parar un instante cuando la conversación ha subido de tono y preguntaros cómo se desarrollaría el debate si cada uno intentara comprender el punto de vista del otro en lugar de centrarse en el suyo? Imaginad que, durante una conversación acalorada, de pronto vuestro interlocutor se interrumpe y os dice: «Es interesante tu punto de vista. Gracias por compartirlo conmigo. En cambio…». ¡Confesad que bajaríais rápidamente de las paredes por las que os habíais subido! El desapego, en este terreno, solo es un cambio decidido y asimilado del vocabulario. Después de todo, que tú tengas razón quiere decir que el otro está equivocado. Y a la inversa. En cualquier caso, tenéis una de dos posibilidades de meter la pata. Así que ¿por qué mantener una batalla perdida en lugar de abrirse a ideas y puntos de vista diferentes?

Monika insistió en la cantidad de contrariedades que amargan la vida por no saber desapegarse.

Esa persona maleducada que se salta la cola en la caja del supermercado. La vendedora que no te deja en paz cuando tú solo quieres curiosear las novedades de la tienda. El conductor del autobús que te ve corriendo por el retrovisor y se larga de la parada sin esperar. Un chaparrón que te sorprende en medio de un paseo…

—Voy a poneros un ejemplo de desapego ganador en una situación que, de otro modo, podría haberse convertido en un drama —continuó Adrian—. Hace solo una semana, estaba al volante del coche en una carretera de varios carriles y por el retrovisor vi que me daban las luces. Por educación, quise apartarme pero me lo impidieron varios coches. Además de cegarme, el conductor empezó a tocar el claxon con rabia. Al final, me adelantó a toda velocidad, me cerró el paso y me hizo un gesto poco elegante. Tenía pues varios motivos para estar furibundo. Un poco más lejos, nos encontramos uno al lado del otro en un semáforo en rojo. Yo podría haberle devuelto la moneda, abrir la ventanilla y gritarle, tocar el claxon y permitirme gestos que expresaran mi rabia. Eso, si tenemos en cuenta la clase de individuo que era, solo habría empeorado las cosas. En lugar de ir por ahí, lo saludé con un breve gesto amistoso y le sonreí. ¿Sabéis por qué considero que mi victoria fue total al final del incidente? —Adrian explicó que, para empezar, tomó la decisión de que el comportamiento del conductor furioso no tenía nada que ver con él y, así, no podía afectarle. Su tensión y su ritmo cardiaco no se alteraron ni un ápice. Un triunfo inmediato para la salud. Luego, en lugar de entrar al trapo, neutralizó la causa al instante. ¿Por eso se consideraba un cobarde? Solo más inteligente que un individuo que quería dominarlo por la fuerza. Pero lo mejor de aquella victoria había sido ver la expresión atónita en el rostro de su adversario—. Cuando lo saludé con la mano, él creyó que nos conocíamos. Que quizá tuviéramos alguna relación laboral o a través de amigos de amigos. Se fue pensando: «Coño, me he portado como un idiota con una persona que conocía y que me juzgará». ¿El resultado? Me respondió con el mismo gesto amistoso, con pinta de estar sobrepasado por los acontecimientos, y luego siguió su camino conduciendo mucho más despacio. Hasta es posible que con mi reacción lograra disminuir el riesgo de accidentes.

—En cualquier circunstancia, ¡sonreíd! —insistió Monika—. Una sonrisa es un sol en la vida de otra persona.

Y ese sol os iluminará a vosotros tanto como a esa otra persona. Aunque acabe de colarse en la cola de correos. Nunca olvidéis que solo los perros pequeños ladran sin motivo. Los perros grandes, como los pastores alemanes o los labradores, no necesitan demostrar su fuerza. Sed perros grandes, no perritos falderos.

Monika, siguiendo con la lista de los ámbitos en los que el desapego era importante, insistió en el que consideraba fundamental.

«Las heridas sufridas».

—Algunas son más profundas que otras y dejan cicatrices. Pero una herida siempre es una herida y no hay que descuidarla hasta que esté curada. Si es una herida física, a veces hay que acostumbrarse a la presencia de una fea cicatriz. En cambio, si la herida es de orden psicológico, la consciencia, muy a menudo, se niega a reconocerla y disfruta enviándola a las profundidades del inconsciente, desde donde sigue haciéndonos sufrir, sin que sepamos localizar de dónde proceden las punzadas. Estad atentos a un hecho fundamental. Una herida solo puede cicatrizar en la superficie. Ahí interviene el desapego puesto que, una vez más, no puede curarse lo que no se reconoce que existe. —Monika se giró hacia Émilie—. Florero, ¿por dónde vas en tu cuaderno?

26

El cuaderno de Émilie

El concierto de Montpellier, que llegó después del de Aviñón y Niza, salió mal. El Zénith Sud también tenía capacidad para seis mil personas, pero la agencia de comunicación local no había hecho bien su trabajo. La noche del primer espectáculo, la sala estaba medio vacía. Al día siguiente fue aún peor. Paul y Julio estaban todo el tiempo furiosos.

Esta contrariedad volvió a traducirse en mi aislamiento.

Tendría que haberme dado cuenta de que amenazaba tormenta cuando Julio, al acabar el espectáculo, me prohibió entrar en el camerino. Era la primera vez.

Un ayudante, al que no había visto nunca, me informó de que tenía una habitación reservada en un hotel muy próximo y que Julio se pondría en contacto conmigo antes de vernos en Aix-en-Provence. ¿La excusa? No estaba de humor.

¿No estaba de humor? ¿Qué quería decir eso? Cada uno reacciona a su manera cuando atraviesa zonas turbulentas. Yo, por mi parte, tenía tendencia a buscar el cariño de mi pareja del momento o la comprensión de un amigo íntimo. Ya conocía bastante a Julio como para saber que éramos diferentes en ese punto y que, al contrario que yo, que sufría más en soledad, su tendencia natural era la introversión y el aislamiento.

Sin embargo, verme excluida de esa manera superaba todo lo que había vivido hasta entonces junto a él.

Aquella noche no conseguí dormir. Al día siguiente, hacia mediodía, intenté localizarlo. Pero tuvo el teléfono apagado todo el día.

Así que reanudé el camino, sola, apesadumbrada y descompuesta por tanta injusticia. Pero si estaba enfadada era, sobre todo, conmigo misma. Yo, que nunca había pedido tanto a la vida, ¿cómo había llegado a depender completamente del capricho de una estrella?

Andaba ya cerca de Aix-en-Provence cuando, al fin, se produjo la toma de conciencia que desencadenó todo. Ocurrió de la forma más absurda.

Normalmente, cuando voy en coche, me gusta poner la emisora de radio France Musique o France Culture. Eso no me convierte en una anticuada, como habría asegurado Paul Oberman si lo hubiera sabido. Simplemente, la música clásica me permite concentrarme mejor en la carretera que los programas de otras emisoras. Sobre todo si estoy muy deprimida.

Me paré en una gasolinera y llené el depósito sin saber muy bien lo que hacía, pero, cuando volví a subir al coche, busqué algo más divertido que el *Stabat Mater Dolorosa* de Rossini. Me pareció bien Chérie FM.

Después de un anuncio, el programa siguió con una canción de France Gall.

Y ahí estaba yo canturreando, sin querer, el último éxito que compuso para él Michel Berger.

Se pasa la vida esperándolo,
por una palabra, por un gesto cariñoso,
la *groupie* del pianista.
Delante del hotel y entre bambalinas,
sueña con la vida de artista,
la *groupie* del pianista.
Lo seguiría hasta el infierno,
y ni siquiera el infierno es mucho
comparado con estar sola en la tierra.
Y en la cama piensa en él,
por las noches entre las sábanas rosas.
Lo ama, lo adora…

De pronto, frené con los dos pies y paré en el arcén, como si hubiera querido evitar un accidente mortal o hubiera reventado una rueda.

¡Al fin había tenido una revelación!

¿En qué me había convertido? ¿En la *groupie* de Julio? ¿En alguien capaz de seguirlo hasta el infierno o de pasarme la vida esperándole a cambio de una muestra de cariño o de las migajas que quisiera tirarme…?

Esa canción estaba escrita para mí, con un pequeño matiz: yo era al mismo tiempo la pianista y la *groupie*.

Me miré en el espejo y este me devolvió la imagen de una chica despeinada, con los ojos aturdidos. No era ni la sombra de mí misma. Aquello no podía seguir.

Julio me había hecho saber que me vería en el hotel, salvo que me pidiera que me uniese al grupo en el restaurante. Continué el camino.

Cuando llegué a mi habitación, recibí un SMS: «Lo siento. Reunión de trabajo durante la cena. Nos veremos mañana».

Pero, esta vez, la *groupie* de Julio estaba más que harta. De manera que hice lo que tendría que haber hecho hacía mucho tiempo... Pregunté en recepción si alguien sabía dónde cenaba el grupo. El director tenía la dirección. Me abalancé al coche y conduje a toda prisa.

Reinaba un ambiente festivo cuando llegué al Carré d'Aix, un restaurante de moda, en el que Paul Oberman había reservado toda la terraza. Julio y el resto del grupo aún no habían empezado a cenar, pero había abiertas varias botellas de champán y de vino blanco, y algunas de ellas ya iban por la mitad. Aldo y Ludovic había sacado las guitarras acústicas. Estaban improvisando un poco y el coro que los acompañaba lo formaban Lucia, Jérémy, Armelle y Noémie, las dos chicas con las que me crucé en Pontoise y que nunca más había vuelto a ver desde entonces. Julio estaba sentado junto a Paul Oberman y se limitaba a seguir el ritmo con la cabeza, con los ojos medio cerrados, mostrando una sonrisa embobada. No sé qué había bebido o esnifado, pero nunca lo había visto en ese estado.

Mi entrada en escena cayó como un jarro de agua fría. Paul fue el primero en verme. Le dio un codazo a Julio para informarle de mi presencia. Aldo y Ludovic seguían tocando, pero los demás dejaron de cantar.

—¿Qué haces aquí? —me preguntó Julio con una voz parsimoniosa y una mirada opaca.

—He pensado que quizá necesitabas que te echaran una mano externa en la reunión de trabajo —le respondí con el corazón en la garganta.

—Ah, ¿sí? Pues, ya que estás aquí, siéntate. ¿Quieres tomar algo?

Yo pensé: «¿Eso es todo? ¿Ni siquiera una bronca?». Armelle y Noémie se intercambiaron unos guiños cómplices mientras Lucia me fusilaba con la mirada. De pronto, se me presentó la situación en toda su aberración.

Si hay dos adjetivos que aborrezco, respecto a mí, son «mediocre» y «pobre». Y, en ese momento, empezaron a martillearme los dos a la vez en la cabeza.

Todos esperaban que me sentara sin decir ni una palabra y que aceptara la copa que Julio me tendía. Me quedé de pie.

—Champán, ya he bebido bastante desde pronto hará seis meses. Yo preferiría una explicación.

Julio se giró hacia Oberman, con pinta de bobo. Y repitió:

—Quiere una explicación.

—¡Lo he oído! —soltó el mánager, que veía llegar la tormenta.

—Sí —continué—. Solo me gustaría entender por qué tengo que quedarme encerrada en la habitación mientras todo el mundo se divierte y por qué debería continuar siguiendo al autobús en un coche que hace ya tiempo que no puede más.

—¿Ese es el problema? —balbuceó Julio—. Tendrías que haberlo dicho antes. Paul, ¿puedes ocuparte de buscarle un vehículo? Algo divertido, pero no muy caro.

Hinché los pulmones y el resto salió solo.

—Pero yo no quiero un coche. Ya no quiero ropa, ni maletas, ni bolsos. Estoy harta de seguirte a todas partes como una tonta y de estar a merced de tus caprichos. Émilie, quédate en la habitación. No, esta noche no estoy de humor. No hay sitio para ti. Toma, ponte la placa, colócate en primera fila y disfruta del espectáculo. El grande, el inenarrable, el fabuloso Julio Ross va a ofrecerte dos horas de pura felicidad con sus canciones. ¿Cómo lo llamáis vosotros? ¿Dios padre? ¿El rey? ¿Apolo? Estoy segura de que conoces todos los apodos y que te regodeas con ellos. Y yo, ¿qué soy yo en todo esto? ¿La favorita de tus *groupies?*

Aldo y Ludovic habían dejado las guitarras. Me miraban con tristeza.

—Venga, ya está, cálmate —dijo Julio con la voz pastosa.

—¿Calmarme? ¡Estás de broma! Apenas he empezado. ¿Has hablado de nuestro plan con alguien? Seguro que con Paul no, que se va a enterar en este momento. A no ser que esté en el ajo. ¿Qué le has dicho a tu mánager? Me gusta esta chica porque me sigue como un perrito y yo le he hecho creer que formaría parte del grupo...

Me giré hacia Lucia, que seguía observándome con una mirada malvada.

—Tú, estoy segura de que tú no lo sabías, pero fíjate que os sigo desde hace meses con la esperanza de que Julio te eche algún día. En cualquier caso, es lo que él me había prometido. No obstante, me avergüenzo de mí misma. No solo por haberlo creído, sino también por codiciar tu puesto. En el fondo, eso no dice nada bueno de mí. Pero, qué quieres, me prometieron una carrera en el *show business,* el éxito junto al gran Julio Ross y dejé todo plantado por eso. Y ahora que os veo a todos alrededor de estas mesas, completamente fuera del mundo real, a merced de los caprichos del gran jefe, no solo ya no creo en eso sino que tampoco me apetece.

Recuerdo que aún esperaba que Julio se levantara y me abrazara para tranquilizarme por última vez. En las comedias románticas que vemos en el cine, es el momento en el que se recompensa a la protagonista por haber vaciado las tripas. Pero la vida no es una comedia *made in Hollywood.* Yo esperaba cualquier clase de reacción por parte de Julio, pero seguro que aquella no.

—Está diciendo tonterías. —Una mano helada se me posó en la nuca. ¡Ni siquiera iba a negarlo! En su mirada había tanta diversión como desprecio cuando continuó—: Más te valdría volver al hotel antes de oír cosas que no iban a gustarte.

—Ah, ¿sí? ¿Es que tienes algo interesante que decir? Me resulta tan raro que voy a abrir mucho las orejas.

—Para empezar, nunca te he prometido nada. No sé de dónde has sacado que podrías reemplazar a Lucia. Es verdad que al principio te di una oportunidad. Pero ¿recuerdas qué te dijeron Tom y Paul justo después de tu prueba? Necesito profesionales a mi alrededor. No una profesorcilla de conservatorio que querría ser Duke Ellington sin haber estudiado nunca blues ni jazz. Y eso quedó muy claro. Nadie te obliga a seguirme desde el mes de noviembre. Por otro lado, estabas muy contenta de estar en la primera fila en todos mis Zénith. Y eso por no hablar de la forma en la que antes vestías, como una aldeana. Y mírate ahora. Te he regalado un sueño, algo a lo que aferrarte. Te saqué del agujero e inmediatamente te diste cuenta de que no tenías nada que hacer con tu adolescente retrasado. ¿Sabes cuántas chicas querrían estar en tu lugar? Así que, si yo fuera tú, volvería a esperar en mi habitación muy formal y, quizá, si me cambia el humor, un poco más tarde iré a buscarte. ¡Venga, largo!

Y acompañó esa última frase con un gesto que solo se haría a un vagabundo indeseable, que anda mendigando alrededor de la mesa en una terraza. Habría querido chillar, o lanzarme sobre él para abofetearle la cara. Pero me quedé muda y como paralizada.

Entonces, en lugar de responderle, me quité el reloj y la pulsera, me quité el vestidillo ligero que me había regalado Julio y lo dejé todo en el plato delante de él. Las palabras que acabaron por salir de mi boca fueron de una simpleza irritante. Pero qué le vamos a hacer.

—Y encontrarás todo lo demás cuando regreses al hotel.

Todas las miradas me siguieron mientras salía. Creí leer compasión en las de Aldo y Ludovic. Ellos dos siempre habían sido amables conmigo. Algún día, estoy segura de que los echaré de menos.

En cierto modo, obedecí las órdenes de Julio. Regresé a mi habitación. Allí, me deshice escrupulosamente de todos los regalos que me había hecho. Extendí el contenido del baúl y de los bolsos sobre la cama y tiré encima mi placa. De mi pasado solo me quedaba algún efecto personal. El vaquero y la túnica que aún llevo hoy, las deportivas y unos zapatos de tacón de treinta euros. Ni siquiera tenía un sujetador. Lo metí todo en mi bolso.

En el momento en que dejaba la habitación, me llamó la atención un catálogo de los lugares de interés de la región, encima de la mesa. En la portada se veía un magnífico piano Érard rodeado de mesas cubiertas de manteles blancos.

En el interior, había dos páginas extraídas de la *Guía Michelin* dedicadas al Moulin d'Aix. El mejor restaurante de toda la Provenza, según las críticas.

Y gracias a esa pequeña ayuda del destino, os encontré, Adrian y Monika.

Mientras Monika comentaba varias técnicas para aliviar el inconsciente, Émilie visualizó por enésima vez la escena en la que Julio la había humillado en el restaurante. Monika acababa de invitarlos a hacerse la pregunta siguiente: ¿realmente la otra persona tenía voluntad de herir? ¿O el problema que la condujo a ese comportamiento era más suyo que vuestro? En ese caso, ¿por qué atribuíroslo?

Émilie aplicó el interrogante a su propia situación.

¿Julio había querido herirla realmente? Recordó su mirada, en la que flotaba una chispa de miedo. Desde el primer día, la había mentido, como hacía a menudo. Pero a nadie le gusta que lo enfrenten a sus mentiras. Fundamentalmente, si se había dedicado a hacer promesas similares a los de su alrededor. La mejor defensa es un buen ataque, siempre le había dicho su madre.

Lo que Émilie había considerado una agresión, solo había sido una actitud defensiva.

Aquello no lo excusaba, por supuesto. Pero sí disminuía mucho el efecto de la herida.

—Pensad en una persona, en un incidente, en una situación o algún recuerdo que os incordie. Sed muy concretos al recordarlo. Ahora, coged una hoja de papel y describidlo hasta el más mínimo detalle. Si se trata de una persona, podéis dibujarla. No hace falta que seáis Rembrandt. Unos círculos para la cara y los ojos, una raya para la boca y el nombre encima. Luego, mirad bien el dibujo y escribid debajo, después de haberlo repetido muchas veces: «Me niego a seguir albergando los sentimientos negativos que proceden de esta situación, o de este individuo». —Después les pidió que arrugaran el papel, hicieran una bola con él y lo tiraran en un cubo metálico que Nathalie presentó a cada uno de ellos—. Y ahora —anunció Monika—, llega el desapego. Mirad cómo las heridas y las obsesiones se convierten en humo.

Regó el contenido del cubo con unas gotas de alcohol de quemar, encendió una cerilla y la tiró entre los papeles.

Mientras un humo negro se escapaba, Émilie visualizó el rostro de Julio.

Era como si sus rasgos flotaran en medio del humo. Se dispersaran. Se difuminaran. Desaparecieran.

El hombre estaba presente en su memoria.

La herida, en su corazón, ya no lo estaba tanto.

27

El quinto día, por primera vez, los Brennan y sus ayudantes llegaron con retraso. Así pues, Émilie, Jérôme, Amandine, Cyril, Giacomo y Claudia se encontraron solos durante casi media hora.

Algo premeditado.

Al margen de las sesiones de *coaching,* ninguno de los participantes había sentido la necesidad de acercarse a los demás. Cada uno vivía en su rincón y por la noche, durante la cena, las conversaciones no superaban el nivel de simples banalidades.

La tensión era tan grande, debido a la actitud de los Brennan, que todos se habían metido en su caparazón, viviendo y reviviendo interiormente los acontecimientos en el origen de sus problemas.

Una vez terminada la cena, algunos paseaban en solitario, para disfrutar del tiempo especialmente clemente y del aire fresco, cargado de aromas suaves y primaverales. Nunca regresaban muy tarde a la habitación.

Amandine se había acostumbrado a lanzarse de cabeza a la piscina y hacer unos largos a la luz de la luna, luego iba a dar una vuelta junto al establo. Su esbelta silueta aparecía en mitad del corral, donde pasaba largos ratos, agachada junto a los somnolientos animales.

Los italianos, Giacomo y Claudia, también desaparecían inmediatamente después del postre. Quizá tuvieran secretos que confiarse, recuerdos que reavivar u otras cosas que decirse. O quizá nada, tal y como los definían sus placas. Después de todo eran pareja desde hacía mucho tiempo y si habían recurrido a Monika y Adrian había sido a la desesperada para intentar, por última vez, reavivar la llama que el mucho tiempo pasado había consumido.

Jérôme y Cyril parecían tener puntos en común, pues, de todos, eran los únicos que se habían acercado un poco. Émilie se preguntaba a menudo de qué hablarían, cuando los veía desde su ventana, dando vueltas entre los árboles, concentrados en una conversación cuyo tema ella nunca captaba.

Los Brennan les habían recomendado que evitaran mencionar su trabajo y, en la medida en que todos sentían ya un ligero bienestar, el nivel de confianza del que disfrutaban no hacía sino crecer, pese a la actitud del matrimonio frecuentemente desconcertante. Adrian y Monika les habían exigido, desde el primer día, que se implicaran al cien por cien si querían sacar todo el provecho necesario para su evolución personal. Y eso aunque a veces creyeran tener buenas razones para mostrarse reticentes.

Así que el grupito ponía toda su alma. Era un precio bastante bajo para volver a conducir por el buen camino una vida descarrilada.

Cuando llegaba la noche, Émilie prefería instalarse tras el escritorio, con la ventana abierta, para fantasear durante el mayor tiempo posible antes de enfrentarse a sus *deberes.* Cosa que hacía tras haber releído las respuestas a las preguntas anteriores, lo que sistemáticamente la llevaba a añadir algunas.

—Anda, de mis miedos, había olvidado el que me asalta cuando empiezo a tocar el piano. No es miedo escénico, porque también me ocurre cuando estoy sola. Me impongo unos retos de los que soy partícipe y espectadora al mismo tiempo. Pero ese miedo siempre me ha empujado a exigirme más a mí misma y a mejorar. Así pues, es de la clase de miedos positivos. Aun así, resulta desagradable. Me gustaría tanto poder dejarme llevar desde las primeras notas. Vivir plenamente la música. Voy a tener que deshacerme de ese aspecto arduo…

«¡Vamos a demoleros para ayudaros a reconstruiros!», les había explicado Adrian. Lo que le había llevado a Émilie a preguntarse si el método de los Brennan no podría considerarse una forma de lavado de cerebro.

Inmediatamente se había reprochado el haber albergado semejante pensamiento. Monika y Adrian habían demostrado tal generosidad con ella que no tenía ningún derecho a dudar de sus intenciones. Y además, ya entonces, cada vez que pensaba en Julio lo hacía con una distancia que nunca había tenido, ni con él ni con ninguna de sus otras relaciones, la mayoría catastróficas.

«Catastrófico, ese es el término. Nunca antes me había dado cuenta. ¡Pero muy bien podría decirse que soy una especialista!».

Desde que vivía en la casona, se sorprendía interrogándose sobre ella misma sin complacencia ni concesiones y recordando, más a menudo de lo normal, sus motivaciones y sus errores pasados. Como si los Brennan hubieran apretado el botón de una memoria bloqueada, cuyo engranaje oxidado al fin quería desatascarse.

«El primero de todos fue Stéphane, mi gran pasión de adolescente. No era muy guapo, ¡pero qué encanto y fuerza desprendía! Ese cerdo no encontró nada mejor que hacer que acostarse con una de mis amigas de clase, mientras acompañaba a mi madre en el hospital. ¡Menudo bofetón recibí! Después de aquello, ¿cómo iba a volver a confiar en un chico? Una vez traicionada, traicionada siempre. Es verdad que he tenido continuamente esa frase en la cabeza aunque la relación con Sébastien, el segundo, fue un poco mejor. Para mi gusto era demasiado blando. Seguramente no me engañó nunca por falta de energía. De todos, sin lugar a dudas es a él a quien menos echo de menos…».

Este último pensamiento le llamó la atención. Era curioso, pero Sébastien lo tenía todo. Realmente no era blando. Ella lo definió de ese modo. En su trabajo era incluso brillante. Con veinticinco años ya había escalado varios puestos en la empresa de consultoría de marketing donde trabajaba. «Realmente, el mapa no es el territorio». ¿Qué es lo que no había funcionado entre ellos?

«Estaba locamente enamorado de mí», recordó sin darse cuenta de que sonreía.

No vivían juntos, pero como si lo hicieran, y él se las arreglaba para llegar antes que ella, por la noche, a su casa, donde la esperaba una apetitosa cena con flores y, a veces, con un regalito, cuando acababa las clases. El chico era paciente y atento. Y sobre todo inteligente. Igual que a ella, le encantaba el cine, la música clásica y la buena literatura. Por su vigésimo quinto cumpleaños le había regalado la obra completa de Visconti en DVD, luego, en la Navidad de ese mismo año, un recopilatorio de Ennio Morricone y de Nino Rota en estuche regalo. Desde entonces, Émilie asociaba la temporada que pasaron juntos con sus bandas sonoras de películas favoritas. En una palabra, podría haberse convertido en el compañero ideal. Seguramente ese fue el motivo por el que ella puso fin a la relación sin ningún ataque de locura ni drama.

Émilie recordó la frase de la pizarra: «La costumbre es el enemigo de la felicidad».

«Parece ser que si no vivo un estado de rechazo me aburro. En el momento en que me siento realmente querida, solo deseo una cosa: escapar. En cambio, en cuanto me hacen correr detrás, aparece la idiota enganchada muerta de amor. Quizá, soy yo la que, inconscientemente, los obliga a tratarme así. Por otra parte, después de Sébastien llegó Antoine. Un perfil completamente opuesto. Cuando me apetecía verlo, nunca estaba disponible. Siempre de aquí para allá. Es cierto que por su profesión tenía que viajar mucho. Nunca debería haberme liado con un experto en logística internacional. Pero también eso es lo que me atraía de él. Su ausencia, las paredes sin asperezas de su alma. Nada a lo que agarrarme. De hecho, huyó sin un adiós.

Solo una nota para decirme que las cosas no iban bien entre nosotros. Es el segundo que me hizo sufrir. Pero no tanto como Julio... Respecto a Guillaume...».

Al contrario que muchas de sus amigas, sobre todo Juliette, Émilie siempre había sido más bien formal. El número de chicos y hombres con los que había compartido la vida, aunque fuera un periodo breve, se contaba con los dedos de una mano. Siempre había soñado con una relación estable, una unión cómplice y una familia sólida. El amor para ella era música. Una sinfonía acabada pero sin final.

De pronto, Émilie se dio cuenta de que antes de Julio nunca había vivido con nadie que compartiera su pasión por la música. ¿Por qué? ¿Era por miedo a competir?

Eran las siete y cuarto. La sesión tendría que haber empezado hacía varios minutos. Normalmente, Nathalie llegaba primero, para asegurarse de que todo el mundo estaba cómodo, para preguntar educadamente cómo habían pasado la noche y, a veces, repartir documentación o nuevos textos imprimidos. Luego llegaba Didier, seguido inmediatamente por Adrian y Monika.

—¿Creéis que nos han abandonado? —preguntó Jérôme, en tono de broma.

Amandine estaba preocupada:

—Ha tenido que pasar algo.

—Nosotros conocemos bien a Adrian y a Monika —añadió Giacomo—. Es verdad que no son de los que llegan tarde.

—¿Habías estado antes en algún otro seminario? —preguntó Émilie.

—No, es la primera vez.

—Bueno, esperemos. Estoy segura de que nos tienen en ascuas premeditadamente. Todos sus actos están cuidadosamente estudiados. Se han debido de dar cuenta de que no hablábamos mucho entre nosotros. Quizá es el momento de conocerse de verdad. ¿No os parece?

—Al menos ya nos tuteamos.

Durante una fracción de segundo, esa frase le recordó a Émilie el día que conoció a Julio. Sacudió la cabeza, como si ese simple gesto pudiera borrar la imagen.

Amandine adelantó la silla para acercarse a Émilie.

—¿Sabéis qué me apetece desde hace tres días? —dijo Amandine—. Y como Adrian y Monika nos han recomendado actuar de la forma más espontánea posible… ¡Mira!

Con una mano ágil, le quitó a Émilie la placa de Florero de la solapa.

—Francamente, ya era hora. ¿Quieres quitarme la mía?

Émilie titubeó, solo hasta que se dio cuenta de que Amandine, alias Mosquita muerta, tenía toda la razón. Así que le quitó su placa, mientras los demás asentían y las imitaban. Cyril le quitó la suya a Jérôme, Giacomo a Claudia y a la inversa.

Las placas se amontonaron en la silla que estaba junto a la pizarra de Adrian. Todos se miraron sonriendo, satisfechos como unos colegiales que han gastado una buena broma al profesor. Amandine fue la primera en reaccionar:

—Como estamos en confianza, os revelaré un secreto. En lo que a mí respecta, Adrian y Monika no se equivocaban tanto. Hasta ahora no me había dado cuenta, pero es verdad que siempre me he comportado del mismo modo. Cabeza gacha, sonrisa, mirada baja, asentir a todo aunque pensara lo contrario. Aquello se había convertido en un acto reflejo. Así seduje a mi marido. Por otra parte… Así conseguía todo cuando era pequeña. Y no solo de mis padres… —Amandine rio—. Bueno, esta es mi confesión del día. Anoche, en mi cuaderno, escribí con una letra muy grande: «¡Llenar el vacío!». Y lo subrayé tres veces.

La confesión de Amandine fue el desencadenante de un movimiento colectivo. Inmediatamente cada uno contó un secreto. Giacomo y Claudia explicaron que sus vidas habían cambiado totalmente desde que sus hijos fueron lo suficientemente mayores como para independizarse. Pronto serían abuelos y les extrañaba vivirlo mal, porque otras personas habrían recibido la noticia como una culminación. Giacomo le echaba en cara a su mujer que ya se comportaba como una abuela y Claudia, por su parte, criticaba la falta de madurez de su marido. ¿Qué podían hacer en una situación que les llevaba a cuestionarse como pareja, divididos entre su educación, su cultura y el deseo de recuperar la libertad cada uno por su lado? ¿Nos separamos o seguimos juntos? En el momento en que tuvieron que tomar una de las decisiones más determinantes, se vieron bloqueados.

Quizá sí. Quizá no.

Cyril se reprochaba haber confiado demasiado en su socio. Según sus propias palabras, no debería haberse fiado de las fantasiosas propuestas con las que le llenó la cabeza su nuevo colaborador. No fue ingenuidad sino afán de lucro. El otro le hizo creer que era posible ganar mucho más dinero sin demasiado esfuerzo. Supo tocarle la fibra sensible y luego organizó una estructura para vaciar poco a poco de fondos las empresas de sus clientes. En aquel momento Cyril volvió a fumar, después de años de no hacerlo. Nutría el estrés con nicotina, lo que aumentaba su necesidad de fumar, lo que a su vez acentuaba su estrés.

Émilie relató de nuevo su historia, pero con una distancia que la sorprendió. Después de todo, ella había llegado a ese punto. Solo había necesitado cuatro días encerrada en sí misma, con ayuda de los Brennan, para ser consciente de que su malestar era mucho más el resultado de una forma de renuncia a su libre albedrío que de un desengaño amoroso. Durante meses, solo había vivido a través del otro.

Y como el ambiente era muy relajado, para que la entendieran mejor, canturreó:

—*He tirado mi vida por tierra, pero mi vida no era mucho. Yo pensaba, lo quiero, lo adoro, es una locura cuánto lo quiero. Es estúpido cuánto lo amo. La pianista es una* groupie…

—¡Déjalo! —intervino Amandine, riendo— ¡El pobre Michel Berger debe de estar revolviéndose en su tumba!

En cuanto a Jérôme, él confesó que siempre se había aprovechado de su desahogo económico para comprar lo que pensaba que no podía conseguir de otro modo.

Durante su juventud fue el hazmerreír de sus compañeros de clase por su baja estatura y su gordura. Lo llamaban el Gordinflas. Para compensar, se centró en los estudios, consiguió una increíble colección de títulos académicos y luego se entregó a fondo a su trabajo.

En menos de diez años, había conseguido crear y gestionar con éxito una empresa que daba trabajo a más de trescientas personas en toda Europa. Lo llamaban señor o jefe. Pero, en el fondo de su corazón, seguía considerándose el Gordinflas. Y su vida sentimental se podía resumir en una serie de fracasos, pese a toda la generosidad que había demostrado...

—O quizá por culpa de eso —lo cortó Adrian, que acababa de aparecer con Monika.

28

Buenos días a todos —dijo Monika, con un tono alegre que contrastaba completamente con su actitud de los últimos días—. Siento haber llegado tarde esta mañana, pero veo que habéis acabado por relacionaros. Ya era hora. ¿Por qué no lo habéis hecho antes?

Amandine y Émilie intercambiaron una mirada. Era una buena pregunta. En lo que a esta última se refería, era una cuestión de pudor, de necesidad de poner distancia y de concentrarse en sí misma.

Además, ¿no era eso lo que Adrian y Monika esperaban de ellos?

—¡Vaya, vaya! Se ha tramado una revuelta durante nuestra ausencia —bromeó Adrian, al ver las placas en la mesa. ¿Algo que decir? ¿Habéis nombrado un delegado?

—Estamos todos de acuerdo en un punto —intervino Amandine—. Ya no merece la pena etiquetar nuestras taras. Ya lo hemos entendido...

—¿Quién ha dicho que fueran taras?... Émilie, ¿consideras una tara ser un florero?

—Digamos que no me ha salido muy bien —dijo ella, con una mueca y encogiéndose de hombros.

—Pero esa no es la definición de la palabra «tara». Una tara es algo congénito. Es cosa del karma... ¿Cyril, naciste víctima?

—No lo creo.

—Yo tampoco. Los defectos que intentamos corregir son el resultado de lo vivido. Una vez más, prestad atención al vocabulario. Es importante ser preciso. Ahora, como el ambiente es mucho más amistoso, me gustaría hacer con vosotros una sesión de meditación.

Émilie levantó la mano como en el colegio, provocando una sonrisa cómplice en Monika.

—¿Didier y Nathalie no vienen?

—Estarán aquí en un rato.

—¿Y las placas? —preguntó Amandine—. ¿No tenemos que volver a ponérnoslas?

—Salvo que os apetezca. No importa cuántas personas participen en nuestros seminarios, siempre es hacia el quinto día cuando ya estáis hartos de mostrar esas etiquetas.

—¡Podíais haberlo hecho mucho antes! —señaló Adrian, ya con un rostro, igual que su mujer, relajado y cordial—. Pero, curiosamente, todo el mundo se deja llevar al principio, aunque por supuesto rechinando los dientes.

Nunca he visto a nadie arrancándose la placa y tirándomela a la cara. Que es lo que vosotros acabáis de hacer simbólicamente al dejarlas en la silla.

—A partir de ahora, tened cuidado con la disciplina que se os impone. Adrian y yo no somos torturadores. Si hubierais querido, los cuatro primeros días de seminario podrían haberse desarrollado de un modo muy distinto. Pero, desde que practicamos este método, nunca ha pasado. Todo el mundo se deja llevar. ¿Sabéis por qué? Somos animales sociales y basta con que otorguemos nuestra confianza a un líder para aceptar casi a ciegas los comportamientos que se nos imponen.

—¿Alguno de vosotros conoce el experimento de Milgram? —preguntó Adrian.

—Yo he oído hablar algo de eso —respondió Jérôme—. ¿Es el de las descargas eléctricas?

—Exactamente. Stanley Milgram fue un psicólogo norteamericano. En los años sesenta, desarrolló un experimento cuyo objetivo era evaluar el grado de obediencia del individuo frente a una autoridad que él consideraba legítima.

»En este experimento, los sujetos seleccionados tenían que aplicar tratamientos crueles a cobayas humanas, con el objetivo oficial de comprobar su capacidad de aprendizaje.

»Esos sujetos ignoraban que las cobayas eran actores y que ellos mismos eran el objeto del experimento. Siempre que la cobaya respondía mal a una orden dada, tenían que apretar un botón que enviaba una descarga eléctrica cada vez más fuerte, que provocaba dolores simulados.

»El actor gritaba, chillaba y fingía retorcerse en la silla con cada descarga eléctrica. Algunos sujetos se rebelaban cuando el dolor simulado se hacía realmente insoportable de ver.

»Entonces el investigador les ordenaba seguir, con términos cada vez más firmes. El resultado fue que un espantoso porcentaje llegaba hasta el final del experimento, aunque estuvieran convencidos de que ponían la vida de la cobaya en peligro.

»Así Milgram pudo demostrar que el ser humano es fundamentalmente capaz de olvidar cualquier forma de moral, ética y compasión cuando está sometido a una autoridad. De ahí la famosa frase: "Yo solo obedecía órdenes", de todos los verdugos nazis, en el proceso de Núremberg».

—En vuestro caso —señaló Monika—, no habéis hecho daño a nadie. Solo un poco a vosotros mismos. Pero bastó con que Adrian y yo cambiáramos el tono para que vosotros, adultos como sois, os comportarais como unos buenos alumnos...

—Con Didier por los alrededores, ¡más valía serlo! —señaló Cyril.

El comentario provocó algunas risas. El desgraciado no estaba dispuesto a olvidar cómo le habían quitado las ganas de fumar para siempre, en pocas horas.

—Y ahora, ¿qué os parecería poner las sillas en su sitio y sentaros con la espalda pegada al respaldo, buscando la posición más cómoda posible? —Nathalie y Didier entraron en la sala. Uno movió el botón de la iluminación para bajar la intensidad, mientras la otra cerraba herméticamente las contraventanas—. Lo que voy a enseñaros —continuó Adrian— es un modo muy sencillo de empezar a meditar.

Siguió diciendo que muchas de las técnicas buscaban ser intencionadamente complicadas y mencionó rápidamente la meditación trascendental, que desarrolló Maharishi Mahesh Yogi y popularizaron los Beatles en los años sesenta. Ese método consistía en concentrarse en la repetición silenciosa de un mantra, hasta alcanzar el estado deseado y permanecer en él durante unos veinte minutos. Ese proceso había que repetirlo dos veces al día. Pero había muchas otras técnicas, todas ellas más o menos divulgadas, con un punto en común, la concentración en la respiración, en diversas posturas más o menos cómodas.

—Todo esto resulta muy complicado, sobre todo para unos principiantes, aunque la meditación no deja de ser una forma elevada de relajación, que permite al cerebro ponerse en ondas theta, como cuando se acerca el sueño. Mi maestro de ayurveda, Shinga Rinpoché, solía decir: «Nuestros pensamientos invaden nuestra mente, separados por espacios muy pequeñitos. La meditación consiste en ampliar esos espacios hasta que ocupen el sitio de los pensamientos». Meditar no es más que descansar del mundo exterior e ir al interior de uno mismo. Todo lo demás se construye sobre esa intensa relajación.

Diversos estudios habían demostrado que la meditación provocaba cambios interiores profundos, tanto en la química del cuerpo y del cerebro como en la manera de percibir el mundo. Se habían llegado a constituir grupos de practicantes para intentar proporcionar la paz al mundo a través de meditaciones colectivas, con algún éxito a nivel local.

El ambiente eléctrico que a veces se percibe durante una reunión de trabajo, una comida familiar o una salida por un lugar desconocido coincide con una sobreexcitación inconsciente que nace por un malestar que aumenta, como si una interconexión muda entre los miembros del grupo lo alimentara en secreto.

Determinados experimentos habían demostrado que en esas circunstancias bastaba con que uno de los participantes se pusiera en estado meditativo para conseguir bajar la tensión rápidamente y cambiar el ambiente.

Adrian los invitó a concentrarse en su voz.

—Cuando consigáis el estado que perseguimos, permaneced así y observad simplemente vuestros pensamientos, como si pertenecieran a otra persona. —«Respiración abdominal, meditación y pensamiento positivo…». Émilie captó la relación que existía entre las diferentes técnicas que aprendía. En cualquier caso, siempre se trataba de realizar un cambio profundo a través de la transformación voluntaria de los hábitos y las rutinas. Una manera de aprender a salir progresivamente de la zona de confort o de ampliarla—. Ahora, cerrad los ojos y centraos en la punta de la cabeza. Visualizad la tensión que ejercen los músculos en la frente y en el cráneo. Relajaos. Concentraos en la respiración. Lenta. Profunda. Luego haced lo mismo con los músculos de los párpados, de las mejillas, de la boca. Respirad. Bajad a los músculos del cuello.

Émilie, mecida por la voz de Adrian, relajó todas las partes del cuerpo, desde la cabeza hasta la punta de los dedos de los pies, concentrándose en cada uno de los músculos.

En pocos minutos, consiguió un estado de relajación total mientras la voz de Adrian se difuminaba, a la vez presente por los sentidos y distante por su vibración sonora.

Émilie se dedicó a revisar las diferentes etapas del seminario que la habían conducido a ese estado de bienestar del que valoraba cada instante.

Los Brennan le habían enseñado a revisitar los acontecimientos mayores, a veces traumáticos, de su infancia y juventud, insistiendo en el concepto mayor.

El mapa no es el territorio.

Mientras pensaba en la separación de sus padres, recordó un vídeo que había olvidado hacía mucho tiempo.

29

A su madre le gustaba tanto verla tocar el piano y progresar en ese arte que a menudo la grababa. Era, decía, para que pudiera corregirse y apreciar su evolución. En uno de los vídeos, grabado poco tiempo antes de la separación de sus padres, se la veía muy afanada tocando la *Fantasía* de Robert Schumann, un clásico para principiantes. La llegada de su padre interrumpió la escena y su madre, que olvidó apagar la cámara, sin hacerlo a propósito grabó el principio de la conversación.

—¿No puedes dejar de estar pendiente de Émilie ni dos minutos? —se quejaba el padre—. Tengo que hablar contigo. Es urgente.

—Deja al menos que acabe esta lección.

—Como siempre, a mí ni me escuchas. ¡Para ti en esta casa solo existe tu hija!

Se oía el suspiro de su madre.

—Otra vez vas a empezar a quejarte.

—¿Por qué? ¿Me quejo muy a menudo? Lo único que pido es un poco de atención. Sobre todo cuando tengo tremendos problemas en el trabajo.

—¿Qué problemas? Espera, he olvidado apagar la cámara. Un instante.

Émilie había ocultado completamente la escena en su memoria, incluida la versión grabada. El recuerdo del breve diálogo entonces le hizo pensar.

«¿Y si mi padre no era el monstruo egoísta que creía? Quizá simplemente se sentía abandonado, hasta el punto de no poder soportar que lo marginaran. ¿Sería verdad que mamá y yo teníamos una complicidad de la que él estaba excluido la mayor parte del tiempo…?».

Émilie sintió como un puñetazo en el estómago cuando recordó las amargas palabras de su madre después de que se marchara su marido. Los adjetivos con los que lo calificó solo consiguieron aumentar el resentimiento de Émilie. Frustrada y humillada, su madre nunca había perdido la ocasión de ponerla en su contra.

Sin embargo, después del divorcio, su padre jamás había dejado de cumplir con sus obligaciones…

«El mapa no es el territorio».

La percepción que Émilie había tenido durante mucho tiempo de los acontecimientos le pareció entonces sensiblemente alejada de la realidad.

Recordó los primeros contactos como hija de padre divorciado. La frialdad que manifestó contra ese hombre al que adoraba siendo niña. Los primeros años, la llamaba todos los días. Pero en raras ocasiones ella le respondía. Y el comportamiento hacia él, siendo ya adolescente, seguramente habría desalentado a más de un padre.

Una hostilidad que se había apaciguado al escribir aquella carta. Entonces lo había visto todo más claro.

Esa conclusión le provocó una oleada de remordimiento y la condujo a profundizar más en su memoria, para revisar otros errores.

Al recordar a Stéphane, el autor de la primera traición amorosa que había sufrido, Émilie evaluó con valentía su propia actitud durante la relación.

Es verdad que su madre estaba muy enferma. Émilie había vivido el sufrimiento de su madre como una tragedia personal en su día a día.

Pero ¿cuántas veces había intentado Stéphane que dejara de pensar en eso, proponiéndole distintos planes, distracciones e incluso unas breves vacaciones en la playa o en el monte? Ella se había negado sistemáticamente, convencida de que su madre no podría estar sin ella, ni siquiera un solo día.

De igual modo, mientras que él se había mostrado extremadamente dulce y cariñoso, ella se había pasado semanas rechazándolo.

Cierto, la había engañado de la peor manera posible. Pero solo tenía veinte años. ¿Podía condenarlo completamente?

Dio un salto en el tiempo para recordar a Guillaume; sin embargo, inmediatamente empezó a pensar en Julio, como si los dos fueran juntos. Así era necesariamente por las circunstancias. Pero, evidentemente, había algo más.

Julio había sido una huida hacia delante. El medio de escapar de su rutina. En su campo de golf personal, Émilie había preferido cambiar de club antes que mover los dedos dos milímetros.

Y, además, Julio tenía algo que a ella le faltaba. La fama. Resultaba mucho más fácil vivir a través de los demás que aceptar los retos relacionados con el talento y las responsabilidades asociadas al triunfo.

Émilie repasó sus principales limitaciones.

¿Por qué había creído durante tanto tiempo que no merecía que la amasen cuando, al contrario, era ella la que había rechazado el amor, siempre que era sincero?

¿Por qué tenía tanto miedo de alcanzar la cima de la montaña que simbolizaba su destino, e iba por el sendero en zigzag, cuando no se apresuraba a dar media vuelta? ¿Le producía vértigo la idea del triunfo?

Durante el tiempo que duró esa meditación, Émilie fue consciente de que había querido castigarse. Nathalie tenía razón. A través de los hombres buscaba a su padre. Salvo que, inconscientemente, siempre se había reprochado esa actitud. El rechazo del que acusaba a su padre era más bien cosa de ella.

¿Acaso su padre no habría estado más presente si Émilie lo hubiera perdonado en lugar de rechazar todas sus tentativas de acercamiento?

Esta serie lógica de pensamientos le provocó un escalofrío. Apenas oyó a Adrian hacer la cuenta atrás para salir del estado de relajación.

—Émilie —dijo entonces Adrian, con un tono muy paternal—, percibo en tu mirada que has hecho un viaje interesante.

—He comprendido un montón de cosas —tuvo que reconocer.

—Desde ahora, tu evolución te pertenece. Os recomiendo que practiquéis esta forma de relajación todas las mañanas, antes de empezar el día. Después, intentad también aprender otras técnicas. Os aseguro que los minutos que paséis meditando nunca serán tiempo perdido.

Monika propuso hacer un balance a cada uno.

A Giacomo y Claudia les preguntaron sobre los progresos que habían realizado durante los últimos cinco días y confesaron que aún no habían tomado una decisión sobre su relación de pareja, pero que cada uno por su lado veía un poco más claro sus objetivos personales. La vida en pareja a menudo conlleva más bajos que altos, ambos se habían dejado llevar por una rutina poco emocionante y habían trasladado la lasitud a su unión.

Adrian les pidió que evaluaran las posibilidades de seguir juntos y que compararan ese resultado con las notas que se les había pedido que tomaran en sus cuadernos el primer día.

—Yo sé una cosa y creo que Claudia estará de acuerdo conmigo —aceptó Giacomo—. Estamos mucho menos perdidos que antes. —Giacomo titubeó—. A mí, me cuesta imaginar la vida sin ella.

—¿Y a ti, Claudia?

Claudia respondió encogiéndose de hombros y con un gestito encantador.

—¡Treinta años de matrimonio pesan!

—¿Pesan o cuentan? —preguntó Monika.

—Digamos que Giacomo es a veces un poco pesado —dijo Claudia riendo—. Pero así lo amo. No lo habría querido de otra manera.

—Entonces, de momento nos quedamos con este augurio favorable. Salvo que tú, Giacomo, quieras añadir algo.

A Émilie le encantaba oír a los italianos expresarse en un francés perfecto, con un acento encantador.

Cuando era niña, a veces sorprendía a su madre cantando óperas en esa lengua, lo que desarrolló en ella un gusto precoz por los compositores de películas italianos y sus piezas preferidas, de *Don Giovanni* a *La Traviata*, pasando por *La Bohème* y *Aida,* y de Ennio Morricone a Nino Rota, sin olvidar a Piovani ni a Piccioni.

Giacomo, Émilie no se había dado cuenta antes, se parecía un poco a Sergio Leone, con una barba enredada y aquellas gafas redondas de cristales ahumados.

Solo le faltaba el puro.

Ese simple pensamiento le recordó a Didier. Fumar = peligro. Émilie sonrió. ¡Por Dios! Sin querer, había adquirido el mismo reflejo condicionado que Cyril.

Aunque Émilie nunca hubiera sido una gran fumadora, como mucho fumaba un paquete de Vogue ultrafino cada dos o tres semanas, ahora veía la nicotina como algo abyecto y violento. Gracias, Adrian; gracias, Didier. Ya no hacía falta que pusieran cabezas de muertos ni funestos avisos, ni fotos de cánceres en los paquetes de tabaco.

Después de reflexionar unos segundos, Giacomo continuó:

—*Perché no?* Me gustaría decir que nunca he creído en los milagros. Pero sabía que podía contar con Adrian y Monika para ayudarme a ver más claro. Claudia y yo hemos decidido darnos tres meses para tomar una decisión.

Y durante esos tres meses, vamos a utilizar nuevas herramientas para conocernos mejor. Y quizá…, ¿quién sabe…?

Por primera vez desde el principio del curso, Claudia cogió la mano de su marido con las suyas.

—*Chi lo sa? Io lo so!* (¿Quién lo sabe? ¡Yo lo sé!) —dijo Claudia con un tono firme, olvidando qué lengua hablaba.

De igual manera, el resto de los miembros del grupo intervinieron de uno en uno.

Amandine reconoció que estaba mucho menos obsesionada con la muerte y había llegado a entender que la desaparición de su marido, por muy trágica que fuera, le había dado la oportunidad de abrazar ese gusto por la libertad y la independencia que siempre había sentido dentro y nunca se había atrevido a expresar.

Ya no se veía solo como una viuda desconsolada, lo que pese a todo seguía siendo en su fuero interno, sino también como una mujer capaz de tener iniciativas y dispuesta a tomar las riendas de su vida.

Cyril tenía miedo de engordar porque había dejado de fumar. Los Brennan le prometieron indicarle métodos que le asegurarían el efecto contrario y lo mantendrían en forma.

Reconoció que se había dejado engañar como a un chino por codicia y por necesidad de saltarse las etapas de un éxito económico más que envidiable, porque sencillamente se aburría en el sector de actividad que había escogido para su empresa.

Aquello cambiaría.

En ese momento, en el que ya no se sentía víctima, se había dado cuenta de que su ingenio y su espíritu combativo eran sus principales recursos.

Por último, Jérôme tuvo que confesar que, después de todo, no se consideraba tan feo cuando se miraba al espejo por la mañana. Había dejado que se le deformase el cuerpo y nunca había hecho nada por cambiar su aspecto de «chupatintas vejestorio que juega a ser jefe», por utilizar sus palabras.

Siempre había soñado con aprender un deporte de artes marciales: kárate, taekwondo, jiu-jitsu..., pero nunca se había inscrito por temor a hacer el ridículo en kimono.

Su conclusión con un tinte de humor fue:

—Siempre me he visto como una jarra de cerveza medio vacía. Pues bien, ¡voy a añadir limonada y me veré como una clara medio llena!

En cuanto a Émilie...

—He comprendido un montón de cosas sobre mi comportamiento, mi visión de la vida, mis creencias limitantes y, básicamente, sobre mi objetivo fundamental, del que me había alejado. También he podido mirar con perspectiva el drama de mi infancia y creo estar dispuesta a enfrentarme a mis miedos. A no ser que recaiga en mis rutinas destructivas, estoy decidida a hacer todo lo que esté en mi mano para conseguir lo que quiero en la vida, ahora que he logrado definirlo. Creo que nunca más necesitaré vivir a través del éxito de los demás. En resumen..., ¡ya no soy un ejemplo de *groupie!*

—¿Y quién ha dicho que lo fueras? —objetó Adrian—. Antes de que digas nada más, Monika y yo tenemos que revelarte algo. Pero, si te parece bien, dejemos eso para mañana y vamos a concentrarnos en el programa de hoy.

Después de aquellos días de ejercicios intensivos buscando comprender los bloqueos individuales y reorganizando las prioridades del bienestar, los Brennan querían dar determinados consejos para mejorar la forma física.

Antes de empezar la sesión, Adrian les preguntó cuántos años pensaban que Monika y él tenían.

—¿Qué edad? —bromeó Giacomo—. ¿La de vuestra sabiduría, la de vuestra forma física o la del carné de identidad?

—Dejémoslo en la de la apariencia física.

Émilie se adelantó a sus compañeros.

—Cuando os conocí, creí que teníais entre cincuenta y cinco y sesenta años. Monika es la más joven, por supuesto.

—Gracias por el cumplido, Émilie. ¿Todo el mundo está de acuerdo?

—A mí me parece que Émilie no ha sido muy amable —intervino Cyril—. Yo diría como mucho cincuenta y cinco.

—Pues bien, os contaré un secreto —dijo Monika sonriendo—. Me toca a mí, ¿no, Adrian? Después de todo soy mujer. En realidad, mi marido es un poco más joven que yo. Yo tengo setenta y ocho y él setenta y cinco.

Un silencio se cernió sobre el grupo. Antes de que alguien reaccionase, Adrian continuó:

—*Mens sana in corpore sano!* Para los que no dieron latín en el cole, esta frase está sacada de las *Sátiras* de Juvenal, escritas en el siglo I de nuestra era, y quiere decir «Mente sana en cuerpo sano». Funciona evidentemente en ambos sentidos. Durante el curso hemos insistido en la función del aire en vuestro organismo. Ahora, me gustaría señalar el segundo elemento más importante para la salud, el agua.

Monika insistió en la composición de las comidas que les habían servido durante las cenas de los días anteriores y añadió que, desde ese día, podrían volver a un ritmo normal, el periodo de ayuno parcial había terminado.

—Tenemos una regla imprescindible, que tendréis que recordar desde ahora si queréis conservar el equilibrio en el plano físico. —Monika escribió en la pizarra «70-30» enmarcado por un vaso de agua y un objeto sin forma—. El setenta por ciento de lo que comáis tiene que contener agua, lo que también os evitará beber durante las comidas. Al contrario de lo que se dice, beber nunca ha facilitado la digestión, al revés. Los ácidos y encimas que desarrolla el organismo se enfrentan a una tarea más dura cuando los alimentos nadan en líquido. ¿Cómo saber si lo que comemos tiene agua? No es complicado. Priorizar todo lo que sea de color verde. En cabeza, las ensaladas, el pepino y el calabacín. Por citar algunos; hay toneladas, por supuesto.

Respecto al treinta por ciento, Monika había dibujado intencionadamente una forma «patatoide», porque podía representar casi todo lo que se come, incluida la carne, que no recomendaba.

Así pues, el día pasó con el tema de la dietética energizante. Los Brennan habían diseñado unas fórmulas y unos menús escritos en fichas que distribuyeron.

30

A última hora de la tarde, después de haber podido comer por primera vez un almuerzo compuesto solo de fruta y verdura (cada ingrediente con su etiqueta explicativa) Adrian y Monika recapitularon la enseñanza del día.

—Aunque seamos conscientes de lo que comemos, generalmente no prestamos ninguna atención a la importancia implícita de ese acto. —Adrian insistió en el hecho de que no había una receta mágica para todo el mundo, cada uno era responsable de su cuerpo y, por lo tanto, de su estómago, y les pidió que respondieran a una pregunta tan simple como fundamental, antes de elaborar sus propios menús—. ¿Por qué comemos? Hago un inciso para citar una frase de *El avaro*, que Molière tomó de Sócrates: «Hay que comer para vivir y no vivir para comer». En realidad, la respuesta se divide en seis puntos.

Adrian escribió en la pizarra:

Para llenarse de energía.
Para crecer y desarrollarse.
Para purificarse y limpiarse.
Para prevenir y combatir las enfermedades.
Para cuidar nuestra apariencia.
Para animar nuestra vida social.

—Y, ahora —añadió Monika—, volvamos a cada uno de esos puntos y examinémoslos también en el plano psíquico y moral, no solo en el físico.

Émilie, intrigada al principio y entusiasmada más tarde, llegó, igual que los demás, a las siguientes conclusiones:

Llenarse de energía tenía una función incalculable en cuanto se seleccionaban nutrientes buenos. El cerebro funcionaba mejor y entonces segregaba los compuestos químicos, fundamentalmente la endorfina, necesarios para mantener el ánimo en estado óptimo.

Émilie recordó el modo en que había comido durante seis meses: había pasado de tragarse un sándwich conduciendo a meterse unas cenas pantagruélicas, a cualquier hora.

La noción del desarrollo se aplicaba, evidentemente, más a la mente que al cuerpo físico. ¿Cómo tener una mente clara y con buen rendimiento si el ochenta por ciento de las reservas energéticas del organismo se dedican a la digestión?

Las expresiones populares a menudo son de gran sentido común y siempre más accesibles que los pensamientos filosóficos profundos.

Una persona ansiosa «echa bilis», igual que a un hombre valiente «no le tiembla el pulso» o «hace de tripas corazón». Otra vez, cuestión de vocabulario.

Pero para «hacer de tripas corazón» en lugar de «ponerse del hígado» una vez más hay que saber deshacerse de las toxinas y venenos.

Muchas de las enfermedades proceden de un desequilibrio nutritivo, pero más allá de los casos extremos y caricaturescos, como el del bulímico que «cava su propia tumba con los dientes», un régimen sano, a todas luces, contribuye al equilibrio del sistema inmunitario y, por lo tanto, en la lucha contra los ataques tanto externos como internos del cuerpo humano.

De igual manera, si demasiadas grasas, colorantes, edulcorantes, pesticidas y otros aditivos que forman parte de la alimentación moderna influyen en la silueta y la apariencia, tanto como en el estado físico, bastaría con volver a los menús equilibrados para recuperar un aspecto sano y por lo tanto atractivo.

—Algo que reconforta nuestro lado narcisista —concluyó Adrian con una sonrisa—. ¿Cómo vamos a empezar el día con buen pie si la imagen que nos devuelve el espejo es la de una piel apagada, rasgos cansados y una mirada perdida?

En cuanto al aspecto social que se relaciona con la necesidad de alimentarse, los Brennan dejaron a cada uno la tarea de definir lo que podía representar para ellos y les aconsejaron que revisaran sus respectivos comportamientos durante esos momentos en común.

—No es una cuestión de levantar el meñique al coger la taza de té, ni de colocar el tenedor en el lado correcto del plato, sino de saber apreciar la compañía de los otros y aprovechar lo que cada uno dice masticando concienzudamente para nutriros en dos niveles: físicamente y emocionalmente. Y permitir que los demás también se nutran, ofreciéndoles vuestras ocurrencias con tranquilidad, como un regalo.

Por la noche, en la cena, aprendieron a respirar bien y a mantener una conversación agradable y enriquecedora disfrutando intensamente a la vez del placer de un menú sano y variado.

A Émilie le costó concentrarse en las técnicas de «optimización social durante las comidas», expresión que utilizaron los Brennan.

Estaba demasiado intrigada con la revelación que le había prometido Adrian para el día siguiente.

Cuando regresó a su habitación, a Émilie le sorprendió descubrir una bolsa transparente con su teléfono móvil encima del escritorio, junto al cuaderno que estaba casi completo.

Llevaba seis días aislada del mundo.

¡Qué placer y qué tranquilidad no tener que preocuparse por las llamadas y los mensajes!

Esa semanita de silencio había sido como una dieta para el alma.

Cuando cogió el iPhone y marcó el código para desbloquearlo, se sorprendió al ver que no le afectaba demasiado, únicamente una vaga curiosidad, cuando antes solo ese sencillo gesto bastaba para acelerarle el ritmo cardiaco y encogerle el estómago.

Diecisiete llamadas perdidas.

Veintiún SMS.

Ocho mensajes de voz.

Estuvo a punto de estallar en carcajadas, pero se conformó con un «vaya» que expresó en voz alta.

De las diecisiete llamadas, tres eran de Juliette, su amiga de infancia de la que no sabía nada desde que se habían enfadado seis meses antes. Una era de Guillaume.

Las otras trece eran otros tantos intentos de Julio Ross para localizarla.

En otra época, se habría precipitado a escuchar los mensajes de voz y leer los de texto de Julio.

Pero uno de los SMS era de su banco y otro del conservatorio.

«Vamos a ver —pensó—, en un mundo ideal que hubiera inventado Émilie y hubieran revisado los Brennan, ¿qué orden tendría que seguir?».

Empezó por leer el del banco. Le proponían una cita para plantearle un préstamo de consolidación de deudas, que provisionalmente le resolvería los problemas.

Primera buena noticia. Ya era más fuerte la luz al final del túnel.

El del conservatorio era en el mismo sentido. Le pedían que se pusiera en contacto con el centro cultural de un distrito de París, que tenía que cubrir un puesto y buscaba a un pianista de nivel alto.

Necesitaban una respuesta urgente.

El mensaje era de tres días antes. No obstante, Émilie no sintió la necesidad de precipitarse. ¡Qué más daba si llamaba demasiado tarde! ¡En cualquier caso ya estaba en marcha su destino hacia el triunfo!

Guillaume le decía que había conseguido un trabajo mejor y que se estaba planteando mudarse a un piso mayor. ¿Qué pensaba hacer ella? ¿Quedarse con el piso o recoger sus cosas?

Sin embargo, el más agradable era el de Juliette, que confesaba echarla de menos y se arrepentía de haber discutido con ella.

Te echo de menos, mi pesada favorita. Espero que rompas con el lunático de tu cantante. ¡Si es así, llámame! ¡No, mierda! Llámame de todos modos, aunque seas la petarda más feliz del mundo. ¡También echo de menos envidiarte!

Émilie no esperaba la indiferencia con la que revisó, en último lugar, la serenata de mensajes que le había dejado Julio, por escrito y oralmente.

Émilie, perdón. He sido un gilipollas. Creo que había bebido demasiado.

Émilie, contéstame. Estoy preocupado. Ni siquiera sé por dónde has desaparecido.

Émilie, sé que te hice muchas promesas y no cumplí ninguna. Estoy dispuesto a reparar eso. Lo he pensado mucho. Te echo demasiado de menos.

Émilie, lo he hablado con Paul. Es verdad que Lucia no aporta a mis conciertos el toque que esperaba. Me gustaría que volviéramos a hablar de nuestro plan.

Media docena en el mismo tono. Y luego, el último, grabado esa misma mañana.

Émilie, estoy dispuesto a todo para que vuelvas. Al menos dime que estás bien. Comprendo que necesites distancia. Tómate tu tiempo, pero dame noticias tuyas. Solo sueño con acabar la gira contigo a mi lado. Te espero.

—Pues vas a tener que esperar mucho —dijo Émilie en voz alta.

Esa vez, no solo no cayó en la trampa, segura de que Julio volvería a ser el mismo que siempre había sido en cuanto la reconquistase, sino que también sentía en lo más profundo que había perdido la pasión por él.

El Julio del que se había enamorado nunca existió.

Apagó el teléfono y abrió el cuaderno de ejercicios por la última página.

El capítulo se titulaba:

«Prepararse para recibir buenas sorpresas».

Solo constaba de una línea.

Ejercítate en dar gracias al universo y a ti misma antes de recibirlas.

El riego automático se puso en marcha y sobresaltó a Émilie. Unos pájaros, que se dedicaban a picotear alrededor de la fuente, salieron volando con un murmullo de alas y se posaron en lo más alto del ciprés. Un apetitoso aroma subía de las cocinas. A lo lejos, el ruido de un tractor, unos ladridos y, como siempre, en la hierba sonora, el canto de las cigarras, como una alfombra de violines.

Émilie empezó a soñar y así estuvo un rato. Una dulce tibieza envolvía su corazón, un corazón cuya presencia hacía tiempo que no percibía.

31

Émilie se había acostumbrado a despertarse al alba para ir al seminario después de una ducha rápida y unos sorbos de té verde.

Así que se sorprendió mucho cuando se dio cuenta de que ya eran casi las nueve de la mañana cuando unos golpecitos en la puerta la sacaron de un profundo sueño.

Igual que Monika el día anterior, Mireille le llevaba un desayuno completo, que dejó encima del escritorio antes de abrir las contraventanas.

—Esto les pasa siempre a todos el último día —dijo con una sonrisa tan soleada como su acento—. He intentado sacarla de la cama tres veces.

Émilie se llevó la mano a la boca, repentinamente preocupada.

—¡Adrian y Monika van a echarme la bronca!

—En absoluto —la tranquilizó Mireille—. Hoy se reúnen con cada uno en privado. Espere, voy a mirar la lista. —Sacó un papel del delantal—. Lo que me parecía. Usted es la última. Monika me ha pedido que le diga que se tome su tiempo. Que disfrute tranquilamente del desayuno y que dé un paseo. Hace un día espléndido.

—Como todos los días —señaló Émilie.

Mireille se disponía a retirarse, pero se detuvo un instante y la observó:

—Dígame, ¿cómo se siente esta mañana?

—Si tengo que ser sincera, no esperaba un cambio tan grande en tan poco tiempo.

—Es lo mismo que dice todo el mundo. Yo misma, si usted supiera... —Mireille frunció la nariz con pinta traviesa, luego se encogió de hombros, expresando que su propia historia no era demasiado importante. A Émilie le habría gustado saber más, aunque solo fuera por compartir impresiones, pero leyó en la mirada de la chica que no diría nada más. «Cada cual tiene sus secretos», pensó. Luego, como los platos que había en la bandeja parecían tan apetitosos, le empezó a hacer ruido el estómago—. ¿Puedo pedirle una cosa? —titubeó Mireille.

—Por supuesto.

—No me gusta meterme donde nadie me llama. Sobre todo desde que trabajo con Adrian y Monika. Mantienen una confidencialidad total. Nada de lo que entra aquí sale jamás. Pero soy un poco curiosa y he creído entender que era la novia de un cantante conocido. ¿Le parece indiscreto que le pregunte de quién?

Émilie estalló en carcajadas y, en lugar de responder, empezó a cantar:

—*Escuchas, la paloma, muy blanca en mi corazón azul, sus alas solo baten para ti.*

—¿En serio? —dijo Mireille, abriendo unos ojos como platos—. ¿Está con Julio Ross?

—¡Estaba! —respondió Émilie.

Al volver del paseo, a Émilie le intrigó un revuelo repentino alrededor del edificio principal. Bajo las órdenes de Didier, cuatro hombres descargaban mobiliario delante de la entrada de la masía. Quiso acercarse, cuando apareció Nathalie saliendo del edificio.

—¡Émilie! Precisamente te estaba buscando. Tienes un aspecto radiante esta mañana.

—Gracias. No hay nada como un paseo bajo el sol, en un paraje como este.

—Pues has vuelto justo a tiempo. Adrian y Monika te esperan en el saloncito.

Antes de encontrarse con los Brennan, Émilie quiso saber a qué se debía aquel revuelo alrededor de Didier. Solo iban a reorganizar la sala principal para la reunión final. Durante los cursos, los muebles que habitualmente decoraban la casa se almacenaban en otro edificio.

—Os damos mucho trabajo —señaló Émilie.

—Y aún más, esta vez no erais demasiados. Normalmente, tenemos que pedir que nos echen una mano a montones de trabajadores en prácticas.

Cuando Émilie entró en el saloncito, Monika fue a su encuentro y le dio un abrazo. Adrian estaba sentado y consultaba unas notas. También él se levantó y le estrechó la mano calurosamente.

—Bueno —dijo—, ¿cómo te sientes esta mañana?

—¡Nunca sabré cómo daros las gracias! Hay veces que me da vueltas la cabeza solo de pensar en cómo estaba antes de encontrarme con vosotros.

—Pues fue la semana pasada, si no recuerdo mal —respondió con malicia Adrian.

—¡Ahora siéntate y cuéntanos tus últimas impresiones! —dijo Monika—. A Adrian y a mí nos encanta el *feedback.*

Émilie ocupó el mismo sillón hondo y confortable en el que se sentó la primera noche.

—No sé cómo explicarlo. Todo va tan rápido.

—Empieza por el principio. La relación con tu padre. ¿Cómo la llevas en el corazón y en la cabeza?

A Émilie ya nada le sorprendía de los Brennan. No obstante, su perspicacia la dejó atónita. ¿Cómo habrían adivinado que su padre estaba en el centro del problema, y, más en concreto, en el de su doble sentimiento de abandono y culpabilidad? Una especie de remordimiento sucedió a la rabia inconsciente que la había poseído durante todos esos años. Explicó eso y continuó hablando de una forma natural sobre sus sucesivas relaciones, que durante mucho tiempo había considerado fracasos y entonces ya consentía en verlas como experiencias necesarias para su evolución.

Llegó a Julio y aludió a su repentina indiferencia respecto a él. Era extraño. El cantante, que había sido el centro de sus obsesiones, no dejaba ningún vacío en su interior. Era como si aquel hombre hubiera existido en otra vida o en una novela de la que ya había pasado la última página. De todos modos, se sentía bastante contenta por haber recibido todos aquellos mensajes y llamadas mientras mantuvo el teléfono apagado.

—Ya sé —comentó riendo—. Vais a decirme que es el ego. Lo importante es haber invertido los roles. Me queda tanto por hacer ahora que me he liberado de él.

—Una pequeña revancha no hace daño a nadie —concedió Monika.

—Ni a mi mujer ni a mí nos cabía la menor duda sobre eso. Era evidente que él volvería al ataque.

—De verdad, ¿después de lo que me hizo?

Monika le dirigió una intensa mirada y le tomó una mano.

—Ayer te prometí una importante revelación. —Émilie confesó que esperaba ese momento con impaciencia—. Esperaba que lo hubieras comprendido por ti misma, pero estoy convencida de que solo es una cuestión de tiempo. Así que vamos a darte nuestras conclusiones ahora. Estoy segura de que, aunque te hayas liberado de Julio Ross, seguirás preguntándote por qué te eligió a ti y por qué te trató de ese modo si te tenía aunque fuera solo un poco de cariño. ¿Me equivoco?

—Es lo único que se me escapa —convino Émilie.

—Para empezar, si hubieras tenido una mínima confianza en ti misma, te habrías dado cuenta de que Julio simplemente estaba celoso. No celoso de otros hombres que habrían podido arrancarte de sus brazos. Su seguridad y arrogancia en ese terreno lo protegen de cualquier preocupación. No. ¡Julio tenía celos de tu talento!

Émilie meneó la cabeza, con los rasgos crispados en torno a una sonrisa incrédula.

—¿Estamos hablando de Julio Ross?

—Sí. El exitoso cantante que se ha divertido destruyéndote poco a poco, por lo muy resentido que estaba contigo por tener lo que él no tendrá jamás.

Monika continuó con el análisis de Julio, que su marido y ella habían dibujado perfectamente a través de las propias palabras de Émilie. El cantante nació con una voz excepcional y un físico perfecto. Esa era la contrapartida a las heridas con las que la vida lo había marcado.

Siempre había sabido construir todo tipo de barreras protectoras destinadas a enmascarar un hecho esencial: Julio Ross sabía cantar, era incuestionable, pero al margen de esa voz vibrante y tan particular, no tenía ningún talento para la música.

Por otra parte, según sus propias palabras, nunca había intentado aprender a tocar un instrumento. Julio era el centro de un sistema. Sin el acompañamiento de sus músicos y sin el enorme engranaje construido para hacerlo destacar, él no era gran cosa. Solo un chico guapo que hacía vibrar a sus fans durante un tiempo.

Eso le hacía sufrir profundamente, aunque los Brennan no estuvieran seguros de que él fuera consciente. Ese era su mayor sufrimiento, la herida secreta.

Y mira por dónde llega a su vida una mujer con un físico y un encanto que lo atraen y lo intrigan. Ese encuentro tiene lugar de un modo sencillo, al margen de sus rutinas habituales. Puesto que, aunque Émilie fuera una fan, era lo suficientemente lista como para no dejarlo claro desde el principio. Por su actitud, demuestra que la fuerza de su atracción se debe más al interés común por la música. Todo eso de un modo involuntario, por supuesto. Pero eso es precisamente lo que Émilie tiene dentro.

—El lenguaje del cuerpo —precisó Monika— es con frecuencia más importante que las palabras. Tú misma solo recuerdas las palabras. Pero te hemos visto moverte. Llevas contigo la ligereza natural de una mariposa libando. A veces, parece que nada te afecta. Es un muro protector que has construido. Pero cualquiera con un ápice de sensibilidad enseguida se da cuenta de que detrás hay algo más profundo.

En tanto que Émilie se presentaba como una pobre profesora de conservatorio, para Julio era divertida, una agradable compañía, poco peligrosa y con un atractivo físico que colmaba cualquier reticencia que hubiera podido tener. Una aventura de un día, quizá de un fin de semana, nada más.

Pero Émilie tenía además pasión y talento. La interpretación clásica del último éxito de Julio lo había dejado sin palabras.

Desde entonces, como el niño atormentado y demasiado mimado que seguía siendo, quiso convertir a Émilie en algo suyo. Tenía que pertenecerle del mismo modo que su productora, el autobús que transportaba al grupo y los centenares de dispositivos electrónicos que compraba.

—Sus celos no tenían límites. Y al mismo tiempo sufría tremendamente. Su principal creencia limitante es sin lugar a dudas parecida a la tuya, pero en proporciones inimaginables. Julio está convencido de que no merece que lo quieran. Cuanto más lo adulan, más rechazo muestra él. Como las masas lo adoran por unos dones que le han caído del cielo, él, inconscientemente, te identificó con las fans que lo acosan. Si no eras su *groupie,* ¿qué otra cosa podías ser? Una música más dotada que él. La competencia. Una persona destinada a escapársele y dominarlo. Eso era intolerable.

Monika guardó silencio para observar el efecto que hacían sus palabras en Émilie. La joven no había dejado de negar con la cabeza durante todo el análisis. ¿Cómo iba a tener ella más talento que una estrella? Eso era absurdo.

Sin embargo, ese aspecto de Julio que los Brennan acababan de dibujar se correspondía mucho con el personaje. Cuando pasó el primer torbellino que siguió a su encuentro, a Émilie la sedujo más la fragilidad que desvelaba por las noches que su pomposa personalidad.

Ella quiso al cantante por su pasión por la música y por el hombre que creía ver en él más allá de la estrella.

Pero, para sentirse seguro, Julio Ross solo podía tolerar a una *groupie* junto a él. Así que se aseguró de que no se convirtiera en nada más.

Émilie terminó por aceptar todo lo que acababa de oír.

—Espero que esta última revelación te permita adivinar al fin quién eres. Esa maravillosa mujer archidotada y con una sensibilidad extrema que merece que la quieran por ser quien es.

—Y ahora que parece que estás mejor, ¿qué planes tienes?

¿Planes? Émilie estuvo a punto de estallar en carcajadas pero se contuvo por educación. Por supuesto, regresaría a París. Y como Guillaume se mudaba, seguramente se quedaría con el piso. Después de semejantes aventuras, el puesto de profesora en un conservatorio le parecía muy soso. Pero también sería agradablemente rutinario y, quién sabe, una puerta abierta para otras oportunidades. Tenía muchas ganas de ver a Juliette y de contárselo todo, incluido el curso con los Brennan. Después, en cuanto pudiera, volvería a escribir a su padre. Pero, esta vez, una carta de verdad. ¡Y la enviaría por correo!

—¿Sabes? —añadió Monika, con una dulce voz—, Adrian y yo no hemos terminado con las confidencias.

—¿Qué piensas de Claudia y Giacomo? —siguió este último.

La pregunta sorprendió a Émilie, que no esperaba algo parecido.

—Que son una simpática pareja. Espero que aprovechen tanto como yo las lecciones que nos habéis dado.

—¡Son mucho más que eso! —dijo Monika, con un tono misterioso—. ¿Conoces La Scala de Milán?

Émilie abrió tanto los ojos que parecieron dos lagos azules.

—¡Es el teatro de ópera más famoso del mundo! Salieri, Rossini, Toscanini, Verdi, Puccini y muchísimos otros crearon allí sus mejores óperas. Mi madre estuvo una vez y hablaba de aquello continuamente. Su sueño era llevarme algún día.

—Giacomo es el director general —dejó caer Monika—. Y su mujer, Claudia, es la directora administrativa.

Antes de que se unieran a vosotros y mientras lloraban por el futuro de su vida en pareja, Giacomo por casualidad nos dijo que estaban buscando músicos para la nueva temporada.

—Especialmente una pianista... —añadió Adrian sonriendo.

32

Una vez que estuvieron colocados los muebles originales en su lugar, el comedor, con las persianas abiertas, la luz de neón apagada y descubierta la iluminación lateral, recuperaba su armonía con el conjunto de la casona. Unos cuadros con paisajes de la región sustituían a los carteles y había repartidos un poco por todas partes plantas y centros de flores. Una biblioteca, dispuesta a lo largo de la pared, se hundía bajo el peso de los objetos de colección. Unas enormes alfombras cubrían el suelo de baldosas hexagonales. Las ventanas se vestían con visillos transparentes de tintes castaños. La austera habitación ahora tenía un ambiente cálido y provenzal.

El curso terminaba con una cena de despedida que, prometió Adrian, estaría bien regada. Unas botellas de caldo de reserva dominaban repartidas por toda la mesa, entre platos de colores.

Émilie se sentía un poco incómoda por haber tenido que ponerse el pantalón vaquero agujereado, los zapatos de tacón y la túnica fluorescente, porque estaba segura de que los demás vestirían sus mejores galas. Pero no tenía otra cosa que ponerse y, al menos, la ropa estaba lavada y planchada.

Asombrada con la última revelación que los Brennan le habían hecho, estaba tan impaciente por encontrarse con Giacomo y Claudia que llegó la primera.

Monika y Adrian no le habían prometido nada. El que la contrataran no dependía de ellos, evidentemente. A los anfitriones les gustaba que, durante los cursos, los invitados se relacionasen unos con otros. Querían que progresaran en sus vidas materiales, si se presentaba la oportunidad, tanto como en la evolución personal.

El azar había puesto a Émilie en su camino, justo cuando Giacomo acababa de comentar con ellos lo difícil que le resultaba encontrar músicos con talento que no fueran divos. Monika y Adrian charlaban entre ellos sobre ese asunto, cuando Émilie provocó aquel conato de escándalo en el Moulin d'Aix y se ofreció a tocar el piano para pagar la cuenta. Les pareció muy atrevida y decidieron darle una oportunidad. Al menos la de escucharla tocar. El resultado, tenían que reconocerlo, los dejó perplejos.

Otra sorpresa más le esperaba a Émilie. Al fondo del comedor, habían instalado una tarima.

En la tarima, un piano de cola Steinway and Sons con teclas de marfil dominaba con toda su magnificencia junto a un expositor que exhibía un montón de partituras.

Se habían colocado en semicírculo unos montantes insonorizados para que hicieran de caja de resonancia y la mesa se había situado de tal manera que cada comensal solo tenía que girar ligeramente la cabeza para contemplar el instrumento.

Adrian entró inmediatamente detrás de ella.

—Entonces, Émilie, ¿a qué esperas para ocupar tu sitio?

—¿De verdad? ¿Habéis traído este piano para mí?

—Lo más complicado ha sido transportarlo por la noche sin despertar a nadie. A Monika le encantan las sorpresas, para ella habría sido un drama que se echara a perder.

Émilie tenía lágrimas en los ojos.

Entonces apareció el resto del grupo, con Monika, Didier y Nathalie. Giacomo iba en cabeza.

Igual que la primera vez que se vieron, el italiano hizo una ligera reverencia, cogió la mano de Émilie y se la llevó a los labios.

—*Bellissima!* Adrian y Monika nos han prometido algo excepcional. Claudia y yo estamos muriéndonos de ganas de oírte tocar desde hace seis días.

Sin decir ni una palabra, los comensales ocuparon sus sitios. Con un paso ágil, aunque tenso por la emoción, Émilie fue a instalarse detrás del piano.

¿Qué podía tocar?

En un primer momento, pensó que debería elegir un acompañamiento de ópera más bien difícil de algún compositor italiano. Pero se contuvo.

¿Por qué tocaba? ¿Por la gloria o por placer?

¿Por qué tocaba? ¿Para los demás o para ella misma?

Así que, para empezar, ¿no debería concederse toda la felicidad posible antes de pretender hacer felices a los demás?

¿Cuál era el compositor preferido de Giacomo y de su mujer? ¿Rossini? ¿Vivaldi? Lo ignoraba, pero ya tendría tiempo de saberlo, si la contrataban.

En cambio, ella siempre había sentido debilidad por Rachmaninov. En el montón de partituras encontró su *Concierto número 2 en do menor opus 18.*

Era exactamente lo que necesitaba.

Un inicio *moderato,* soñador y romántico, con bastante énfasis para recibir al largo *crescendo* que le permitiría demostrar su destreza.

Émilie colocó los dedos en el piano. Esta vez, no le temblaban.

Volvió la cabeza hacia la sala. Los Brennan la observaban tranquilamente. Giacomo y Claudia se daban la mano. Cyril y Jérôme habían adoptado un aspecto serio. Amandine la animó con un gesto con la cabeza. Entonces, Émilie comprendió que todos eran cómplices de ese colofón. El único objetivo de los Brennan, cuando le regalaron el curso, había sido prepararla para ese momento.

Cada uno tiene sus problemas, eso es cierto. Pero ¿había algo mejor que dar sin esperar nada a cambio? Eso también formaba parte de la curación.

Y, de pronto, las manos de Émilie echaron a volar.

Con los primeros acordes, la pieza te saca lentamente del sopor. Una vez despierto, recuerdas los episodios más dolorosos de tu existencia. Entonces se trata de superarlos.

Allegretto.

Fuera, callaron las cigarras y se paralizó toda la naturaleza, hasta Sócrates, del que percibía la presencia lejana y cálida y la sonrisa de corteza rugosa.

Sentada al borde del piano, la madre de Émilie le sonreía, sujetando la mano de su padre, como cuando era pequeña.

Allegretto ma non troppo.

Sí, así es, Émilie. Está bien. Piensa en ti. Piensa en la música. Tú eres música. Solo tocas para ti. Yo estoy aquí, a tu lado. Siempre he estado ahí. ¡Y mira qué bonito es!

Émilie, en su imaginación, reconstruía el interior de La Scala, tal y como se lo había descrito su madre mil veces. La sala llena a reventar, Giacomo y Claudia sentados en primera fila.

Adagio sostenuto.

Émilie tocó, igual que Yuja Wang, Anna Fedorova y Valentina Lisitsa habían tocado esa partitura antes que ella. Las más grandes pianistas de su época. Sus modelos. Había que tener manos grandes y una coordinación perfecta para no caer en la trampa que el compositor ruso había escondido en su creación. Rachmaninov salía de una depresión cuando la escribió. Esa era la revancha, tras el fracaso de su primera sinfonía. Al principio de su carrera. La implantación de su genio.

Émilie tocó tanto tiempo que llegó a perder la sensación de las teclas en los dedos.

Con los ojos cerrados, daba las gracias por lo que quería conseguir, aunque no lo consiguiera.

Un sentimiento de gratitud increíble la invadió, multiplicando sus fuerzas y soplando sobre su inspiración.

Allegro scherzando.

El final.

Todos habéis removido y superado los momentos trágicos de vuestra vida. El camino está ahí, delante de vosotros, el camino que os conducirá a vosotros mismos. Hacia lo mejor que podáis ser. A partir de ahora, ya solo queda la alegría de ser. Y lo que pueda ocurrir.

Allegro, allegro, allegro!

Cuando Émilie acabó la pieza, sudaba…

Dos mil personas, La Scala entera, se levantaron al mismo tiempo para aclamarla.

Mi cuaderno de
ejercicios terapéuticos

Aprende a conocerte

_____

_____

¿Cuáles son tus mayores miedos?

_____

_____

_____

_____

_____

_____

_____

_____

_____

_____

_____

_____

_____

_____

_____

¿Qué beneficio has sacado en el pasado de tus miedos?

_____

_____

_____

_____

_____

_____

_____

_____

_____

_____

_____

_____

_____

_____

_____

_____

_____

Haz un balance concreto de tu situación actual. Pero cuidado: ¡el mapa no es el territorio!

_____

_____

_____

_____

_____

_____

_____

_____

_____

_____

_____

_____

_____

_____

_____

_____

_____

La creencia limitante

Creencia limitante: se trata de una convicción negativa que has adquirido con el tiempo y como resultante de algunos traumas o hábitos que frenan tu evolución. Por ejemplo: frente a un obstáculo, sin siquiera evaluar las dificultades que tendrías para franquearlo, piensas: «No lo conseguiré». Por tanto, es evidente que el obstáculo te habrá vencido antes siquiera de que intentes superarlo.

Viaja a un pasado cercano y trae a la memoria los peores momentos.

¿De qué modo tus creencias limitantes te han conducido a la situación que estás intentando superar en este momento?

_____

_____

_____

_____

_____

_____

_____

_____

_____

_____

_____

_____

_____

_____

¿Qué harías diferente si tuvieras otra oportunidad?

_____

_____

_____

_____

_____

_____

_____

_____

_____

_____

_____

_____

_____

_____

_____

_____

_____

¿Qué te aportaría liberarte de tu miedo dominante?

_____

_____

_____

_____

_____

_____

_____

_____

_____

_____

_____

_____

_____

_____

_____

_____

_____

_____

_____

Las seis necesidades fundamentales del ser humano

Cuatro conciernen a la personalidad: la conexión con los otros, la significación de las acciones, la necesidad de certeza y la variedad en las elecciones.
En general, ¿qué conexiones eres capaz de establecer con tu entorno amistoso, sentimental y profesional? ¿Esas conexiones son importantes para tus necesidades?

_____

_____

_____

_____

_____

_____

_____

_____

_____

_____

_____

Haz una lista de lo que (y no de los que) detestas.

_____

_____

_____

_____

_____

_____

_____

_____

_____

_____

_____

_____

_____

_____

_____

_____

_____

_____

¿Cuáles son tus bloqueos?

Flexibilidad en el comportamiento

Para entender mejor el tema sobre el que vamos a hablar, piensa primero en la frase de Einstein: «Locura es hacer lo mismo una y otra vez esperando obtener resultados diferentes».

Luego deshazte de tus costumbres y conviértelas en otras nuevas.

Haz una lista de sesenta acontecimientos que consideres logros, oportunidades o alegrías.

El mapa no es el territorio

Tu percepción de la realidad es restringida. Incluso aunque utilices los cinco sentidos, solo elaboras un determinado mapa del mundo que te rodea. Pero un territorio comporta otras muchas dimensiones. Nadie tiene la capacidad de retener todos los aspectos de un acontecimiento, ni de comprender las profundas motivaciones de los que lo han provocado o participado en él.

Piensa en una persona, en un incidente, en una situación o en algún recuerdo que te incordie. Sé muy concreto al recordarlo. Ahora, coge una hoja de papel y describe hasta el más mínimo detalle. Si se trata de una persona, puedes dibujarla. No hace falta que seas Rembrandt. Unos círculos para la cara y los ojos, una raya para la boca y el nombre encima. Luego, mira bien el dibujo y escribe debajo, después de haberlo repetido muchas veces: «Me niego a seguir albergando los sentimientos negativos que proceden de esta situación, o de este individuo».

_____

_____

_____

_____

_____

_____

_____

_____

_____

_____

_____

_____

_____

_____

_____

_____

Para terminar

Prepárate para recibir buenas sorpresas. Pero ejercítate en dar gracias al universo y a ti mismo antes de recibirlas.

Y de regalo:
Tres breves mantras para meditar...

¡Cuidado con lo que deseas porque podrías lamentar que te fuera concedido!

La costumbre es el enemigo de la felicidad.

¡Da gracias a la vida y la vida te lo devolverá!

Este libro se publicó
en el mes de marzo de 2019

megustaleer

Esperamos que
hayas disfrutado de
la lectura de este libro
y nos gustaría poder
sugerirte nuevas lecturas
de nuestro catálogo.

Si quieres formar parte de nuestra
comunidad, regístrate en
www.megustaleer.club y recibirás
recomendaciones de lecturas
personalizadas.

Te esperamos.